KiWi Paperback

KiWi 512

Über das Buch

Mallorca – Traumziel vieler deutscher Urlauber und Aussteiger. Sonne, Strände, Berge und Meer – hier scheint es das wahre Paradies noch zu geben. Aber ist es wirklich vollkommen? Als Manuel Blum, ein deutscher Journalist, auf der Fähre von Palma de Mallorca nach Barcelona in letzter Sekunde den Selbstmord eines Lebensmüden verhindert, ahnt er noch nicht, auf was für eine Geschichte er sich damit eingelassen hat. Hans Osthoff, der Gerettete, beauftragt Manuel, nach seiner verschwundenen Tochter Cosima zu suchen, einer bald dreißigjährigen Tänzerin, die vor sechs Jahren mit einer großen Hoffnung im Gepäck nach Mallorca aufgebrochen und seitdem verschollen ist.

Manuels Nachforschungen führen ihn in die Welt der deutschen Residenten, die sich im Inselparadies bestens eingerichtet haben: idyllische Fincas in traumhafter Landschaft, Feinschmecker-Restaurants, szenige Bars und Diskotheken, in denen es die ganze Nacht hindurch heiß hergeht, sorgen für ein durch und durch angenehmes Dasein. Doch im schillernden Leben der Reichen und der Schönen ist längst nicht alles Gold, was glänzt. Bei seiner Suche nach Cosima erfährt Manuel von den wahren Machenschaften hinter den glitzernden Fassaden. Intrigen, Drogen, Mord – die Kriminalität macht auch vor dem Paradies nicht halt.

Der Autor

Christoph Gottwald, geb. 1954, Studium der Germanistik, Philosophie und Soziologie, zunächst »dichtender Taxifahrer«, dann erfolgreicher Roman- und Drehbuchautor.

1984 erschien sein erster Köln-Krimi »Tödlicher Klüngel«, gefolgt von »Lebenslänglich Pizza« (1988) und »Marie, Marie« (1994). Er verfaßte zahlreiche Drehbücher, u.a. für die Fernsehserien »Der Bergdoktor«, »Hallo, Onkel Doc« und »Auf eigene Gefahr« und war Co-Autor von Tom Gerhardt bei dessen Film »Voll Normaaal«. Christoph Gottwald lebt in Köln und auf Mallorca.

Christoph Gottwald

Endstation Palma

Ein Mallorca-Roman

Kiepenheuer & Witsch

Originalausgabe

3. Auflage 2002

Umschlaggestaltung und Motiv Rudolf Linn, Köln
Satz Fotosatz Reinhard Amann, Aichstetten
Druck und Bindearbeiten Clausen & Bosse, Leck
ISBN 3-462-02767-0

für
Kyra (1996)*
und
Janette († 1996)

Dank an

Karin, Sigmar, Heide, Theo, Rosa,
Rainer (Sa Vinya), Ole (Ex-XY),
Franz und Thomas (Airworld),
Peter (Mallorca Online),
PC-Service Steinberg (Nippes),
Rita (hervorragende Beköstigung),
Kerstin (einfühlsames Lektorat)
und
Charly, der mir nicht nur
ein wunderschönes Bad gebaut hat,
sowie an
Helge, ohne den ich nicht die Kraft aufgebracht
hätte, diesen Berg zu besteigen.

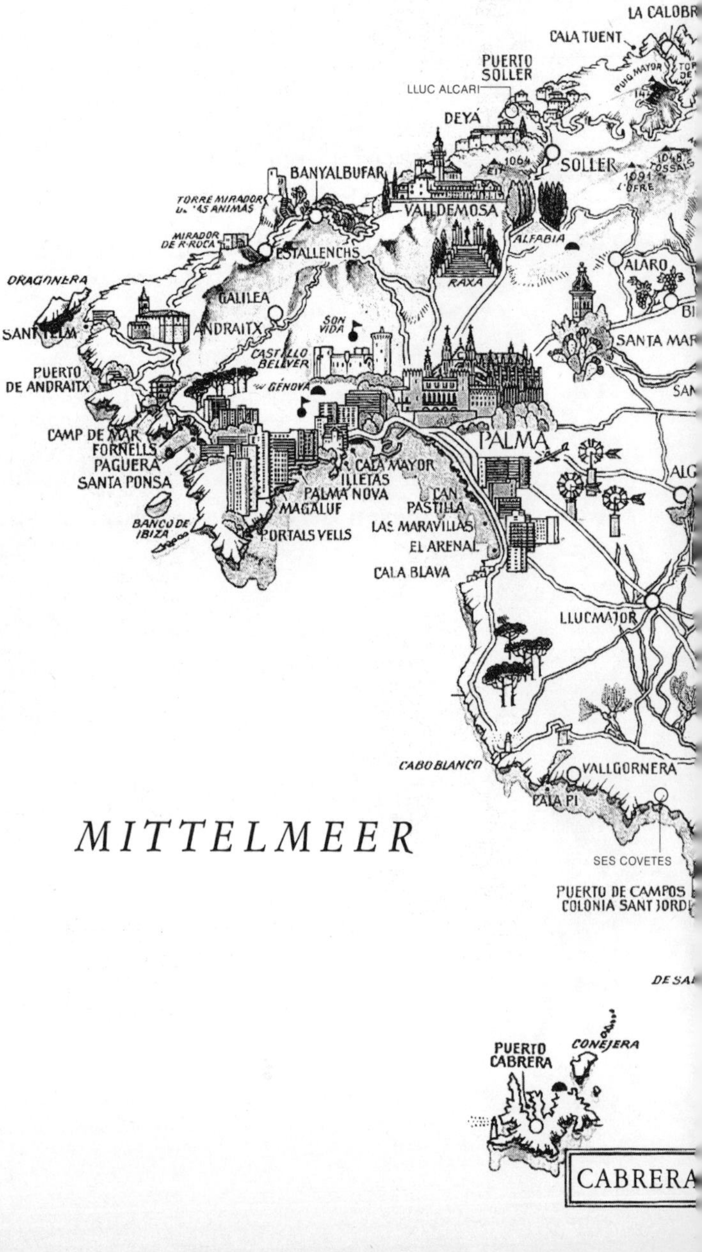
LLUC ALCARI
CALA TUENT
PUERTO SOLLER
DEYÁ
PUIG MAYOR
1064
SOLLER
1091 L'OFRE
1048 TOSSALS
BANYALBUFAR
VALLDEMOSA
MIRADOR DE R. ROCA
ESTALLENCHS
ALFABIA
ALARO
RAXA
DRAGONERA
GALILEA
SON VIDA
SANT TELM
ANDRAITX
CASTILLO BELLVER
PUERTO DE ANDRAITX
GÉNOVA
CAMP DE MAR
FORNELLS
PAGUERA
SANTA PONSA
PALMA
CALA MAYOR
ILLETAS
PALMA NOVA
MAGALUF
CAN PASTILLA
LAS MARAVILLAS
BANCO DE IBIZA
PORTALS VELLS
EL ARENAL
CALA BLAVA
LLUCMAJOR
CABO BLANCO
VALLGORNERA
CALA PI
SES COVETES
MITTELMEER
PUERTO DE CAMPOS
PUERTO CABRERA
CONEJERA
CABRERA

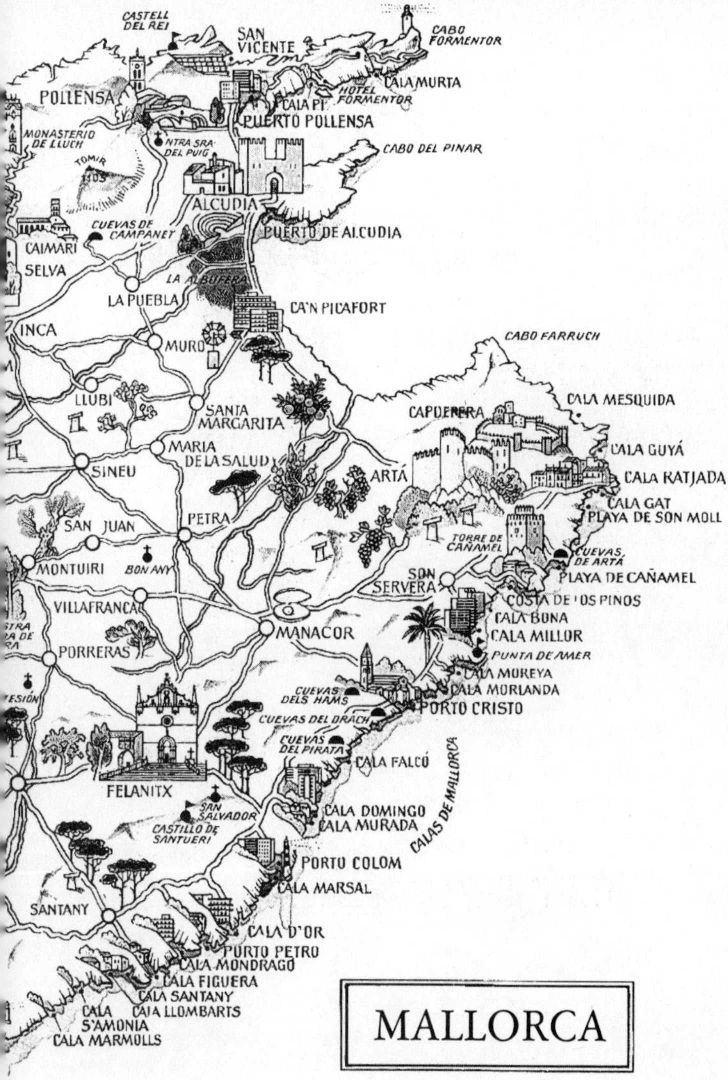
CASTELL DEL REI
SAN VICENTE
CABO FORMENTOR
POLLENSA
CALA MURTA
HOTEL FORMENTOR
CALA PI
PUERTO POLLENSA
MONASTERIO DE LLUCH
NTRA SRA DEL PUIG
CABO DEL PINAR
TOMIR
ALCUDIA
CUEVAS DE CAMPANET
PUERTO DE ALCUDIA
CAIMARI
SELVA
LA ALBUFERA
LA PUEBLA
CA'N PICAFORT
INCA
MURO
CABO FARRUCH
LLUBI
SANTA MARGARITA
CALA MESQUIDA
CAPDEPERA
MARIA DE LA SALUD
CALA GUYÁ
SINEU
ARTÁ
CALA RATJADA
CALA GAT
PLAYA DE SON MOLL
SAN JUAN
PETRA
TORRE DE CAÑAMEL
CUEVAS DE ARTÁ
MONTUIRI
BON ANY
SON SERVERA
PLAYA DE CAÑAMEL
COSTA DE LOS PINOS
VILLAFRANCA
CALA BONA
MANACOR
CALA MILLOR
PORRERAS
PUNTA DE AMER
CALA MOREYA
CUEVAS DELS HAMS
CALA MORLANDA
CUEVAS DEL DRACH
PORTO CRISTO
CUEVAS DEL PIRATA
CALA FALCÓ
CALAS DE MALLORCA
FELANITX
SAN SALVADOR
CALA DOMINGO
CALA MURADA
CASTILLO DE SANTUERI
PORTO COLOM
CALA MARSAL
SANTANY
CALA D'OR
PORTO PETRO
CALA MONDRAGÓ
CALA FIGUERA
CALA SANTANY
CALA LLOMBARTS
CALA S'AMONIA
CALA MARMOLLS

MALLORCA

I.

An die Reling des Achterdecks gelehnt, schaute ich leicht fröstelnd zum Schornstein der *Ciudad de Palma* empor. In seinem weißen Lackmantel stand der riesige Phallus vor dem schwarzen Himmel und spie Fetzen von milchigem Qualm aus, die um mich herumtanzten und sich dann geisterhaft in der Nacht verloren. Da erwischte mich die Böe wie ein Faustschlag aus dem Nichts. Als hätte der Sturm gezielt zur Attacke gegen ein haltloses Opfer wie mich geblasen, schlug er mir die Beine weg und wirbelte mich über die hölzernen Bodenplatten auf die Eisenstiege zu, die zum darunterliegenden Deck hinabführte. Ich griff nach dem Eckpfosten, aber das feuchte Eisen war glitschig, meine Hand rutschte ab, ich polterte die Stufen hinunter und kam erst wieder zum Stillstand, als ich gegen eine der fest verankerten Liegebänke stieß, die den kleinen, zu dieser Jahreszeit trockengelegten Pool umrahmten. Keuchend lag ich da und ließ Aiolos sich über mir austoben.

War diese Aktion jetzt wieder nötig gewesen? Warum hatte ich mir eigentlich keine Kabine genommen? Oder mich im Salon halbwegs bequem auf zwei Sessel gelegt, wie alle anderen Passagiere auch? Wenigstens hätte ich an der Bar hocken bleiben können, auch wenn die Situation etwas peinlich war. Anscheinend schliefen alle an Bord. Nur ich nicht. Und der Barkeeper. Mit seinen graumelierten, streng gescheitelten Haaren, seinen aristokratischen Gesichtszügen, aus denen der entsprechend stolze Blick hervorstach, in seinem makellos weißen Hemd und der weinroten Seidenweste darüber, hatte er die unnahbare Aura eines Flottenadmirals, der sich wegen einer bei Thomas Gottschalk verlorenen Wette eine Nacht mit dem Gesindel herumzuschlagen hatte, das sich in dieser kalten Märznacht auf der Fähre von Palma de Mallorca nach Barcelona schippern ließ. Mein zaghafter Versuch, zunächst in mehrfach gebrochenem Spanisch, dann in etwas glatterem Englisch, mit dem Don hinter der kreisrunden Bartheke ein Gespräch über das Wetter und über das sich im Ausschank befindliche Sortiment an Spirituosen in Gang zu setzen, scheiterte kläglich an der Arroganz des edlen Señors. Kein »No« kein »Si«; kein Kopfnicken, kein Blick. Eine Säule heißer Luft war ich für den Mann.

Gegen Mitternacht hatten noch zwei ältere englische Ehepaare mit mir an der Bar gehockt und Gin-Tonic ohne Eis getrunken. Bestimmt würden sich die Damen taktvoll zurückziehen, hatte ich gedacht, und die beiden Herren würden die Nacht bei einem gepflegten Plausch über die First Division des britischen Fußballs und über die Perspektiven des Königs-, des Unter- und des Oberhauses sowie mit etlichen Drinks kultiviert bis zum Morgengrauen überbrücken. Irgendwann hätte ich mich dann mit einem kleinen Gag höflich eingeklinkt. Doch weit gefehlt. Die Tommies sind auch nicht mehr das, was der Ruf ihnen nachsagt. Tatsache war, gegen ein Uhr zog das erste Pärchen ab, fünf Minuten später das zweite. Und ich saß allein am Rund der Bar und bestellte meinen vierten Fundador, den mir der Admiral mit eisigem

Blick servierte und gleich abkassierte. Der Brandy rann milde nachbrennend meine Speiseröhre hinab. Ich schob mich von dem schwarzen Plastikpolster des Barhockers und schlenderte zur Tür, die an Deck führte.

Es ging eine heftige Brise, aber von Sturm konnte noch keine Rede sein. Ich stieg auf die oberste Plattform des Achterdecks und schaute in das schäumende Kielwasser. Hier hatte ich schon vor drei Stunden gestanden und zugeschaut, wie der Bauch des Schiffs die lange Schlange der Autos und Lastwagen in sich hineinfraß, wie Menschen hinter der hohen Glasscheibe der Hafencafeteria Abreisenden auf Deck zuwinkten, wie die dicken Taue von den Pollern gelöst wurden, die mächtigen Fender eingeholt, der schwere Pott mit Seitenruder von der Kaimauer ablegte und sich langsam in die Bucht hinausschob. Die Lichterkette des Passeig Maritim wurde zu einer orangegolden schimmernden Perlenkette, rechts erstrahlte La Seu, die prächtige Kathedrale von Palma, und links über der Stadt thronte das hell erleuchtete Castell Bellver.

Jetzt lag ich also hier im Windschatten der Poolbank und erwartete das Ende dieses erbarmungslosen Sturms. Halbbesoffen wie ich war. Mit etwa dreiundzwanzig schmerzfreien Knochen im Leib. Warum hatte ich die Insel überhaupt verlassen? Was erwartete mich in Barcelona? Oder irgendwann wieder in Deutschland? Wenn der Orkan mich eben über Bord geschleudert hätte, wer würde mich überhaupt vermissen oder sich gar wegen meines melodramatischen Abgangs eine Träne aus dem Augenwinkel quetschen? Das sieht ihm ähnlich, hätten sie gesagt, dem verkappten Idioten. Ganz normal ist der

Blum ja nie gewesen. Eine verquollene Wasserleiche im Mittelmeer. Irgendwann wäre ich den Fischern vor Alicante ins Netz gegangen oder vielleicht erst in ein paar Monaten an der tunesischen Küste gestrandet. Wenn die Haie Gnade hätten walten lassen. Und wenn nicht, wäre mein Verschwinden wahrscheinlich völlig unbemerkt geblieben. Alle Papiere trug ich bei mir, sturm- und diebstahlsicher eingeknöpft in den beiden Brusttaschen meines verwaschenen Pilotenhemds. Das Ticket für die Überfahrt wurde anonym ausgestellt. Nur wer ein Auto mitführte, mußte Papiere vorlegen. Die bescheidene Reisetasche, die ich unter Deck beim Fernseher deponiert hatte, enthielt keinen direkten Hinweis auf meine Identität und auch keinerlei Wertgegenstände, die Anlaß geboten hätten, nach dem Besitzer zu fahnden. Da hat einer seine Tasche stehengelassen, hätte man gesagt, vollgestopft mit ein paar Klamotten. Wahrscheinlich ein Besoffener, der vergessen hatte, wo er das wertlose Gepäckstück verstaut hatte. Ab damit ins Fundbüro, soll es dort verschimmeln.

So plötzlich wie der Sturm mich überrumpelt hatte, so klammheimlich machte er sich auch wieder von dannen und setzte seine wilde Reise nach Nordosten fort. Ich zog mich an der Poolbank hoch, schüttelte meine Glieder, beugte den Rücken dreimal, legte den Kopf in den Nacken, ließ ihn kreisen und durfte feststellen, daß alle Sollbruchstellen gehalten hatten. Darauf genehmigte ich mir eine Zigarette, die ich im Verhältnis siebzig zu dreißig mit dem Fahrtwind teilte. Zu meinen Ungunsten.

Niemand auf der Welt wußte, daß ich, Manuel Blum,

mich in dieser Nacht auf der *Ciudad de Palma* befand. Eine überdenkenswerte Tatsache. Ich schaute hinab zu den schwarzen Fluten und lauschte ihren Klängen. Sie sangen das ewige Lied der Seefahrer. Komm rüber, alter Knabe, komm rüber, sangen sie. Was soll die ganze Plackerei? Kommt doch eh nichts Gescheites dabei heraus. Was willst du Backpflaume denn noch groß bewegen in deinem verpfuschten Leben? Anderen ist es gelungen, aus Scheiße Gold zu machen, dir das genaue Gegenteil... Eigentlich gar nicht so verkehrt, was mir die Nereiden da zusäuselten. Und das Gefühl, jetzt springen zu können, ohne jeden Skrupel, ohne eine Menschenseele damit zu beschädigen, das hatte etwas. Und es dann trotzdem nicht zu tun. Das hatte auch etwas. Admiral hin, Admiral her, dieser Gedanke schrie förmlich danach, im Boden eines geleerten Brandyschwenkers widergespiegelt zu werden. Also wankte ich mit schweren Knochen die Eisenstiege hoch, folgte auf Backbord der Reling und wollte gerade die bequeme Treppe zum unteren Deck hinabsteigen. Da sah ich es. Ich konnte nicht genau erkennen, ob es ein Bündel Taue, ein großer Seesack oder eine menschliche Gestalt war. Der Gedanke, dem auf den Grund zu gehen, gefiel mir sofort besser als die Vorstellung, für die devote Bitte um ein hochgeistiges Gläschen mit einem vernichtenden Blick des Barkeepers gemaßregelt zu werden.

Nun, da ich versuche, all die Erlebnisse möglichst wahrheitsgetreu niederzuschreiben, wird mir einmal mehr bewußt, wie sehr der Lebensweg eines Menschen doch von aberwitzigen Zufällen oder scheinbar belanglosen, oft instinktiv getroffenen Entscheidungen bestimmt wird. Wäre kein Sturm aufgekommen oder hätte er sich einen Moment früher oder später wieder verzogen, wäre der Barkeeper freundlicher gewesen oder hätte ich unter Deck einen netten Gesprächspartner gefunden, wie anders wäre mein Leben nach jener Nacht verlaufen und das einiger Menschen, die im Laufe der Ereignisse in unsere Geschichte mit hineingezogen wurden. Nur meine Unlust, mich in jenem Moment wieder in die Bar zu begeben, um aus purer Langeweile meinen Rausch zu komplettieren, zog später die Kreise, auf die ich zu sprechen kommen werde.

Ich blieb also an der Treppe stehen und starrte auf das schemenhafte Etwas, das gut zwanzig Meter von mir entfernt in der hintersten und dunkelsten Ecke des Gangs auszumachen war. Mich hatte mit einem Male die prickelnde Vorstellung heimgesucht, es könnte sich vielleicht um eine bildhübsche Professorentochter aus Paris handeln, die sich gerade der Phantasie hingab, in der Anonymität dieser garstigen Nacht von einem blutjungen Matrosen oder einem muskelbepackten Maschinisten in einem der über ihrem Kopf schwebenden Rettungsboote wort- und hemmungslos genommen zu werden. Sollte dieser für mich bisher eher erbärmlichen Nacht doch noch ein erfreuliches Sahnehäubchen aufgesetzt werden? Obwohl ich weder Matrose war, noch nach Schmieröl stank?

Das Etwas am Endes des Gangs regte sich nicht. Ich peilte die Lage. Von diesem Deck führte eine weitere, mit dem Schild »prohibido pasar« versehene und versperrte Stiege zum Dach des Schiffs hinauf. Am Firmament standen nun ein paar Sterne, und nichts deutete auf einen erneuten Sturmangriff hin. Also überstieg ich das Verbotsschild und kletterte die steile Stiege hoch. Der Fahrtwind erwischte mich volle Breitseite, als ich den Kopf über das Dach hinausstreckte und mich umschaute. Hier gab es keine Reling mehr, an der man sich hätte entlanghangeln können, nur eine Eisenstange, die in etwa dreißig Zentimetern Höhe rund um die leicht nach außen gewölbte, etwa fünfzig Quadratmeter große Metallplatte verlief. Ich kroch auf das Dach und zog mich an der weiß lackierten Stange, flach auf dem Boden liegend, Stück für Stück in Richtung Vorschiff. Nach einigen sehr mühselig zurückgelegten Metern konnte ich endlich zwischen zwei der längsseits unter mir aufgehängten Rettungsboote hindurch einen klärenden Blick auf das Objekt meiner nächtlichen Zerstreuungsmanie werfen. Eine bildhübsche Pariserin war es nicht. Und auch kein Seesack. Es handelte sich um einen hageren, recht großen Mann in dunkler, halblanger Wetterjacke und weiten schwarzen Jeans. Seine weißen Haare flatterten im Wind, und sein Blick war starr in die dunklen Fluten gerichtet, die unterhalb der Reling, über die er sich beugte, von der Bugwelle aufgewühlt wurden. Auch er hörte den Gesang der Nereiden, das war mir sofort klar. Aber er schien den lockenden Verheißungen aufgeschlossener gegenüberzustehen, als ich es getan hatte, denn plötzlich ergriff der Mann den großen anthrazitfarbenen Kunststoffkoffer, den er gegen sein linkes Bein gelehnt hatte, wuchtete ihn mit entschlossenem Schwung auf die Reling und übergab das offensichtlich recht schwere Gepäckstück dem schäumenden Mittelmeer. Der Mann ist nicht ohne, schoß es mir sogleich durch den Kopf: als harmloser Tourist getarnt, verklappt er während einer gewöhnlichen Überfahrt belastendes Material. Doch dann reagierte ich nur noch, als ich sah, wie der Mann auf die Reling kletterte. Ich sprang zwischen den Rettungsbooten etwa drei Meter tief auf das Oberdeck, erwischte ihn gerade noch am Jackenärmel, als er sich von Bord abstoßen wollte, und riß ihn an Deck. Sein Körper erschlaffte in meinen Armen und sackte zu Boden. Wortlos schaute er mich an, mit blauen Augen, deren matter Glanz sich aus seinem leicht gebräunten Gesicht hervorhob. Es war keine Trauer in diesem Blick, keine Verzweiflung und auch kein Vorwurf. Eher eine Art von schicksalserprobter Gelassenheit, abgerundet mit einem Schuß kindlicher Neugierde.

Er war ein attraktiver Mann von schätzungsweise sechzig Jahren. Sein Gesicht zog sich schmal von einer hohen Stirn über zerfurchte, glatt rasierte Wangen hinab zu einem breiten, vorstehenden Kinn. Unter seiner leicht hakenförmigen Nase wucherte ein buschiger Schnurrbart, weiß wie seine noch zahlreich vorhandenen Kopfhaare, die in langen Strähnen bis in den hochgeschlagenen Kragen seiner dunkelgrünen Wachsjacke hinabhingen. An das Ruder einer Segelyacht hätte er gepaßt oder an den Empfang eines außergewöhnlichen Restaurants; auch als Maler wäre er durchgegangen, der es vor allem seiner weiblichen Kundschaft angetan hatte, oder als ein in die Jahre gekommener Lebemann, der sich eine gewisse lausbübisch unbefangene Weltsicht bewahrt hatte.

An die Bordwand gelehnt saß er da und schaute zu mir empor. Und ich zu ihm hinab. Eine ganze Weile verharrten wir in diesem Zustand. Dann huschte ein schwaches Lächeln über sein Gesicht, und seine Lippen bewegten sich langsam. Ich ging in die Hocke und beugte mich leicht zu ihm hin, um seine Worte verstehen zu können.

»Das war mal wieder typisch«, murmelte er mit heiserer Stimme. »Selbst das hat nicht geklappt.«

»Habe ich einen Fehler gemacht?« fragte ich ihn zögernd. »Hätte ich Sie über Bord gehen lassen sollen?«

Der Mann schwieg, dann sagte er: »Ich *bin* gesprungen. Verstehst du? Ich habe es getan.«

Diese Erkenntnis schien ihm zu gefallen. Er schwieg eine Weile, lächelte wieder und fragte: »Machst du das hauptberuflich?«

»Wovon sprechen Sie?«

»Nachts auf der Fähre herumstreunen und dem Schicksal ins Handwerk pfuschen?«

Die Vorstellung erheiterte mich. »Wie kommen Sie denn darauf?«

»Ich habe im *Mallorca Magazin* gelesen, daß häufig Menschen spurlos von dieser Fähre verschwinden«, sagte er. »Die Gesellschaft hätte doch einen wie dich einstellen können, der so etwas verhindern soll.«

»Nicht übel, die Idee, vielleicht wäre das der richtige Job für mich«, sagte ich. »Ich hab' schließlich so meine Erfahrungen damit.«

»Wie darf ich das verstehen?«

»Vor einer Viertelstunde wäre ich selbst fast gesprungen.«

Er starrte mich einen Moment ungläubig an, und dann lachte er los. Er schüttete sich fast aus vor Lachen, und zwar so heftig, daß er japsend nach Luft rang und ihm Tränen aus den Augen traten und über seine Wangen rannen.

Nicht daß er mir jetzt noch erstickt, war mein erster Gedanke. Ich konnte diese Befürchtung aber schnell wieder beiseite schieben, da der Mann sich zusehends abregte und seine Atmung stabilisierte. Weiterhin belustigt schaute er mich an.

»Darf ich wissen, wo der Witz war?« erkundigte ich mich höflich. »Ich würde ganz gern mitlachen.«

»Vergiß es, mein Junge«, sagte er, »und hilf mir auf die Füße.«

Ich ergriff seine ausgestreckte Hand und zog ihn hoch. Er hatte in etwa meine Körpergröße, gutes Mittelmaß.

»Wie alt bist du?« fragte er.

Sollte ich die Tatsache, daß er mich vom ersten Moment an mit aller Selbstverständlichkeit geduzt hatte, als anbiedernde Kumpanei betrachten oder mich etwa geschmeichelt fühlen, weil er in mir noch den jungen Mann sah, der ich schon seit geraumer Zeit nicht mehr war, dessen Kleidung und Habitus jedoch durchaus einem Mittzwanziger entsprachen? Oder war er einer von jenen eher unangenehmen Residenten der Balearen, die ausschließlich die vertraute Anredeform benutzten, um ethnische Verbrüderung zu demonstrieren oder sich selbst dadurch zu verjüngen hofften? Oder hielt der Mann es schlichtweg für unangebracht, seinen Lebensretter in der distanzierteren Höflichkeitsform anzureden?

»Sechsunddreißig«, antwortete ich.

Daraufhin hob der Mann den rechten Zeigefinger, fuchtelte damit erkenntnisschwanger in der salzigen Nacht umher und verkündete mit einer guten Portion Pathos in der Stimme: »Eins sage ich dir: Wer sich in deinem Alter freiwillig vom Acker macht, der ist ein Feigling.«

Ich schaute ihn belustigt an. Der Mann hatte Humor. Auf jeden Fall etwas Belustigendes. »Da sag' ich jetzt mal nichts zu«, erwiderte ich, »schließlich bin ich ja nicht gesprungen. Ich habe nur dem Gesang der Meeresnymphen gelauscht.«

Der Mann schaute mich an, lächelte und legte seine rechte Hand auf meine Schulter. »Komm mit in die Bar, ich geb' dir ein paar Drinks aus.«

»Dagegen hab' ich nichts einzuwenden«, sagte ich wahrheitsgemäß und ließ ihm den Vortritt. Er machte zwei Schritte, stoppte dann abrupt, befühlte seine Taschen und schlug sich mit der Hand an die Stirn.

»Da gibt es ein kleines Problem«, sagte er enttäuscht und schaute aufs Meer hinaus.

»Ihr Geld ist über Bord?«

»Fischfutter.« Er nickte geschlagen. »Geld, Papiere, Kreditkarten, alles.«

»Dann sollten Sie vielleicht doch besser Ihrem Koffer hinterherspringen.«

Er glotzte mich an und lächelte dann. »Du gefällst mir«, sagte er, »so einen Sohn wie dich hätte ich gebraucht.«

»Der Job wäre nicht leicht gewesen. Oder sehe ich das falsch?«

Nachdenklich schaute er mich an.

»Kommen Sie«, sagte ich, um keine Sentimentalitäten aufkommen zu lassen, »ein paar Stunden an der Bar kann ich noch so gerade finanzieren.«

II.

Dieses Schiff gab einem so manches Rätsel auf. Als ich vor gut einer Stunde die Bar verlassen hatte, war ich der letzte Gast gewesen. Doch nun gegen halb vier saßen fünf Gäste in der Runde. Ein französisches Pärchen um die Dreißig, verstrickt in einen dezent flüsternd ausgetragenen Disput, ein Mann in dunkelblauer Wolljacke, der durch eine dieser kleinen Lesebrillen, die auf den Nasenspitzen eines jeden braungebrannten Herrn in besseren Jahren und Verhältnissen saß, die *ZEIT* studierte, und zwei junge Spanier, die *Vier gewinnt* spielten, beide mit buschig gelockten Pferdeschwänzen. Am meisten jedoch verblüffte mich der Admiral. Die Erleichterung darüber, daß diese Überfahrt ihren zeitlichen Zenit überschritten hatte, schien seine zwischenmenschliche Lethargie weggefegt zu haben. Fast hatte ich den Eindruck, er spürte, was da draußen mit uns beiden vorgefallen war. Denn als wir zerzaust und leicht fröstelnd auf zwei Barhockern Platz nahmen, kam er sogleich zu uns, sah mich geradezu respektvoll an und erkundigte sich höflich nach unseren Bedürfnissen. Da Kaffee und Bocadillos erst wieder um sechs Uhr serviert wurden, blieb ich bei meinem Brandy, und mein Begleiter bestellte nach kurzem Zögern eine Cola, worauf er sowohl von mir als auch vom Admiral mit ungläubigen Blicken bedacht wurde. Da schien etwas in seinem Inneren zu knistern, sein Blick verfinsterte sich erst kurz, dann leuchteten seine Augen auf, und er bestellte einen Bourbon ohne Eis. In fast frecher Vorfreude rieb er sich die Hände, als der Admiral uns die Getränke servierte und »Salud« wünschte. Mein Begleiter klimperte mit dem Siegelring, den er am linken Mittelfinger trug, dreimal gegen das Glas, bevor er es erhob und mich anschaute.

»Hans«, sagte er.

»Manuel.«

Wir stießen mit den Gläsern aneinander und führten sie unter unsere Nasen. Hans ließ den Whisky im Glas kreisen, schnupperte versonnen daran, zögerte noch und nahm dann einen vorsichtigen Schluck. Er hustete los und rang nach Luft, sein Gesicht färbte sich rot, und die Augen traten hervor. Sogleich stellte ich meinen Fundador ab und klopfte ihm auf den Rücken.

»Schon gut«, keuchte er, »ist gleich vorbei.«

Und so war es auch. Er nahm einen zweiten Schluck, behielt ihn einen Moment kauend im Mund und schickte den Maisbrand dann mit einem befreiten »Aaaahhh« abwärts.

»Wunderbar«, seufzte er und schaute verliebt in sein Glas. Dann schaute er zu mir, legte den Arm um meine Schultern und sagte: »Du bist ein feiner Kerl, Miguel. Weißt du das?«

»Manuel«, korrigierte ich ihn.

»Woll'n wir nicht so kleinlich sein«, sagte er, »an einem Tag wie heute.«

»Wenn das so ist«, gab ich schulterzuckend zurück und hob meinen Schwenker, »dann prost, Herbert.«

Er hob sein Glas, leerte es und sagte in unerwartet

ernstem Tonfall: »Dieser Drink war der erste, den ich mir seit einem Jahr wieder erlaubt habe.«

Ich schaute ihn an. »Tapfer, tapfer.«

»Die Bauchspeicheldrüse hat nicht mehr mitgespielt«, erklärte er. »Bestimmt zwanzig Jahre lang, wenn nicht noch mehr, hab' ich täglich mindestens eine halbe Pulle Bourbon klargemacht.«

»Tapfer, tapfer.«

»Ja«, sagte er versonnen, »das waren noch Zeiten ...«

»Zwanzig Jahre im Whiskynebel herumgetapert, das müssen herrliche Zeiten gewesen sein.«

»Keiner hat was gemerkt«, verteidigte er sich, »im Kopf war ich immer klar wie ein Bergkristall, und gelallt habe ich nie.«

»Ist schon gut«, beruhigte ich ihn, »war nicht böse gemeint.«

Ich nickte dem Admiral zu und deutete auf unsere leeren Gläser. Er verstand sofort, fischte mit routiniertem Griff die entsprechenden Flaschen aus dem runden Drehregal und schenkte uns ordentlich nach.

Ich schwenkte mein Glas zwischen Mittel- und Ringfinger und schaute zu Hans herüber. »Sag mal«, begann ich vorsichtig, »als dein Lebensretter hab' ich doch das Recht, ein paar Fragen zu stellen, oder?«

»Frag, was du willst«, antwortete Hans, der rundum beglückt mit seinem Whiskyglas hantierte. Mal klapperte er damit leise auf der Theke herum, mal hob er es, hielt es gegen das spärliche Licht der Neonröhre über der Bar oder schwenkte es, und ab und zu nahm er einen kleinen Schluck.

»Wann bist du auf die Idee gekommen, es zu machen?«

»Den Abgang?«

Ich nickte.

»Vor gut einer Woche«, sagte er, »wie gesagt, da stand im *Mallorca Magazin*, es gingen ständig Leute auf diesem Pott verloren. Nicht nur Selbstmörder.«

»Auch Opfer?«

Hans nickte. »Einer Oma fehlten zweieinhalbtausend Mark, als man sie nach einer Woche aus dem Wasser zog.«

»Wer behauptet das?«

»Die Erben wahrscheinlich. Ist ja auch egal«, sagte Hans. »Auf jeden Fall hat mich das auf die Idee gebracht, es wie einen Raubmord aussehen zu lassen. Mein letztes Geld habe ich im Hafen einer Zigeunerin geschenkt und die Brieftasche später über Bord geschmissen, ein paar Meilen weiter den Koffer.«

»Das hab' ich mitbekommen«, sagte ich. »Hättest du dich geschämt?«

»Wofür?«

»Für einen Selbstmord.«

Hans schwieg einen Moment, dann sagte er: »Zu dem Leben, das ich geführt habe, hätte ein Raubmord besser gepaßt.«

»Du wolltest als Legende weiterleben.«

»Ich weiß nicht.« Er zuckte mit den Schultern. »Darüber habe ich mir nicht groß Gedanken gemacht.«

»Und warum wolltest du nicht als Hans weiterleben?«

»Sag mal, mein Junge«, Hans kniff die Augen zusammen, »was interessiert dich mein gottverdammtes Leben?«

»Ich will wissen, was ich gerettet habe.«

»Und wenn's dir nicht paßt, schmeißt du mich kurz vor Barcelona über Bord.«

»Vielleicht.«

»Du bist einer von der ganz harten Sorte, was?«

Ich lächelte ihn an.

»Was machst du beruflich?« wollte Hans wissen. »Bist du Bulle oder Schauspieler, oder so was?«

»Zur Zeit bin ich arbeitslos«, sagte ich.

»Und was warst du, als du nicht arbeitslos warst?«

»Bildreporter.«

»Fernsehen?«

»Print, Boulevard, zuletzt bei *Flair*.«

»Und die haben dich gefeuert.«

»So ist es«, sagte ich.

»Warum?«

Ich schaute ihn lächelnd an. »Eigentlich wollte ich die Fragen stellen.«

»Als Reporter?«

»Nein.«

Hans schaute mich an und nickte langsam. Dann strich er sich mit beiden Händen über den Kopf und legte seine langen Haare sorgfältig hinter die Ohren. »Du wolltest wissen, warum ich es getan habe.«

Ich nickte.

»Das ist eine lange Geschichte.«

»Wir haben drei Stunden Zeit bis Barcelona.«

Hans lehnte sich mit vor der Brust verschränkten Armen auf die Theke und dachte nach. Schließlich schüttelte er ratlos den Kopf. »Ich weiß nicht, womit ich anfangen soll.«

»Was hast du letztes Jahr gemacht?«

»Ich war auf der Insel.«

»Das ganze Jahr?«

Hans nickte. »Das ganze gottverdammte Jahr, und die beiden davor auch.«

»Rentner?«

Hans lachte auf und schüttelte den Kopf. »Mein Leben lang habe ich keine müde Mark an die BfA gezahlt«, verkündete er stolz.

»Immer selbständig gewesen?«

»Könnte man sagen.« Er nahm einen Schluck Whisky. »Ich wollte es einfach noch mal packen, mich noch mal voll in eine Sache reinhängen.«

»Es hat nicht geklappt.«

»Könnte man sagen.«

»Hattest du eine Kneipe am Ballermann?«

»Nee«, sagte er, »und am Ballermann schon gar nicht. Aber mit Gastronomie hatte es schon zu tun, im weiteren Sinn.«

»Mach's nicht so spannend.«

Hans schaute mich an und lächelte. »Du wirst mich für bekloppt erklären, wenn du die Geschichte gehört hast.«

»Laß es drauf ankommen.«

»Okay«, sagte Hans, sammelte sich kurz und fing an zu erzählen. »Also, ein alter Freund, Kurt Schmalenbach, wohnte schon seit Jahren auf Mallorca und machte hier ein bißchen rum und da, alles nichts Halbes und nichts Ganzes. Er hatte eine Segelyacht und eine Mietwohnung in Port d'Andratx, und er wollte irgendwie auch ein Stückchen vom goldenen Kuchen haben. Gerade da in der Ecke, im Südwesten, da ist ein Geld, das kannst du dir nicht vorstellen.«

»Doch«, sagte ich, »Calvía ist die Region Spaniens, die die meisten Steuern nach Madrid überweist.«

»Mag sein«, sagte Hans unbeeindruckt. »Der Kurt trieb sich auf jeden Fall immer da herum, wo sich auch die Reichen tummelten. Und er aß für sein Leben gern. Manchmal drei Hauptgerichte hintereinander. Aber eine Sache vermißte er auf den Speisekarten der Spitzenrestaurants in Palma, Andratx, Portals Nous und in den kleinen Nobeldingern auf der ganzen Insel, und das war Wild.«

Hans brach ab und schaute mich an, um meine Reaktion auf Kurts existentielle Defizite mitzuerleben. Und da ich mitfühlend nickte, fuhr Hans zufrieden fort: »Also Wildgerichte auf der Speisekarte, das war die eine Seite, und die Jägerei die andere. Die prächtigsten Landgüter, die größten Yachten, saftige Golfplätze noch und noch, alles, was das Herz eines Millionärs erfreut, hat Mallorca zu bieten, aber gepflegt auf die Jagd zu gehen, das war so gut wie nicht drin.«

»Die ballern aber herum wie die Wahnsinnigen«, sagte ich, denn bei dem Wort *Jagd* fiel mir sofort jener Morgen in Costitx ein, als ich wach wurde und dachte, ganz in der Nähe tobe ein Guerillakrieg. Ununterbrochen, über mehrere Stunden hinweg, hallten Schüsse durch das Landesinnere, wie bei einem verbissen geführten Grabengefecht mit unbegrenzten Munitionsvorräten.

»Das ist wohl wahr«, bestätigte Hans, »nicht nur die reichen Residenten, auch die Mallorquiner sind heiß auf die Pirsch. In den Monaten, in denen die Jagd freigegeben ist, holen sie am Sonntag die Flinten aus dem Schrank, und dann wird auf alles geschossen, was sich bewegt. Das wußte Kurt natürlich, und er wußte auch, daß man auf Mallorca eigentlich nur dann ein Geschäft der gehobenen Kategorie eintüten kann, wenn die mächtigen Familien der Insel sich irgendwas davon versprechen. Ein paar Perlhühner, Wildenten und Kaninchen, mit großem Glück mal einen Fasan, eine Bergziege oder eine wilde Ginsterkatze, mehr gibt's da einfach nicht zu jagen. Also rief Kurt mich in Deutschland an und bat, die Preise für Rot- und Dammwild einzuholen, ein paar Wildsauen und ein Keiler dürften auch dabei sein. Im ersten Moment dachte ich, der gute Kurt hätte zu lange am Playa gelegen, aber dann erklärte er mir den Sachverhalt, und ich stieg ein.«

Hans brach ab und leerte sein Glas. Er war jetzt richtig warmgelaufen. Seine Seele schwamm schwerelos im See des lange entbehrten Whiskys.

»Noch mal dasselbe, Señor«, rief er dem Admiral zu, eigentlich eine Spur zu laut, aber außer mir schien dies niemandem unangenehm aufzufallen. Das französische Mädchen flüsterte unterdrückt gestikulierend auf ihren leicht angekratzt wirkenden Partner ein, der kluge Kopf versteckte diesen weiterhin hinter der *ZEIT*, die jungen Spanier steckten schweigend gelbe und rote Plastiktaler in die Spalten ihres Spielgeräts, und der Admiral kam mit den Flaschen und füllte unsere Gläser.

»Also, wenn ich mich einmal in eine Sache reingefressen habe, dann bleibe ich auch am Ball«, nahm Hans seinen Faden wieder auf. »Der Kurt ist immer ein lustiger und agiler Kerl gewesen, prallvoll mit ausgefallenen Ideen. Mit dem auf Mallorca was hochzuziehen, das paßte mir wunderbar ins Konzept. Denn in Deutschland lief es zu der Zeit eher mau bei mir, in verschiedenen Hinsichten, aber das ist ein anderes Kapitel. Also bin ich nach Bayern und Österreich gefahren, habe Preise eingeholt und bei der Dresdner einen Kredit aufgenommen, Kurt einen vor Ort bei der Banca March. Und während ich in Deutschland mit Fluggesellschaften und Spediteuren verhandelte, hat mein Partner bei Porreres ein ansehnliches Areal gepachtet, fast dreihunderttausend Quadratmeter groß mit ein paar Bäumen drauf und eigener Quelle.«

»Moment mal eben«, unterbrach ich ihn. »Wolltet ihr Wild essen oder ansiedeln?«

»Beides«, erklärte Hans, »erst züchten, schlachten und an Restaurants verkaufen. Und im zweiten Schritt mit der Regierung und einheimischen Großgrundbesitzern so was wie einen Staatsforst einrichten, wo unsere Tiere dann hätten heimisch werden können. Wenn der Bestand gesichert gewesen wäre, hätte man dann vorsichtig mit der Jägerei beginnen können.«

»Hört sich nach einem Lebenswerk an.«

»Wir hatten erst mal mit zehn Jahren kalkuliert«, sagte Hans. »Ein halbes Jahr nach Kurts erstem Anruf waren die Tiere in München im Flieger.«

»Im Flieger?« Ich schaute ihn ungläubig an.

»Ich hab' eine Transportmaschine gechartert«, sagte Hans, als sei dies das Normalste auf der Welt.

Mir schoß die kuriose Geschichte durch den Kopf, die im vergangenen Jahr durch die Weltpresse gegangen war: Man hatte japanische Schiffbrüchige aus dem Stillen Ozean gefischt, und diese behaupteten allen Ernstes, eine Kuh sei vom Himmel gefallen, habe ihren Fischkutter durchschlagen und auf Grund gesetzt. Zuerst überlegte man, die Jungs in eine Nervenklinik einzuweisen, dann kam aber glücklicherweise die Wahrheit ans Tageslicht. Vier Soldaten eines russischen Fliegerregiments hatten, um ihren bekanntermaßen kargen Sold etwas aufzubessern, eine Herde Kühe geklaut und in den Flieger getrieben. Aber leider hatten sie es unterlassen, die Tiere vor dem Start sachgemäß zu fixieren. Mitten auf dem Ozean begann das Vieh dann im Laderaum zu randalieren und der Flieger zu trudeln. Die Viehdiebe wußten sich schließlich nicht anders zu helfen, als die Ladeluke zu öffnen.

»Wie habt ihr die Tiere verpackt?« fragte ich.

»Spezialkisten, an sich kein Problem, aber nicht ganz billig. Immerhin hatten wir fast siebzig Tiere an Bord: Hirsche, Rehe, Böcke, fünf Sauen und einen Keiler.« Hans benetzte seine Lippen mit einem guten Schluck Bourbon. »In Palma erwarteten uns drei Lastwagen, und ab ging's ins Gehege. Alles verlief reibungslos, ohne jeden Schwund.«

»Hört sich doch vielversprechend an«, sagte ich.

»Das fanden wir auch. In der folgenden Nacht sind dann die Korken hochgegangen. Vor der kleinen Bretterbude auf dem Gelände haben wir in zwei Campingsesseln gelegen, die ganze Nacht. Der Schampus wurde zwar immer wärmer, weil die Kühlbox nachließ, aber das war uns schietegal. Hoch die Tassen in den Sternenhimmel. Das Glück war unser.«

Mit einem Male machte sich Wehmut breit in seinem Blick, den er in sein halbvolles Bourbonglas senkte.

»Wechseln wir das Thema«, schlug er mit leiser

Stimme vor. »Erzähl mir, warum sie dich bei deiner Illustrierten gefeuert haben.«

»Keine Chance«, entgegnete ich, »ich zahle die Drinks, und außerdem habe ich eh noch was gut bei dir.«

»Erpresser«, knurrte Hans, leerte sein Glas und kratzte sich am Kopf. »Also ich mach's kurz: Kurt Schmalenbach ist tot. Und ich auch, mehr oder weniger.«

»So billig kommst du mir nicht davon«, sagte ich und nickte dem Admiral zu. Der Keeper kam mit den Flaschen und füllte unsere Gläser nach.

»Prost, Hans.«

»Prost, Manuel.«

Wir tranken.

»Habt ihr Ärger mit den Behörden bekommen?« versuchte ich Hans wieder auf Touren zu bringen.

Hans schüttelte den Kopf. »Es hat eben nicht geklappt, verdammt.«

»Was hat nicht geklappt?«

»Den Tieren ist das Klima nicht bekommen. Außerdem konnten wir auf der Insel nicht das richtige Futter auftreiben. Wir hätten alles einfliegen lassen müssen. Und mit der Zucht war auch Essig, denn die Biester haben nicht miteinander gebumst. Vielleicht hatten sie Heimweh, oder ihnen war's einfach zu heiß für schweißtreibende Leibesübungen. Dazu kam, daß die mallorquinischen Tierärzte sich nicht auskannten mit Tiroler Geweihträgern und bayrischen Wildsauen.«

»Die Tiere sind euch weggestorben?«

»Nur ein paar, an Wurmbefall; das war nicht der Punkt.« Hans schüttelte den Kopf. »Als wir merkten, daß die ursprüngliche Zwei-Phasen-Strategie nicht hinhaute, haben wir beantragt, aus dem Gehege einen Wildpark machen zu dürfen. Abgelehnt. Die Touristikbehörde meinte, die Zufahrtsstraßen seien zu schmal für mögliche Buskolonnen.«

»Meinst du wirklich, ein Alpiner Wildpark wäre auf Mallorca der Bringer gewesen?« gab ich eher tröstend zu bedenken.

»Wenn wir das mit einer Butterfahrt gekoppelt hätten, bestimmt«, entgegnete Hans überzeugt, »außerdem: das *Oberbayern* in Arenal platzt doch auch aus allen Nähten, wenn die *Nicki* da trällert, sie wär' ein bayrisches Cowgirl. Bei uns auf dem Gehege hätte es in einem weißblauen Bierzelt Löwenbräu und Weißwurst gegeben, und die *Geiltaler Rohrverleger* wären aufgetreten!«

»Na ja.« Mehr fiel mir zu dieser euphorisch vorgetragenen Argumentationskette nicht ein.

»Und eins darfst du nicht vergessen«, schob Hans noch einen nach, »auf der Insel gibt es Ecken, wo nur Spanier Urlaub machen, und für die ist ein bayrischer Hirsch genauso exotisch wie für Kalle aus dem Ruhrpott ein Muli auf dem Wochenmarkt von Sineu.«

»Okay«, gab ich mich geschlagen, »das mag sein.«

»Wie dem auch sei, sie haben uns unseren Wildpark verboten, und nach gut anderthalb Jahren mußten wir unseren letzten Mohikaner, den Keiler Franz-Josef, dem Koch vom El Patio in Andratx verscherbeln.«

Ich schaute Hans an. »Wenn ich richtig mitgerechnet habe, war das vor etwa einem Jahr.«

Hans nickte. »Kommt ungefähr hin. Aber wie es nun mal so ist zwischen Geschäftspartnern: läuft alles gut, läuft auch die Partnerschaft. Geht die Sache aber den Berg runter, dann gibt es Streß. Dazu kam, daß ich gesundheitliche Probleme hatte. Der deutsche Arzt in Paguera hat mir klipp und klar gesagt: ›Wenn du weitersäufst, wirst du niemals so alt, wie du schon vor zehn Jahren ausgesehen hast.‹ Das saß wie Beton.«

»Wie alt bist du?«

»Achtundfünfzig«, sagte Hans. »Aber damals sah ich älter aus. Wie gesagt, heute die Schnäpse …«

»Ich weiß«, unterbrach ich ihn. »Prost.«

Wir leerten unsere Gläser, und Hans fuhr fort: »Der Kurt hat auf jeden Fall weitergesoffen, und ich habe gelebt wie ein Mönch. Außerdem hatte ich so nach und nach mitbekommen, daß mein sauberer Partner nicht nur Freunde auf der Insel hatte. Da waren wohl ein paar unschöne Sachen mit deutschen Residenten gelaufen und vorher in Deutschland sowieso. Er war nämlich nur auf Mallorca gelandet, weil die Steuer, ein paar Banken und einige enttäuschte Privatgläubiger ihm das Fell über die Ohren ziehen wollten. Na ja, der Kurt. Wir haben uns eben irgendwann nicht mehr so richtig verstanden, und er hat bei seinen nächtlichen Besäufnissen dann versucht, alle möglichen Geschäfte einzustielen, um die Zinsen zahlen, die Monat für Monat bei der Banca March anfielen. Er wollte schließlich nicht seine *Lucky Punch* verpfänden lassen.«

»Sein Segelboot?« fragte ich lächelnd.

Hans nickte.

»Und jetzt ist Kurt tot«, sagte ich.

»Schätze ja«, antwortete Hans. »Er hat irgendwas mit Immobilien versucht, und es schien auch ganz gut anzugehen. Aber dann haben sie sein geliebtes Segelboot in den Hafen geschleppt. Von Kurt keine Spur. In seiner Wohnung lagen noch alle seine Papiere. Und ein Selbstmörder war er nicht. Kurt hätte noch versucht, dem Totengräber eine Versicherung anzudrehen, bevor der den Sargdeckel über ihm zugeschraubt hätte. Scheiße ja.«

»War Kurt allein rausgefahren?«

»Die Polizei sagt ja, aber Frank, einer der Jungs, die im Club de Vela von Andratx ab und an Boote lackieren, hat mir gesteckt, er hätte drei Mann an Bord der *Lucky Punch* gesehen. Außerdem war Zementstaub auf dem Steg vor seinem Liegeplatz. Den habe ich selbst gesehen.«

»Zement?«

»Und die Bordbadewanne hat auch gefehlt«, ergänzte Hans, und mir war klar, was er vermutete: Einbetoniert in seiner Badewanne lag Kurt ein paar Seemeilen westlich von Mallorca auf Grund.

»Wer hätte deinem Kumpel so was antun sollen?«

»Keine Ahnung«, antwortete Hans. »Ich hatte im letzten Jahr den Kontakt zu ihm so gut wie abgebrochen. Ich lag in Santa Ponca bei frisch gepreßtem Orangensaft unter der Hantel, und er in der Mustang Ranch in Palma bei Cuba libre unter zwei Nutten.«

Hans' Stimme war während der vergangenen Minuten etwas lauter geworden, was sowohl auf die nun schon ordentliche Menge verinnerlichten Bourbons als auch auf sein Thema zurückzuführen war. Bei seinem letzten Nebensatz jedenfalls hatte die *ZEIT* bedenklich geknistert, und ein mißbilligender Blick wurde über rechteckige Lesegläschen hinweg in unsere Richtung abgefeuert. Hans hatte das zum Glück nicht registriert, ihm wäre in seiner jetzigen Verfassung zuzutrauen gewesen, daß er die blaue Wolljacke wegen dieser maßlosen Provokation zu einem Putzfeudel degradiert hätte. Ich spürte genau, Hans war ein Mensch, bei dem man aufpassen mußte. Verwundete Stiere sind die gefährlichsten.

»Wann hast du die Sache mit Kurt erfahren?« fragte ich betont einfühlsam.

»Vor zwei Wochen.«

»Und ab dem Moment stand dein Entschluß fest.«

Hans schaute mich fast feindselig an. Offensichtlich hatte er seinen Selbstmordversuch von vor einer Stunde schon weitgehend verdrängt. In seiner Miene kämpften verschiedene Gefühle um die Oberhand. Einerseits ging ihm meine Fragerei nun endgültig auf die Nerven, anderseits aber hatte er nicht vergessen, daß er mir in gewisser Hinsicht verpflichtet war, und sei es nur, um die noch ausstehende Rechnung zu begleichen. Er war nicht der erste Mann, mit dem ich eine Nacht am Tresen verbracht hatte. Ich wußte, wann Schluß sein mußte. Trotzdem konnte ich mir nicht vorstellen, daß sich ein Mann wie Hans nur wegen eines gescheiterten Geschäfts und eines verschwundenen Expartners von diesem Planeten verabschieden würde. Das paßte nicht zu ihm, so wie ich ihn während unseres Gespräches kennengelernt hatte. Und ich bildete mir ein, über genug Erfahrung mit Menschen zu verfügen, um dies beurteilen zu können. Da war etwas anderes, das Hans den Dolchstoß versetzt hatte, etwas, das viel stärker seine Gefühlswelt beschädigt hatte als ein verschollener Kurt oder ein paar bumsfaule Hirsche es vermocht hätten. Und dieses Etwas wollte ich erfahren. Und ich würde es erfahren. Ich brauchte nur etwas Zeit.

»Prost, Hans.«

Mein befriedigtes Kopfnicken sagte ihm, daß die Fragestunde für heute nacht beendet sei.

»Prost, Manuel.«

Wir stießen mit den Gläsern an, nippten daran, hielten sie in den Händen und schwiegen einen Moment.

»Nicht schlecht, der Bourbon«, sagte Hans dann, um die Länge der Gesprächspause nicht an die Peinlichkeitsgrenze heranreichen zu lassen.

»Der Fundador ist auch nicht ohne«, pflichtete ich ihm bei.

»Was machst du eigentlich morgen?«

Ich stellte diese Frage eigentlich nur, um auf lockere Art den Dampf vollends aus ihm herauszunehmen, aber in dem Moment, als ich sie gestellt hatte, war mir ihre Absurdität klar. Der Mann hatte mit dem Leben abgeschlossen, er *war* über Bord gegangen. Schluß, aus, Ende. Und jetzt sollte er sagen, welche Pläne er für den nächsten Tag hätte.

»Das ist dein Problem«, antwortete Hans ebenso überraschend wie originell. »Ohne dich hätten mich jetzt schon die Barrakudas angeknabbert.«

»Das heißt«, gab ich grinsend zurück, »ab heute habe ich dich an der Backe, bis du endgültig das Zeitliche segnest.«

»So ist es«, kam es trocken vom Barhocker neben mir. Die Idee schien Hans prima zu gefallen. Und sei es nur, um mich damit vorzuführen.

»Ich kenne ein nettes Café auf der Rambla«, sagte ich,

»da können wir den ganzen morgigen Tag Backgammon spielen.«

Jetzt war er wieder an der Reihe, mich fragend anzustieren.

»Sonst hattest du nichts vor?«

»Nein«, sagte ich und meinte es ernst.

III.

Diesmal tobte kein Sturm um mich herum – sondern eine katalanische Schulklasse. Wieder stand ich auf dem Achterdeck der *Ciudad de Palma* und schaute zurück. Die Statue des Cristobal Colon war kaum noch zu erkennen in der grauen Masse Barcelona, die man im Laufe der Jahrhunderte in die hügelige Landschaft gegossen hatte.

Es war ein klarer Tag. Die milde Mittagssonne kündigte den nahenden Frühling an, ihr fast weißes Licht reflektierte in kleinen Wellenzipfeln, die auf dem dunkelgrünen Wasser tanzten. Mein Blick verfing sich in dem Glitzern, die aufblitzenden Punkte verschmolzen zu einem silbern schimmernden Teppich und mutierten schließlich zu symmetrischen Rastern, die sich wie ein Kaleidoskop zu drehen begannen. Mir wurde schwindelig, ein ungutes Gefühl meldete sich aus meiner Magengrube, und sogleich eroberte ein bitterer Geschmack meine Mundhöhle. Ich schloß die Augen. Die kleinen Spots tanzten weiter, nun vor orangefarbenem Hintergrund. Meine Akkus waren leer, seit ein paar Stunden schon lief ich auf Reserve. Ich ließ die Reling los, stieg mit vorsichtigen Schritten die Bordtreppe hinab, wankte unter Deck und fand nach erfreulich kurzer Suche den etwas versteckten, nur mit Notlichtern beleuchteten Raum, der an das Innenleben eines kleinen Jets oder eines akzeptablen Reisebusses erinnerte: zwei Reihen mit jeweils zwei Flugzeugsesseln, ausgestattet mit verstellbaren Rückenlehnen und ausreichend Beinfreiheit.

Außer mir befanden sich nur drei weitere Passagiere in dieser Oase des Friedens. Eine alte Frau saß in der ersten Reihe und schälte mit unendlich langsamen Bewegungen einen Apfel, zwei Reihen hinter ihr schlief ein Mann, und in der letzten Reihe bearbeitete einer sein Note-Book. Ich suchte mir einen Platz in der Mitte, drückte die Rückenlehne bis zum Anschlag nach unten, ließ mich in den beigen Kunststoffbezug fallen und nahm eine bequeme Liegeposition ein.

Nichts haßte ich so sehr wie Langeweile, aber zuweilen war der Punkt erreicht, an dem Körper und Geist mir kategorisch abverlangten, die gewonnenen Eindrücke und die auf mich eingeströmten Reize zu hinterfragen und in größere Zusammenhänge zu stellen. An diesem Punkt war ich mal wieder angelangt. Unabhängig vom Streß der vergangenen Wochen bedurfte allein, was in den letzten zwölf Stunden alles passiert war, einer endogenen Supervision. Ich schloß die Augen und zwang mich, ruhig und regelmäßig zu atmen. Wärme breitete sich in mir aus, Bilder rauschten vorüber, Gedanken bauten sich auf, fielen in sich zusammen, formierten sich neu und bildeten Gänge.

Auf was hatte ich mich da wieder eingelassen? Eigentlich kannte ich diesen Hans überhaupt nicht. Ich wußte noch nicht einmal seinen Nachnamen. Der Auftrag erschien halbwegs seriös. Aber was steckte in Wahrheit dahinter? Und das Ganze ausgerechnet kurz vor Beginn der Saison eins nach dem Schock, den der dreifache Mord ausgelöst hatte. Im letzten November waren der Bier-König vom Ballermann, sein achtjähriger Sohn und eine Freundin des Hauses hingerichtet worden, und damit hatten die Killer dem balearischen Mikrokosmos die Maske der Geborgenheit und des paradiesischen Friedens entrissen. Der Sündenfall. Von Erpresserbanden, Drogenkartellen, Schwarzgeldwaschanlagen, Brandstiftungen, mafiösem Treiben und Betrügereien jeder Art war plötzlich die Rede. Sehr zum Verdruß der einflußreichen Mallorquiner, der geldpumpenden Bankhäuser und des deutschen Konsuls, die gemeinsam über lange Jahre hinweg am Image der Insel herumpoliert hatten, um sie in den Augen der Millionäre dieser Welt – vor allem der deutschsprachigen – als Garten Eden erstrahlen zu lassen. Und es hatte wunderbar funktioniert: im Kielwasser von Claudia Schiffer waren neue und alte Reiche, aktuelle und verwelkte Showgrößen und schließlich sogar Boris Becker, der Top-Gladiator vergangener Jahre, im Hafen von Palma eingetrudelt. Und dann dieses schreckliche Verbrechen. Sollte alle Mühe umsonst gewesen sein? Hatte der weise Peter Ustinov den Gang der Dinge vorausgeahnt, als er vor einigen Jahren sein Haus an der Westküste aufgab? War die Welt der Residenten auf Mallorca eigentlich jemals wirklich *heil* gewesen? Wen sollte es wundern, daß die Glücksritter, Parasiten, Wegelagerer und Asphaltpiraten der Neuzeit sich in einem Nest wohl fühlten, das einst von Seeräubern, Schmugglern, Sträflingen und Ausgestoßenen bereitet worden war? Wo Licht ist, kreisen die Motten.

Nach unserem nächtlichen Gespräch hatten Hans und ich dem Admiral artig eine gute Nacht gewünscht und waren auf jeweils zwei Sesseln im Salon eingeschlafen. Wach wurden wir erst wieder von der Hektik, die plötzlich um uns herum entstand und das baldige Ende der Passage ankündigte.

Hans massierte sich nachdenklich die Schädeldecke und stieß einen heiseren Seufzer aus. Sein Comeback in der Säuferliga machte ihm zu schaffen; sein nicht vollstreckter Selbstmord vermutlich auch. Wir schauten uns an. Schweigend nickte ich Richtung Bar und stand auf. Hans folgte mir, und wir stellten uns in zweiter Reihe an das nun volle Thekenrund. Die Epoche des Admirals war untergegangen. Zwei junge Kellner wirbelten um die beiden Kaffeemaschinen herum und bedienten die Gäste mit eingeschliffener Grandezza.

»Cortado?« fragte ich Hans.

Er nickte.

»Bocadillo?«

Er schüttelte den Kopf.

Ich bestellte zwei Cortados, die eine Minute später vor uns standen. Ich riß das Zuckertütchen auf und ließ die Hälfte des Inhalts in das kleine Glas mit aufgeschäumtem Milchespresso rieseln. Hans nahm keinen Zucker. Und er schaute mich nicht mehr an.

Schweigend folgte er mir eine halbe Stunde später über die Gangway, und schweigend ließen wir Christoph Kolumbus rechts auf seiner Säule stehen, den Kurs weisend, auf dem er Amerika entdeckt zu haben glaubte.

Wir setzten uns in Pacos kleine Bar und spielten Backgammon.

Hans sprach kein Wort. Und ich unterließ es bald, ihn davon abbringen zu wollen. Fast anderthalb Stunden saßen wir uns schweigend gegenüber, würfelten und verschoben Steine. Hans hatte in etwa meine Spielstärke, die Partien waren spannend und abwechslungsreich. Nach dem siebzehnten Spiel und dem vierten Cortado stand er völlig unvermittelt auf und sagte, er müsse etwas erledigen, ich solle hier auf ihn warten.

Am Kiosk gegenüber kaufte ich den *Stern* und wartete.

Nach etwa einer Stunde kam Hans wieder und fragte: »Willst du für mich arbeiten?«

Fast hätte ich losgelacht. Aber ich beherrschte mich und schaute ihn eher teilnahmslos an.

»Kommt drauf an.«

Hans griff in seine Jackentasche, zog ein Bündel Pesetenscheine hervor und blätterte das Geld vor mir auf den Tisch. »Fünfhunderttausend Peseten jetzt, dasselbe noch mal, wenn du den Job erledigt hast.«

Immerhin gut sechstausend Mark Vorschuß. Damit konnte man in Spanien schon recht ordentlich die grünen Pferde galoppieren lassen. Meine momentane Liquidität belief sich gerade mal auf ein Viertel der vor mir ausgebreiteten Summe.

Ich bestellte einen Fundador. Hans blieb bei Cortado.

»Was wäre das für ein Job?«

»Du müßtest jemanden für mich suchen.«

»Kurt?«

»Quatsch!« platzte Hans heraus. Er machte eine kurze Pause und sagte dann in besonnener Stimmlage: »Es geht um eine Frau.«

»Deine Frau?«

»Nein.« Hans schüttelte den Kopf. »Aber Details gibt's erst, wenn du dich für den Job entschieden hast.«

Eigentlich hatte ich vorgehabt, mit dem Europa-Bus zurück nach München zu fahren und Marischa zu bitten, mich vorübergehend auf ihrer Couch nächtigen zu lassen. Ich hätte den Markt sondiert und bei den Sendern angefragt. Die Printgeschichte hatte sich für mich erledigt, ich brauchte eine Veränderung, eine neue Herausforderung mußte her. Redakteur oder erst mal Rechercheur bei einem TV-Magazin, egal ob Sport, Sex, News, Musik, Boulevard oder Life-Style. Vielleicht auch Realisator von kurzen Einspielfilmen. Etwas in der Art schwebte mir vor. Schließlich hatte ich das Handwerk des unsauberen Journalismus von der Pieke auf gelernt. Ich wußte, wie man jemanden in die Enge trieb, wie man Tränen zu sehen bekam, wie man Promis auflauerte, sie hofierte oder abschoß, wie man Fotos manipulierte, wie man Aussagen in Zusammenhänge stellte, die ihren Sinn verkehrten. Und ich war ein zäher Knochen. Wenn man mich morgen für drei Monate nach Kasachstan geschickt hätte, kein Problem. Ich hatte keine Familie, keine festen Beziehungen. Ich war der Prototyp des modernen Medienmenschen: flexibel bis zur Selbstverachtung, örtlich und zwischenmenschlich ungebunden, nihilistisch, trinkfest, drogenerfahren und hoch motiviert. Und ich verfügte über ein hinreichend attraktives Erscheinungsbild, das auch eine schöne Frau dazu veranlaßte, für einen Moment meinen Blick zu suchen, wenn sie mir auf der Straße entgegenkam.

Ich schaute auf das Geld, das zwischen Hans und mir auf Pacos geblümter Plastikdecke lag.

»Hast du ein Foto von ihr?«

Hans griff in seine Westentasche und holte ein verknautschtes Stückchen Pappe daraus hervor. Er verbarg es schützend in seinen faltigen Händen und warf einen schüchternen Blick darauf. Fast hatte es den Anschein, er wäge zaudernd ab, ob er mir das Bild überhaupt zeigen sollte – oder dürfte. Seine Brieftasche hatte er letzte Nacht über Bord geschmissen, dieses Foto aber wäre mit ihm in den Tod gegangen.

Er hob den Blick und schaute mir fest in die Augen. Und nun sah ich eine gewisse Angst in seinem Blick. Angst um mich.

»Zeig mir das Foto«, sagte ich.

Er zögerte.

»Mach es nicht so spannend.«

Noch einmal schaute er auf das Foto in seinen Händen, bevor er es mir endlich herüberreichte.

Es war der kleine Abzug eines Imagefotos, wie sie Schauspieler, Tänzer oder Models von sich machen ließen, für Set-Cards oder ihre Agenturen. Es zeigte eine bildhübsche schlanke Frau mit langen schwarzen Haaren, die am Hinterkopf zusammengesteckt waren. Der Schnitt ihrer Augen hatte etwas Exotisches, und ihr Lächeln kannte ich. Es war Hans' Lächeln.

»Deine Tochter?«

Hans nickt stumm.

»Wie heißt sie?«

»Cosima.«

»In welchem Erdteil müßte ich nach ihr suchen?«

»Auf der Insel.«

»Mallorca?« Ich konnte meine Überraschung nicht verbergen.

Hans nickte erneut und schaute auf seine Uhr.

»Machst du den Job?« fragte er mit plötzlicher Ungeduld in der Stimme. Er schien auf einmal unter Zeitdruck zu stehen.

Ich kippte meinen Fundador, schaute in seine blauen Augen, sammelte seine Geldscheine ein und steckte das Bündel in die Brusttasche meiner Lederjacke. Hans stieß einen leisen Seufzer aus. Er wirkte erleichtert in diesem Moment. Wir reichten uns kurz die Hände, und Hans stand auf.

»Komm«, sagte er, »der Pott läuft in einer Viertelstunde aus.«

Er griff in seine Tasche und holte zwei Tickets hervor, von denen er mir eines zusteckte.

»Du warst dir aber sehr sicher«, sagte ich lächelnd.

Hans nickte, legte einen Geldschein auf den Tisch, winkte Paco kurz zu und zog mich aus der Bar.

»Woher hast du die Kohle?«

»Von der Dresdner Bank«, antwortete er.

»Ich dachte, du wärst pleite, nach eurem Wilddesaster?«

»Kurt war pleite«, sagte Hans. »Und du hältst jetzt mal für eine Stunde die Klappe. Abgemacht?«

Ich nickte stumm und hob den Blick. Hinter dem Gebäude der *Transmediterranea* ragte die *Ciudad de Palma* aus dem Hafenbecken. Ich lächelte ihr entgegen.

Aus weiter Ferne kam ich, als ich die Augen wieder öffnete. Traumlos hatte ich geschlafen – wie ein Stein. Ich brauchte einen Moment, bis ich realisiert hatte, wo ich mich befand, und warum ich mich dort befand.

»Na, wieder auf dem Damm?«

Ich schaute nach links. Hans saß auf dem Sessel jenseits des Gangs und lächelte mir zu.

»Mann o Mann«, stöhnte ich, »ich war total weg.«

»Das habe ich gemerkt«, sagte Hans.

Ich schaute auf meine Uhr. »Das gibt's doch nicht.«

»In einer Stunde laufen wir in Palma ein.« Hans nickte mit dem Kopf zum Ausgang. »Komm mit an Deck.«

»Aye, aye, Sir«, sagte ich und stemmte mich aus dem Sessel hoch.

Wir setzten uns auf eine Bank, schlugen unsere Jackenkragen hoch und schauten vom Oberdeck aus zur Sonne, die sich als pralle Blutorange gerade anschickte, hinter dem Horizont abzutauchen. Leuchtendrote Wolkenschlieren verzierten den türkisfarbenen Himmel.

»Wie alt ist deine Tochter?« fragte ich.

»Im Juni wird sie dreißig«, sagte Hans und fügte leise hinzu: »Hoffentlich.«

»Wann hast du sie zum letzten Mal gesehen?« fragte ich.

»Vor gut sechs Jahren, fünf Monate später bekam ich noch eine Karte aus Palma, und das war's.«

»Bei deiner Frau hat sie sich auch nicht gemeldet?«

»Bei ihrer Mutter? Nein.« Er schüttelte den Kopf. »Ich war dreimal verheiratet, aber mit Cosimas Mutter nicht. Und außerdem war ich ein Scheißvater. Das ist das Problem. Ich hatte gehofft, in der Hinsicht einiges wieder hinbiegen zu können.«

»Hast du außer Cosima noch andere Kinder?«

»Nicht, daß ich wüßte.«

Ich schaute ihn an. Hans war eine Marke für sich, das

stand außer Frage. Er hatte bestimmt mit unzähligen Frauen im Bett gelegen, und er war immer noch attraktiv. Er hätte mit Sicherheit noch so manches Frauenherz betören können, wenn er dazu in der Laune gewesen wäre.

»Erzähl mir von Cosima«, sagte ich.

Hans überlegte einen Moment und sagte dann: »Eines Tages stand sie mit ihrer Mutter bei mir in Amsterdam vor der Tür.«

»Aha«, sagte ich, »geht es vielleicht eine Spur präziser?«

»Ihre Mutter ist Kolumbianerin«, erklärte er lapidar.

Ziemlich ratlos schüttelte ich den Kopf. »Kolumbien, Amsterdam, Palma ... Was soll ich damit anfangen?«

»Mein Gott«, sagte Hans fast etwas verlegen, »das ist wieder so eine Geschichte.«

»Du liebst es, Geschichten zu inszenieren, hab' ich recht?«

»Daß ich es liebe, kann ich eigentlich nicht sagen«, erwiderte Hans mit einem gewissen selbstgefälligen Funkeln in den Augen. »Ich bin eben ein Mensch, der immer wieder in irgendwelche Geschichten hineingeraten ist.«

»Dazu gehört die Bereitschaft deinerseits.«

»Stimmt«, sagte Hans und lächelte mich an. »Aber tu mir den Gefallen und spiel hier nicht den Sozialpädagogen, du weißt genau, wovon ich spreche. Wir sind aus demselben Holz geschnitzt, das hab' ich gleich gemerkt.«

»Ich fürchte, ja«, gab ich zu. »Trotzdem würde ich gerne etwas mehr über Cosima erfahren.«

»Also«, begann Hans, nachdem er sich mit beiden Händen die Haare zurechtgerückt hatte, »damals war ich geschäftlich oft in Südamerika, und die Mädchen da drüben, die sind nicht ohne. Das hast du bestimmt auch schon mitgekriegt. Auf jeden Fall lief da so einiges. Unter anderem mit der süßen Marisol. Na ja. Vier Jahre später schellte es an der Tür und jene Marisol stand davor, an ihrer Hand ein putziges Mädchen. Ich schaute die Kleine an: meine Augen, meine Gesichtsform, mein Lächeln. Da konnte mich kein Vaterschaftstest raushauen, Cosima war meine Tochter. Ich hatte gerade Svenja geheiratet, eine Holländerin mit dänischem Vater, und mit ihr wohnte ich an der Prinzengracht. Für Marisol war das okay, sie wollte nur in Europa leben und die Kleine hier zur Schule schicken. Also mietete ich ihnen ein Apartment, besorgte den beiden mit Svenjas Hilfe eine Aufenthaltsgenehmigung, steckte ihnen regelmäßig Geld zu und verbrachte mit dem Kind eine Menge Zeit – wenn ich sie hatte.«

»Ein teurer Spaß«, warf ich ein. Doch Hans zuckte nur mit den Schultern. »Das hat mich nicht weiter gekratzt. Damals habe ich ganz gut verdient. Später dann, als Svenja und ich uns trennten und ich nach Köln zog, kamen Marisol und Cosima wieder hinter mir hergedackelt. Ich hatte nichts dagegen, denn die Kleine war mir schon ziemlich ans Herz gewachsen. Wieder mietete ich den beiden eine Wohnung in meiner Nähe.«

Hans zog seinen Kopf etwas tiefer in den Jackenkragen hinein und fuhr fort: »Marisol war kein Kind von Traurigkeit, und sie sah noch verdammt gut aus. Sie feierte gern Parties und war in den besseren Kölner Discos bald eine feste Größe. Und eines Tages war sie weg. Abgehauen mit einem Italiener, der auf der Möbelmesse ausgestellt hatte. Und Cosima stand bei mir in der Bude, mit einem kleinen Koffer und ihrem Schulranzen. Zu der Zeit lebte ich mit Rosa zusammen. Die Gute war selbst erst dreiundzwanzig und nicht gerade begeistert von der Vorstellung, mich mit einem elfjährigen Mädchen zu teilen, zumal ich beruflich immer viel auf Achse war. Es gab Streß ohne Ende. Was blieb mir anderes übrig? Ich mußte Cosima ins Internat stecken. Aber die Kiste mit Rosa hatte Risse bekommen, die nicht mehr zu spachteln waren. Das Leben ging trotzdem weiter. Im Flieger nach Hongkong lernte ich Sabine kennen, als sie mir in einem Luftloch eine halbe Flasche roten Bordeaux über die Hose schüttete. Sie war Stewardeß bei der BA und erst ein paar Wochen zuvor von einem Textilhersteller geschieden worden. Zwei Jahre später haben wir geheiratet und Cosima offiziell adoptiert. Am Wochenende war das Mädchen dann oft bei uns, und wir sind immer zusammen in Urlaub gefahren. Allein fünfmal nach Mallorca. Cosima war sehr gern auf der Insel.«

Hans brach ab. Die Sonne war untergegangen, der Himmel leuchtete in verschiedenen Rot- und Goldtönen und veränderte sich von Minute zu Minute.

»Eine intakte Kleinfamilie«, sagte ich.

»Mehr oder weniger intakt«, schränkte Hans ein. »Am Anfang lief alles prima. Sabine war viel unterwegs, ich war viel unterwegs. Und wenn wir uns trafen, kamen wir tagelang nicht aus den Betten. Dann aber wollte sie unbedingt ein eigenes Kind haben. Ich hatte nichts dagegen und gab mein Bestes. Immer wieder, monatelang. Wir haben gemacht und getan, das ganze Programm. Ärzte, Psychologen, Voodoopriester. Es hat eben nicht sollen sein. Aber das ist wieder eine Geschichte für sich. Ich mußte irgendwann für längere Zeit weg, und als ich wiederkam, war Sabine ausgezogen, und Cosima hatte ihr Abitur in der Tasche. Ein gutes sogar. Sie hätte Medizin oder sonstwas studieren können. Aber was macht sie? Sie geht auf eine Tanzakademie! Ich bin fast ausgeflippt. Was Anstrengenderes und Brotloseres als Tänzerin zu sein, gibt es auf der ganzen Welt nicht. Wir haben furchtbaren Krach gekriegt. Aber sie hat ihren Dickkopf durchgesetzt. Talentiert war sie ja, das muß man sagen. Ihre Ausbildung hat sie mit Bravour abgeschlossen. Und dann ging's los. Hier vortanzen, da vortanzen, da ein Brotjob in einer Disco, da ein Angebot, als Stripperin aufzutreten, und diese ganzen schmierigen Typen, die ihr den Himmel auf Erden versprachen, ihr aber nur an die Wäsche wollten. Die Hölle, nur die Hölle. Die Kleine hat mir leid getan. Aber sie war tapfer und trotzig. Sie wollte es schaffen, sie wollte es *mir* beweisen. Als ich das endlich eingesehen hatte, war es schon zu spät. Damals habe ich ihr immer nur Druck und versteckte Vorwürfe gemacht. Und dann kam sie eines Tages total glücklich zu mir und sagte, sie hätte einen tollen Job in Palma bekommen. Ein bekannter belgischer Choreograph würde dort ein festes Ensemble zusammenstellen, das in der Arena und im Casino auftreten sollte. Ich habe ihr gratuliert und gesagt, jetzt würde ja doch noch ein kleiner Star aus ihr, und so weiter. Scheiße.«

»Es hat nicht geklappt?« fragte ich.

Hans sah nun sehr bedrückt aus. »Vermutlich nicht«, sagte er, »und Cosima war zu stolz, um mir ihre erneute Pleite zu beichten.«

»Nur noch eine Karte hat sie geschrieben.«

Hans nickte. »Vor fünfeinhalb Jahren.«

Ich schaute ihn an. Das lausbübisch Freche hatte sich vollkommen aus seinem Gesicht verabschiedet, und übriggeblieben war das faltige Gesicht eines einsamen alten Mannes.

»Sag mal, Hans«, begann ich vorsichtig, »ich will dich nicht entmutigen, aber du warst die letzten drei Jahre auf der Insel.«

»Stimmt.« Hans nickte traurig.«Ich war bei der Polizei und beim Konsulat, ich habe tausend Leute befragt. Fehlanzeige. Ich habe versagt.«

»Und du glaubst, ich könnte sie finden, in ein paar Wochen? Vielleicht ist sie längst am Broadway, in Buenos Aires oder sonstwo.«

»Du bist Reporter, du hast Biß und weder Hirsche noch einen versoffenen Partner an der Backe.« Fast flehte er mich an. »Ich brauche Gewißheit, so oder so.«

Ich legte meine Hand an seine Schulter und forderte seinen Blick. »Wenn Cosima noch auf der Insel ist«, sagte ich, »dann finde ich sie.« Und das sagte ich nicht nur, um ihm Hoffnung zu geben. Ich sagte es auch zu mir selbst. Denn ich mußte mir Druck machen, um die Magneten zu aktivieren, die das gesteckte Ziel mit meiner Seele verbinden sollten.

»Danke«, sagte Hans.

Die *Ciudad de Palma* näherte sich der Bucht von Palma. Links gingen die Lichter in Paguera an, weiter vorn auf der winzigen Isla del Toro blinkte der Leuchtturm.

»Eine Frage noch.«

Hans schaute mich an. Ich glaube, er wußte, was kommen würde. Und er bereitete sich darauf vor.

»Hast du es wegen Cosima getan, letzte Nacht?« fragte ich.

Er schwieg eine Weile.

»Auch«, sagte er dann, »auch wegen ihr.«

IV.

Da ich mich von Paddy, Susie und Maggie, den charmanten britischen Ladies, die seit einiger Zeit das *Hostal de Port* am Rand der Altstadt betrieben, gerade erst auf recht exzessive Art und Weise *bis zum nächsten Jahr, spätestens...* verabschiedet hatte, mußte ich um meine Glaubwürdigkeit bangen, wenn ich schon zwei Tage nach der ausgelassenen Feier wieder in ihrer Tür gestanden hätte. Erschwerend kam hinzu, daß mir gegen Ende unseres vorgestrigen Gelages die gute Maggie mit Tränen in den Augen um den Hals gefallen war und mir einen Heiratsantrag ins Ohr gerülpst hatte. Und als ich diesen mit aller Höflichkeit abgelehnt und mich ihren Übergriffen entzogen hatte, mußten Susie und Paddy ihre aufschluchzende Geschäfts- und WG-Partnerin mit vereinten Kräften davon abhalten, eine Literflasche finnischen Wodkas auf der Fensterbank im vierten Stock zu leeren, was in jedem Fall mit Maggies Ableben gleichzusetzen gewesen wäre. Die Scham, mir schon so bald nach dieser seelischen Entblößung wieder in die Augen schauen zu müssen, wollte ich dem hinreichend betagten Mädchen ersparen. Wobei zu meiner Ehrenrettung erwähnt sei, daß ich der Dame keinerlei Anlaß geboten hatte, in mir ihren Auserwählten zu sehen. Die kühne Attacke ihrerseits war der einzige physische Kontakt, der jemals zwischen uns stattgefunden hatte. Und da mich Maggie nach ihrem schätzungsweise siebzehnten irischen Cream Liqueur nur noch *Pedro* oder *my nasty spanish toyboy* genannt hatte, lag die Vermutung nahe, das ganze Drama basierte auf einer fehlgesteuerten Identitätszuweisung, hervorgerufen durch unkontrollierten Alkoholkonsum und die Erinnerung an eine gekaufte Liebe mit unerwarteten emotionalen Konsequenzen. Aus diesen Gründen quartierte ich mich ein paar Gassen weiter im *Hostal Apuntadores* ein.

Durch die schmiedeeiserne, dunkelgrün gestrichene Tür betrat ich die Bar, die im Apuntadores auch als Rezeption und Frühstücksraum herhielt. Die rauhverputzten Wände waren *mediterran* in einem schrillen Gelbton getupft und mit gerahmten Zeichnungen geschmückt. Hinter der Theke stand eine bebrillte Mallorquinerin neben Annika, der strohblonden Geschäftsführerin des Hostals, die mir in perfektem Englisch erklärte, es sei nur noch ein einziges Doppelzimmer frei, und das koste 4000 Peseten die Nacht; Frühstück exklusive. Ich nickte trotzdem, zahlte für eine Woche im voraus, und Annika, die durch und durch schwedisch aussah, händigte mir den Schlüssel zu Zimmer 63 aus.

Im sechsten Stock stieg ich aus dem klapprigen Lift und schaute mich um. Vier Türen gab es auf dieser Etage, eine davon führte ins Gemeinschaftsklo. Und die gleich daneben in mein Zimmer. Ich schloß die Tür auf und trat ein. Zwei maschinell gedrechselte, keusch separierte Betten, bedeckt von geblümten und gerüschten Überwürfen, rechts ein paar Quadratmeter hellblaue Kacheln an der Wand, davor ein Waschbecken und ein Bidet, daneben ein weißer Plastikvorhang, der eine Duschtasse verbarg. Die Wände des etwa zehn Quadratmeter großen Hostalzimmers waren etwas vergilbt und zehn Zentimeter unter der Decke mit einer verunglückt gepinselten grünen Bordüre versehen. Ein verzogener Kleiderschrank stand neben der Tür, das zweiflügelige Fenster an der linken Wand war offen, und zu beiden Seiten der geschlossenen Fensterläden hingen hellgrün und orange gemusterte Vorhänge hinab, aus demselben Stoff wie das Polster der einzigen Sitzgelegenheit im Raum, einem häßlichen Zwitter zwischen Stuhl und Sessel. Ohne Frage: eine Sensation das Ganze.

Ich stellte meine Tasche auf das Bett am Fenster und schälte mich gerade aus meiner Jacke, als ich es zum ersten Mal vernahm. Dieses eindeutige Plätschern. Intensiv übermittelt, in akustisch vollendeter Form. Als würde jenes mir unbekannte Wesen in einen Wasserkübel strullen, der auf meinem Kopfkissen stünde. Von ungläubiger Neugier getrieben, konnte ich es mir nicht verkneifen, die Schlagläden zu entriegeln und aufzustoßen. Der sich mir nun eröffnende Blick endete bereits nach knapp zwei Metern bei einem grasgrüngrauen Schlagladen wie dem meinen. Links war ebenfalls ein solcher angebracht, und durch dessen Lamellen drang nun das Rubbelgeräusch vom Kontakt zwischen ökologisch aufgearbeitetem Klopapier und einer zarten Poebene.

Peinlich berührt senkte ich den Blick in den Lichtschacht hinab, der etwa fünfzehn Meter unter mir in einem Müllcontainer endete. Eine Nacht in diesem Zimmer und Hans Osthoff wäre gesprungen.

Ich verschloß den Schlagladen vor dem imposanten Panorama, zog mich aus und betrat die Naßzelle.

Der Duschkopf, in Taiwan aus schwarzem Kunststoff

gepreßt, hatte die Ausmaße eines Handy, und er quälte meine Haut mit sieben nadelspitzen Strahlen, die nach fünf Minuten eiskalt wurden.

Die Handtücher aber waren soweit okay. Ich wickelte mir das größte um die Hüfte und legte mich aufs Bett.

Gegen Mitternacht wachte ich auf, zog mich an und trat hinaus auf den Carrer Apuntadores. Das Sauf- und Freßgäßchen, in dem sich in Sommernächten Menschenströme aneinander vorbeischoben, gehörte heute nacht mir allein. Ich setzte mich auf dem Kopfsteinpflaster in Bewegung und lauschte dem Klacken meiner Absätze, das sich in der engen Häuserschlucht verlor.

Am Plaça Reina bog ich rechts in die Antoni Maura ein, und bevor ich im *Café Lirico* verschwand, hob ich kurz den Blick zur angestrahlten Fassade der Kathedrale. Das mußte einfach sein. La Seu! Erniedrige mich durch deine bezaubernde Gewalt, mach mich zu deinem ergebenen Sklaven, du göttlich schönes Prunkstück der christlichen Baukunst. Und gib mir deinen Segen. Man weiß ja nie.

Das *Lirico* gefiel mir seit dem Moment, als ich es vor Jahren zum ersten Mal betreten hatte. Nette Kellner, warme Bocadillos, guter Kaffee, völlig gemischtes Publikum und eine Einrichtung, die sich in einer harmonischen Waage hielt zwischen der Gemütlichkeit eines belgischen Bistros und dem gewissen morbiden Schick der Avantgarde von gestern. Ein paar Gäste hockten an der Bar, drei Männer und eine Frau spielten Poolbillard unter dem kleinen Fernseher, die Hälfte der Tische war mit gutgelaunten Menschen besetzt.

Während ich grüne Oliven, Weißbrot und menorquinischen Ziegenkäse in mich stopfte und mit kräftigen Schlucken *San Miguel* die Speiseröhre hinab eskortierte, versuchte ich mir einen Plan zurechtzulegen, wie ich am besten vorgehen sollte.

Als wir die *Ciudad de Palma* verlassen hatten, war Hans mit der Forderung, alle zwei Tage von mir Rapport zu erhalten, in ein Taxi gestiegen und abgerauscht. Keine Ahnung wohin. Eine Adresse hatte er mir nicht hinterlassen, nur einen Zettel, auf dem sein Name und eine Telefonnummer stand: *Hans Osthoff 908-4545661*. Von 12 bis 18 Uhr sei er jeden Tag unter dieser Nummer zu erreichen.

Letzte Nacht wollte sich Hans noch umbringen. Heute morgen trieb er in Barcelona problemlos relativ viel Geld auf, und eine spanische Handynummer hatte er auch. Und was für ein Theater er in Pacos Bar um die Herausgabe des Fotos seiner Tochter inszeniert hatte! Aber vielleicht war das ja nur ein Trick, mit dem er mich für den Job hatte ködern wollen. Aber die Angst, die sein Blick verraten hatte, war echt gewesen. Rätselhaft. Angst um mich, weil er den Entschluß gefaßt hatte, mich nach seiner Tochter suchen zu lassen? Angst, daß mir etwas zustoßen könnte, wenn ich sie gefunden hätte? Ein seltsamer Vogel war er schon, dieser Hans. Schätzungsweise fünf Wochen würde ich bequem mit seinen fünfhunderttausend Peseten auskommen. Eine Menge Zeit, um eine gewisse Cosima Osthoff aufzustöbern. Insgesamt eine Million wollte Hans im Erfolgsfall springen lassen. Die Hälfte davon hatte ich schon in der Tasche. Ohne Quittung, ohne irgendeine Sicherheit. Morgen früh könnte ich mich Stand-by vom Eiland machen. Und weg wäre die Kohle. Aber wahrscheinlich dachte sich Hans: einer, der drei Meter in die Tiefe springt, um einen Selbstmord zu verhindern, der ist in irgendeiner Form ein Ehrenmann. Und so ganz daneben lag er mit dieser Einschätzung nicht.

Eine fast dreißigjährige Frau war verschwunden, auf einer Insel, die jedes Jahr von mehr als sechs Millionen Menschen besucht wurde. Sie kamen und gingen. In unzählige Männer hätte sie sich verlieben können. Vielleicht hatte sie mit einem von ihnen irgendwo auf der Welt eine Familie gegründet. Der Name Cosima Osthoff half mir wahrscheinlich nicht entscheidend weiter. Aber sie hatte eine Zeitlang in Palma gelebt. Und so attraktiv wie sie war, wird sie nicht lange allein gewesen sein. Irgendwer mußte sich noch an sie erinnern. Und vielleicht konnte mir dieser Jemand ja weiterhelfen. Eine Spur war jener belgische Choreograph, der sie einst auf die Insel gelockt hatte. Mit welchem Hintergedanken auch immer. Vielleicht hatte der Mann das hübsche Mädel ja in den Vorderen Orient verscherbelt, und die kleine Tänzerin mußte seitdem für irgendeinen Sultan den Schleiertanz machen oder ihm viele kleine Wüstensöhne gebären. Vielleicht aber war sie auch ganz unspektakulär ertrunken oder an einer Überdosis Heroin gestorben. Vieles war denkbar. Aber es gibt auch Instinkte, und die sind zwischen Vätern und Töchtern oft recht gut ausgeprägt. Hans hatte mich engagiert, und diese Tatsache bedeutete, daß er davon überzeugt war, seine Tochter irgendwann lebend wiederzusehen, und daß sich hier auf der Insel eine Spur von ihr finden lassen müsse. Wenn es diese Spur gab, würde ich sie auftun.

In meiner aktiven Ära als Gesellschaftsschnüffler und Klatschfotograf hatte ich schon so manchen Auftrag dieser Art in drei Tagen erledigt.

Ich mußte beim Tanzen ansetzen. In jedem besseren Familienhotel gab es eine Clique von Animateuren, die Spiele, Sportwettkämpfe und kleine Abendprogramme auf die Beine stellten, oft mit Tanz- und Playback-Einlagen. Aber ob so was für eine Frau wie Cosima in Frage kam? Eine Frau mit bombigem Abitur, die das Tanzen einem Hochschulstudium ihrer Wahl vorgezogen hatte? Wohl kaum. Ihrem Niveau halbwegs entsprochen hätte eigentlich nur die Rolle der Primaballerina im *Paladium*. Die Showbühne im Spielcasino bei Magaluf beschäftigte die einzige feste Tanz-Company der Insel, und das Programm würde ich mir morgen abend anschauen.

Profis waren auch die vielen Flamenco-Gruppen, die im Sommer von Tourihochburg zu Tourihochburg zogen. Die rassige Cosima hätte überzeugend als Andalusierin durchgehen können, und für eine ausgebildete Tänzerin wäre es bestimmt kein großes Problem gewesen, ein paar feurige Sevillanas einzustudieren. In Palma und Arenal gab es natürlich auch etliche Peep- und Stripshows, es gab Disco-Tänzerinnen, die ihre String-Tangas an Eisenstangen rieben, um die Jungs im Publikum aufzuheizen und deren Freundinnen zur Weißglut zu bringen, und es gab Dance-Performances, halbseriöse, meist flippige Showeinlagen, für die in einigen besseren Discos zweimal pro Nacht die Tanzflächen freigemacht wurden. In dieser Szene hatte ich zum Glück einen ergiebigen Kontakt namens Sylvia: Vor knapp zwei Wochen war ich gegen halb sechs Uhr morgens aus einer verschrobenen Topless-Bar geflohen, in die mich kurz zuvor ein aufdringlicher Propagandist gezerrt hatte, und spielte gerade mit dem Gedanken, meine genügend abgefüllte Hülle im Hostal niederzulegen, als mich die Sehnsucht übermannte, mir mal wieder einen Sonnenaufgang über der Bahia zu gönnen. Diesem Begehren folgend, war ich die Treppe vom Plaça Gomila zum Passeig Maritim hinuntergestiegen, hatte mich unter eine Palme auf eine der grob gehauenen Sandsteinbänke am Hafenbecken gesetzt und mir eine Zigarette angezündet.

Leise bewummerte mich von hinten die Musik aus dem *Tito's*, und irgendwann hörte ich Stimmen auf der Bank etwa zehn Meter von mir entfernt. Plötzlich stand eine Frau neben mir, beugte sich vor und fragte mit typisch deutschem Akzent: »Tienes fuego?« Sie hielt einen mordsmäßigen Joint in der Hand.

»Hab' ich.«

»Oh, deutsch«, konstatierte sie, weder überrascht noch enttäuscht. Ich nickte, zog mein Feuerzeug aus der Tasche und entflammte ihr Unding. Sie nahm einen kräftigen Zug, blies den Qualm aus und sagte mit leicht erstickter Stimme: »Danke.« Sie ging zwei Schritte, drehte sich dann noch mal zu mir um und hob den Joint in die Höhe. »Willste mal?«

»Könnte vielleicht nicht schaden«, antwortete ich. Sie kam zurück und reichte mir die Kanone. Ich zog daran. »Schmeckt gut«, sagte ich. Sie schaute mich ab- und einschätzend an. »Komm mit rüber, wenn du willst«, bot sie mir schließlich an.

Wie hatte ich die Sache einzuordnen? Wollte mich da wer irgendwie abzocken, vielleicht mit K.o.-Tropfen flachlegen und ausrauben? Oder sexuell mißbrauchen, in welcher Form auch immer? Oder zum Hütchenspiel mit hohen Einsätzen zwingen? Oder mir etwa Anteile an einer Ferienwohnung aufnötigen? Nein, so sah sie eigentlich nicht aus. Aber irgendwie deplaziert kam sie mir schon vor, hier am Hafen von Palma morgens um halb sechs. Sie hatte ein kreideweißes, schmales Gesicht mit vollem, auffallend rotgeschminktem Mund, dunklen Augen und einem spitzen Kinn. In die rechte Wand ihrer zarten Stupsnase hatte sie sich drei kleine Silberringe bohren lassen und rund um jedes Ohr mindestens zehn. Sie hatte kurze pechschwarze Haare, war groß und schlank und trug eine knallenge orange Hose mit Schlag und silberne Plateauschuhe. Ihren flachen Oberkörper hatte sie in eine auffällig geblümte Bluse gepackt, ein schwarzes Samtwestchen darübergezogen und sich ein Bündel von Silberketten um den Hals gehängt.

»Okay«, sagte ich und stand auf.

»Ich bin Sylvia.«

»Sylvia Sommerlatte, die Königin von Schweden«, kommentierte mein benebeltes Hirn.

Sie lächelte. Das fand sie offenbar witzig.

Wir gingen zur benachbarten Bank. Darauf saßen händchenhaltend ein junger, kahlköpfiger Technofreak in schlabberigen, schwarzen Klamotten und eine milchkaffeebraune Schönheit mit megakurzem Miniröckchen, hellen Stiefeln aus imitiertem Krokodilleder und einem weißen, wuschelhaarigen Kunstfelljäckchen.

Sie schaute mich aus ihren großen braunen Augen äußerst interessiert an und raunte: »Hi.«

»Hi«, gab ich brav zurück, »Manuel.«

»Ma-nu-el ...« Die Schöne ließ sich meinen Namen auf den Lippen zergehen wie einen Löffel Schlagsahne. Der Technofreak wurde schon leicht nervös. Er nahm Sylvia den Joint aus der Hand und inhalierte bis zum Anschlag.

»I'm Venus«, gurrte die Schöne mir entgegen.

»From brasil?«

Sie strahlte. »Yeahhhh, Copacabana ...«

»Setz dich«, befahl Sylvia, und ich tat ihr den Gefallen.

Schweigend ließen wir den Joint kreisen, bis der Techno den schon angekokelten Filter ins Meer flitschte.

»Was machst denn du hier?« fragte Sylvia.

»Ich warte auf den Sonnenaufgang«, erwiderte ich wahrheitsgemäß.

»Ich mein', hier auf der Insel, so allgemein.«

»Das frage ich mich auch, so langsam.«

»Also 'n Touri biste nich'?«

»Nein«, sagte ich, und sammelte damit mächtig Pluspunkte bei meinen neuen Bekannten. »Ich war hier geschäftlich unterwegs, aber seit drei Wochen mache ich so gut wie gar nichts mehr.«

»Auch nicht schlecht«, vermeldete der Techno.

»Und was macht ihr so?«

»Floor-Show.«

»I make *no* Floor-Show«, stellte Venus fast beleidigt klar, »I work in a bar.«

»Was ist denn eine *Floor-Show*?« fragte ich. »Klingt nach schmutzigem Live-Sex auf dem Fußboden.«

»Hast 'n Knall oder was?« Der Techno fühlte sich ernsthaft in seiner Ehre verletzt.

»Dance-Performance«, sagte Sylvia. Als sei damit alles erklärt. »Zwei Shows haben wir eben im *Tito's* abgezogen. Da sind wir jetzt jeden Donnerstag, bis Mai.«

»Ihr tanzt?«

Sylvia nickte. »Wir sind zu fünft. Der Micky hier, der tanzt, der Ben auch, der ist aus Texas, dann haben wir noch die Sheila und die Chris. Und ich mach' das Management.«

»Und das läuft?« wollte ich wissen.

»Könnt' besser laufen«, grummelte Micky.

»Wir fangen gerade erst an«, machte Sylvia sich und Micky Mut. »Wart's ab: Wenn Saison ist, haben wir jeden Abend vier Gigs, hundert Pro!«

»Okay, okay«, sagte Micky, und Venus schlang ihre Arme um seinen Hals und drückte ihm einen saftigen Kuß auf die Wange.

»Don't speak about business, baby«, gurrte sie, »let's have some fun.«

»Wo?« fragte ich.

»On the beach!« Venus war begeistert von ihrer eigenen Idee. Sie strahlte über's ganze Gesicht und zeigte ihr makellos weißes Gebiß. Während bei Sylvia die Mundwinkel merklich nach unten rutschten.

»Am *beach* friere ich mir den Arsch ab.«

»Dance, tanse, bailare!« jubilierte Venus. »Nix friere, tanse Samba, all night long!« Sie wackelte verführerisch mit dem Becken und ließ ihre schlanke Hand sinnlich routiniert über Mickys Brustkorb wandern. »Come on, baby, let's go to the beach.«

»Is okay«, meinte Micky. Willenlos vor Begierde angesichts seines momentan drückend überfüllten Hosenstalls.

»Ich hab' keinen Bock«, machte Sylvia auf stur.

»Aber das Auto hast du«, konterte Micky.

»Da ist kein Sprit mehr drin.«

»Die Ladung Sprit gebe ich aus«, vermerkte ich bescheiden. »Und ein Fläschchen Feuerwasser können wir uns an der Tankstelle auch mit einpacken.«

Milde lächelnd schaute ich Sylvia an und fügte hinzu: »Brandy hilft gegen Frostbeulen.«

»Besser Tequila.« Sylvia war so gut wie weich gekocht.

»Besser Tequila!« pflichtete Venus ihr euphorisch bei. Und Micky hatte eh nur das eine im Kopf: dem stark geforderten Reißverschluß seiner Hose endlich Entlastung zu verschaffen.

»Meinetwegen Tequila«, sagte ich.

Eine gute halbe Stunde später stolperten wir den felsigen Pfad zu einer kleinen Bucht hinab, die sich irgendwo auf der Landzunge zwischen Santa Ponca und Magaluf befand. Im Sommer ein In-Treff für Leute, die nach der Disco weder Bock auf zu Hause noch auf *Touri-Ärsche* hatten, erklärte mir Sylvia, nachdem wir den Wagen in einem Pinienhain abgestellt hatten.

Es war ein schöner Sonnenaufgang. Erst legte sich ein gelblich schimmernder Streifen auf den trüben Horizont, und dann schob sich der freudespendende Planet mit strahlend weißer Aura eindrucksvoll in das Bild vor unseren Augen.

Sylvia und ich plauderten, tranken braunen Tequila aus der Flasche und rauchten Zigaretten. Venus und Micky wälzten sich hinter uns engumschlungen im weißen Sand.

Sylvia erzählte, sie sei in Thessaloniki mit einem

chronisch kokainierenden Millionenerben verheiratet gewesen. Als sie gemeinsam *Greystoke* im TV gesehen hätten, und sie meinte, Christopher Lambert habe einen schönen Körper, sei ihr Mann aufgesprungen, habe sie an den Haaren ins Bad gezerrt und ihren Kopf so lange auf den Klorand geschlagen, bis sie fast tot gewesen wäre. Und als ihr zwei Monate später mit Hilfe ihrer Mutter die Flucht nach Deutschland gelungen war, traf ein Paket aus Griechenland ein. Darin lag das abgezogene Fell ihres geliebten schwarzen Schäferhundes, den sie in Thessaloniki hatte zurücklassen müssen.

Ich legte den Arm um ihre Schultern, und sie lehnte sich an meine Seite.

»Ich war noch nie verheiratet«, sagte ich.

»Warum nicht?«

Ich nahm einen Schluck aus der Flasche, zuckte mit den Schultern und lächelte. »Wahrscheinlich weil Sharon Stone einen schönen Körper hat.«

Sylvia gab mir einen Kuß.

»Scheiße!« schrie Micky plötzlich. Wir drehten uns um und sahen, wie der junge Tänzer aus dem Sand aufsprang, sich hektisch die schwarze Schlabberhose zuknöpfte und wie vom Skorpion gebissen den Pfad hochrannte, den wir vor einer Stunde hinuntergeklettert waren. Venus lag noch im Sand. Ihr Röckchen war bis zum Bauchnabel hochgerutscht, ihren Slip hielt sie in der Hand und zwischen ihren milchkaffeebraunen Schenkeln baumelte ein kleiner Pimmel...

Ich freute mich darauf, Sylvia wiederzusehen. Der Kellner brachte die Rechnung, ich legte einen Tausender in das Schälchen, verließ das *Café Lirico* und schlenderte zur Moll Vell hinunter. Dort bog ich rechts in den Passeig ein, passierte Sa Llotja, dann den Torrent und folgte weiter der Uferpromenade, vorbei an Cafés, Restaurants, Hotels, Geschäften und Bars. Im *Made in Brasil* ging mal wieder gehörig die Post ab. Eine Trommlercombo aus Rio verstand es meisterlich, den vorwiegend jugendlichen Gästen zu demonstrieren, wo der Papst am liebsten boxte: am Fuß des Zuckerhuts.

Nach gut zehnminütigem Spaziergang stand ich vor dem *Tito's*, seit Jahren Palmas In-Disco. Am Eingang machte sich ein kahlköpfiger Mann in einem bodenlangen Fuchspelzmantel breit und plauderte mit einem brasilianischen Transvestiten, der einen Kopf größer war als er und unentwegt an seinem hautengen, türkis changierenden Samtkleidchen herumnestelte. Ich drückte dem Fuchsmörder 1500 Peseten in die gierige Pranke und wartete rechts in der Felsengrotte auf die Aufzüge. Der linke der beiden Lifte schwebte hernieder, und seine Pforten schoben sich lautlos vor mir auf. Ich betrat den dezenten Teppichboden, und die gläserne Sänfte hievte mich etwa zwanzig Meter in die Höhe. Die Fahrt verging zu schnell, um den erhebenden Blick über die Bucht angemessen genießen zu können. Was aber auch nicht unbedingt nötig war, denn die gesamte Vorderfront der Disco war verglast, und man konnte, wenn man wollte, nächtelang von hier aus aufs finstere Meer hinausstieren. Man konnte es aber auch seinlassen und statt dessen in entgegensetzter Blickrichtung nach einem möglichen erotischen Zeitvertreib Ausschau halten. Was die meisten Besucher taten. Eigentlich so gut wie alle. Egal ob Fräuleins oder Männleins.

Ich setzte mich auf einen Hocker direkt an der ersten Bar und bestellte den Wodka-Orange, der im Eintrittspreis enthalten war. Das reichlich gestylte und recht blasiert zu Werke gehende Barmädchen plazierte ein Glas mit vier Eiswürfeln vor mir, schüttete eine für spanische Verhältnisse erbärmliche Menge Low-name-Wodka hinein und stellte ein Fläschchen *Fanta de naranja* daneben. Für einen vermeintlichen Nobelschuppen eigentlich ziemlich poplig. Aber was soll's.

Der Laden war gut gefüllt. Ein stilistisch angenehm heterogenes Publikum verteilte sich an den fünf Bars und auf der großen Tanzfläche. Viele modisch und teuer gekleidete junge Mallorquiner mit ihren Mädchen, einige rustikaler gewandete Ausländer, ein paar Upperclass-Señoras in Pelzjäckchen und Abendroben, mittelalte Geschäftsleute mit weißen Hemden und dezenten Krawatten, ein paar Freaks mit langen Haaren und blasser Haut, ein paar Technos mit Kappen oder Stoppelhaaren, ein bißchen schwarzes Leder, ein paar Transvestiten. Zur Zeit lief funkige, gut tanzbare Musik. Auf der Tanzfläche wurde kräftig gehüpft, die Nebelmaschine produzierte weißen Dampf, Laserstrahlen kreisten und bauten Figuren und Formen in die klimatisierte Luft. Eine milchkaffeebraune Schönheit lächelte mich an. Venus. Sie kam zu mir und setzte sich mit größter Selbstverständlichkeit auf meinen Schoß.

»High, dear«, hauchte sie. »Back again!«

»Is Micky here tonight, with Sylvia?« fragte ich.

»Micky?« Venus' Gesichtszüge entgleisten. »I hate that fuckin' bastard.«

»Because he prefers girls without little pricks?«

»I gonna kill him!«

Es wäre ihr durchaus zuzutrauen gewesen.

»But not tonight«, erbat ich mir.

Voller Abscheu schüttelte Venus den Kopf, nahm einen Schluck aus meinem Glas und verkündete: »Tomorrow!«

Und dann lächelte sie wieder. Ihr Arm schlängelte sich gekonnt graziös um meinen Nacken, und ihr warmes Händchen machte sich auf angenehme Weise daran, die Verbindung zwischen meiner Wirbelsäule und meinem Hinterkopf zu kraulen. Ermutigt durch mein wohliges Lächeln, warf sie mir einen ebenso lüsternen wie siegesgewissen Blick zu und gurrte hingebungsvoll: »You wonna suck my tits?«

Ich war sprachlos. Im Gegensatz zu Venus.

»Real tits. No silicon, no oranges«, flüsterte sie mir verheißungsvoll ins Ohr, »no Wonderbra filled with waterbombs. *Real* tits.«

Langsam wurde mir die Sache etwas mulmig. Wie konnte ich das kleine Biest bloß wieder von meinem Schoß entfernen – ohne es mir mit ihm, rein platonisch, auf ewig zu verderben?

Ich räusperte mich, versteifte mein Rückgrat und sagte mit würdevoller Stimme: »I'm a monk.« Und setzte zur Vorsicht gleich noch einen drauf: »A catholic monk.«

Venus ging ruckartig auf Distanz, nahm ihre Hand von meinem Nacken, schlug ein verhuschtes Kreuzzeichen über ihrer Brust und starrte mich durchdringend an. »A *real* monk?«

»Yes«, bestätigte ich, »a *real* monk.«

Venus überlegte kurz und fixierte mich anschließend mit äußerst laszivem Augenaufschlag. »*If* you are a *real* monk«, flüsterte sie und knabberte dabei an meinem rechten Ohrläppchen, »than fuck me in my ass.«

Ich schaute sie an, halb belustigt, halb beeindruckt.

Und Venus fuhr weise fort: »All monks like that. I know. And they make it good. Very good. The whole night long.«

Die Kleine war goldig. Und erfrischend straight. Schade eigentlich.

»Me not«, mußte ich ihr schweren Herzens widersprechen. »I'm married with god. And I'm faithfull, untill I die.«

»To the father or the son?« hakte Venus sogleich nach, während ihr von Grund auf versautes Kleinhirn vermutlich über mögliche Penislängen und Sexualpraktiken zeitlos vitaler Götter mutmaßte.

»The holy ghost«, antwortete ich.

»The holy ghost?«

Bevor Venus dazu kam, ihre schamlose Phantasie erneut im Krieg gegen Sitte und Anstand einzusetzen, ließ eine donnernde Fanfare die Gemäuer des Tanzpalasts in ihren Festen erbeben. Augenblicklich machten sich die Tänzer vom Parkett, und das Licht ging aus. Ich hob Venus taktvoll von meinen Schenkeln und stand auf.

»I must see the show«, rief ich ihr durch den lärmenden Sound zu und stellte mich an die Tanzfläche.

Für einen Moment schwiegen die Boxen. Und dann

wuchteten sie einen hämmernden Funk heraus, dessen Bässe mir die Hosenbeine flattern ließen. Zeitgleich mit dieser rüden akustischen Attacke ergoß sich gleißendes Licht über die Tanzfläche, auf der Micky und drei weitere Figuren die Posen altgriechischer Olympioniken einnahmen. Ihr Outfit war weniger klassisch. Es stammte aus einem Sadomaso-Shop. Das ganze Sortiment. Vom dornengespickten Hundehalsband über nadelspitz zulaufende Metallkegel, die die Brüste der einen Performerin bargen, bis zu Mickys knappem Latexslip mit breiten Reißverschlüssen, vorne und hinten.

Nachdem den eher befremdet dreinblickenden Zuschauern etwa eine Minute Zeit gelassen worden war, das Stilleben zu goutieren, kam plötzlich Leben in die Truppe, und sie legten los wie ein Orkan. Ich war überrascht, wie gut und ideenreich ihre Performance ablief. Alles war zwar ein wenig anzüglich, aber nicht etwa auf dem peinlichen Niveau der Sex-Talk-Shows im deutschen TV, die gegen Mitternacht einsamen Voyeuren beim Onanieren halfen. Alle vier Darsteller hatten wunderschöne Körper und wußten perfekt mit ihnen umzugehen.

Sylvia, an diesem Abend in hautenges schwarzes Leder gepreßt, genoß die Show ihrer Schäfchen neben dem DJ, der leicht erhöht hinter seinen Mischpulten thronte. Als sie mich kommen sah, reckte sie die Fäuste in die Luft und jubelte, als hätte sie gerade einen Elfmeter verwandelt. Wir nahmen uns kurz in die Arme, verteilten Begrüßungsküßchen und schauten uns an.

»Schön, dich zu sehen«, sagte ich.

»Du riechst gut«, stellte Sylvia fest und schnupperte genußvoll an meinem Hals.

»Danke.«

»Wie gefällt dir die Show?«

»Super«, sagte ich, »viel besser, als ich befürchtet hatte.«

»Hättste mir nicht zugetraut, was?« Keck boxte sie mir in die unteren Rippen.

»Besser man unterschätzt jemanden als umgekehrt«, sagte ich.

Sylvia schaute zur Tanzfläche, die Show näherte sich ihrem Ende. »Sehen wir uns gleich noch?«

»Klar«, sagte ich.

Gegen drei Uhr verließen wir das *Tito's* durch den oberen Ausgang und fielen von Sylvia angeführt mit versammelter Mannschaft in der Bar *La Yedra* ein, einer skurrilen Bar mit vorwiegend hübschen Männern als Gästen. Einige von ihnen hatten Schirmmützen aus schwarzem Leder auf ihren kurzgeschorenen Schädeln, andere waren geschminkt und trugen Damenunterwäsche.

Eine kesse Wasserstoffblondine nicht identifizierbaren Geschlechts, in roter Lederhose und mit über dem Busen verknoteten Smokinghemd, kümmerte sich um den Durst der Gäste, ein blasser glatzköpfiger Mann mit eintätowiertem indianischen Halsband und mindestens zwanzig Ringen an Ohren, Nase und Augenbrauen saß in einem Rollstuhl hinter der Theke und schob CDs in den Player.

Dance-Performer Ben, der strohblonde Sportstudent

aus Houston, machte bald den Hocker zwischen Sylvia und Sheila frei, um mit einer der wenigen eindeutig weiblichen Gäste, einer hübschen Spanierin, am Ende der Theke einen Flirt zu starten. Dankbar übernahm ich seinen vorgewärmten Platz und prostete Sheila zu. Techno-Micky alberte in der Nähe des Eingangs mit Chris herum, der fünften im Bunde. Die katalanische Französin, die sich eben noch im Eisen-BH lasziv auf der Tanzfläche geräkelt hatte, sah nun in Turnschuhen, verwaschenen Jeans und grob gestricktem weißen Pullover wie das brave Mädchen von nebenan aus, das sich jedes Elternpaar als Schwiegertochter gewünscht hätte.

Ich hob das Glas und schnupperte an meinem Drink, der hier so serviert wurde, wie ich ihn mochte: etwa ein Zehntelliter Moskovskaya auf drei Eiswürfeln und frisch gepreßten Orangensaft darüber.

»Wie war's in Deutschland?« fragte Sylvia. »Kalt und frostig?«

»Ich bin nur bis Barcelona gekommen«, antwortete ich lächelnd, »für siebzehn Partien Backgammon.«

»Wenn die Insel dich einmal gepackt hat«, sagte Sylvia, »läßt sie dich so leicht nicht mehr los.«

»So kann man's auch sehen.« Ich nahm einen kräftigen Schluck, schaute Sylvia an und sagte: »Ich habe einen Job.«

»Was für einen Job?« sprang sie sofort an. Mit verständlicher Neugier, denn jede Möglichkeit, irgendwie an Geld heranzukommen, war unter den unzähligen jungen Leuten, die sich auf den Balearen längerfristig die Zeit vertrieben, zu jeder Tages- oder Nachtzeit ein existentiell packendes Thema. Vielen von ihnen erging es nämlich so wie jenem anonymen Volkspoeten, der weiland dichtete: *Ich sitze hier am Mittelmeer und habe keine Mittel mehr.*

»Ich muß eine Frau finden«, sagte ich.

»Was für eine Frau?«

Ich holte Cosimas Foto aus der Tasche und zeigte es ihr.

»Süßes Teil«, kommentierte Sylvia neidlos. »Ist sie ihrem Mann abgehauen?«

Ich schüttelte den Kopf. »Vor sechs Jahren ist sie nach Mallorca gekommen und hat sich seit fünfeinhalb Jahren nicht mehr bei ihrem Vater gemeldet.«

»Sechs Jahre sind eine lange Zeit«, sagte Sylvia und nippte an ihrem Sektglas. »Auf Mallorca besonders.«

»Sie ist klassisch ausgebildete Tänzerin«, sagte ich. »Sie wollte hier in ihrem Beruf arbeiten.«

»Hier gibt's kein klassisches Ballett.«

»Ein belgischer Choreograph hat sie nach Palma gelockt«, erklärte ich. »Er versprach ihr und wahrscheinlich auch anderen Tänzern und Tänzerinnen, hier eine Company auf die Beine zu stellen.«

»Ich kenne keinen belgischen Choreographen, und noch kein Tänzer hat mir von einem erzählt. Vor sechs Jahren war ich allerdings noch nicht hier. Aber in der jetzigen Disco-Dance-Szene treibt sich die hier nicht rum.« Sie tippte auf das Foto. »Sie wäre mir aufgefallen.«

»Es gibt viele große Discos auf Mallorca«, gab ich zu bedenken.

»Ich kenne sie alle, glaub mir«, nahm Sylvia mir den Wind aus den Segeln. »Letzte Saison hab' ich für's *Velas* in Santa Ponca das komplette Showprogramm zusammengestellt. Wochenlang bin ich kreuz und quer über die Insel gegurkt und habe mir alle Bands und Dance-Events reingezogen.«

»Auch kein schlechter Job«, sagte ich lächelnd.

»Es geht.« Sylvia zuckte mit den Schultern. »Es ödet einen ganz schön an, schon nach kurzer Zeit. Und Kohle habe ich dafür auch so gut wie keine gesehen. Mein Chef war ein Betrüger, den sie sogar über Interpol gesucht haben. Aber das wußte ich natürlich vorher nicht.«

»Ein Deutscher?«

Sylvia nickte. »Ein Schwabe.«

»Soso«, sagte ich und kam zum Thema zurück. »Du bist dir sicher, daß Cosima Osthoff nicht in irgendeiner Show-Gruppe mitgetanzt hat?«

Sylvia warf noch einmal einen intensiven Blick auf das Foto und schüttelte den Kopf.

»Ich müßte mich sehr täuschen.«

»Das Foto ist sechs Jahre alt.«

»Und wie alt ist das Mädel?«

»Knapp dreißig.«

»Für eine Tänzerin schon fast eine Oma.«

»Ein hartes Brot.«

»Chris ist erst neunzehn, Sheila dreiundzwanzig.«

»Und du?«

»Ich tanze nicht«, zog sich Sylvia geschickt aus der Affäre, »nicht für Geld.«

»Achtundzwanzig?«

»Könnte hinhauen, so ungefähr«, schmunzelte sie. »Und du?«

»Schätz mal.«

»Dreiunddreißig.«

»Auch nicht schlecht.« Ich gab ihr einen Kuß und flüsterte in ihr Ohr: »Sechsunddreißig. Aber das bleibt unter uns.«

»Abgemacht.« Wir hoben unsere Gläser und stießen an.

V.

Am nächsten Abend gegen zehn Uhr steuerte ich bei strömendem Regen meinen geliehenen Fiat Punto westwärts aus der Stadt. Obwohl die Wischblätter hektische Schwerstarbeit auf der Frontscheibe verrichteten, war die Sicht miserabel.

Wenn es auf Mallorca regnete, dann meist wie aus Kübeln. Und da die Insel über keine zentrale Kanalisation verfügte, die die plötzlich auftretenden Wassermassen schluckte, kam es oft zu Überschwemmungen. In Straßensenken und Tunneln entstanden kleine Seen. Besonders schlimm war es meistens in Manacor, wo aus bestimmten Gassen strömende Torrente wurden, und in der Cala Figueras rissen die Fluten loses Erdreich von den umliegenden Hügeln, spülten es hinunter in den lieblichen Naturhafen und verwandelten das sonst tiefblaue Wasser der kleinen Bucht in eine dreckig braune Brühe. Aber wenn es in Manacor regnete, bedeutete das nicht, daß es kurz davor, wenig später oder zur selben Zeit auch in Sóller oder Andratx regnete. Die Unwetter ergossen sich oft nur über kleinen Landstrichen, während ein paar Kilometer weiter die Wäsche auf den Leinen trocknete.

Die gestrige Nacht war für mich recht abrupt zu Ende gegangen. Nach dem zweiten Wodka-Orange im *La Yedra* hatte ich plötzlich ein ungutes Stechen in der

Herzgegend verspürt, und ich war der Panik verfallen, kurz vor einem Herzinfarkt zu stehen. Diese Überzeugung verdoppelte augenblicklich meine Herzfrequenz, schnürte mir die Kehle zu und trieb kalten Schweiß auf meine Stirn. Ich mußte raus aus dem Laden, sofort. Mühsam beherrscht legte ich einen Geldschein auf die Theke, nuschelte Sylvia etwas von einem Termin zu, den ich fast vergessen hätte, rutschte vom Barhocker und hetzte mit schnellen Schritten zur Tür hinaus.

Nachdem ich einige Minuten an der Hauswand gelehnt und meine Atmung beruhigt hatte, war ich vorsichtig die Avinguda Joan Miró in Richtung Altstadt hinuntergewankt und hatte mich an dem Plätzchen, wo sich *Joan Miró* und *Federico García Lorca* vereinten und als Marques de la Senia weiterführten, unter einem klassizistisch inspirierten Torbogen auf einer Steinbank niedergelassen und in das Gesicht des alten Mannes gestarrt, der dort als eiserne Büste seiner Nachwelt erhalten geblieben war. Ab morgen war Schluß mit dem Alkohol, und mit den Zigaretten auch, das stand für mich unumstößlich fest. Und als ich diesen ehrenhaften Entschluß gefaßt hatte, schickte der Himmel auch schon ein Taxi zur nächsten Straßenecke. Ich stand auf und winkte dem Fahrer zu. Er nickte.

Erst am Nachmittag war ich aufgewacht, hatte mich geduscht, rasiert und frottiert und war den Passeig d'es Born zum Königsplatz, dem Plaça Rei Joan Carlos I., hochspaziert. Ich nahm auf einem der Rattanstühle vor der *Bar Bosch* Platz und ließ mich vom milden Sonnenschein aufwärmen.

An den Nebentischen wurde vorwiegend deutsch gesprochen, vereinzelt auch englisch und mallorquin.

Ein Milchkaffee und ein Stück spanische Tortilla ließen alle guten Vorsätze, auf die ich mich in der letzten Nacht eingeschworen hatte, zunichte werden. Vielleicht lag es ja am Klima, an der jodhaltigen mediterranen Luft, egal: Mallorca war ein Flecken Erde, an dem der Körper sich nach durchzechten Nächten erstaunlich schnell regenerierte. Und das war vermutlich einer der entscheidenden Gründe, warum sich dieses Eiland vor allem bei Briten und Deutschen einer so großen Beliebtheit erfreute.

Ich ging in die Bar, warf abgezählte Münzen in den Zigarettenautomat und bestellte einen Campari mit Soda.

Bei Portals Nous verließ ich die Autobahn und bog am Kreisverkehr von Punt Postals in Richtung Palma Nova ab. Es regnete immer noch. Der Eingang zum *Marineland* war kaum zu erkennen, ebensowenig die Straße vor mir, die mich dem Ziel meiner Expedition, dem Spielcasino, näher brachte.

Die Betonburgen von Palma Nova tauchten schemenhaft aus der Dunkelheit auf und gingen nahtlos in die von Magaluf über. Hier wurden im Sommer Milliardenumsätze gemacht. Noch zu Beginn des Jahrhunderts pflegten die Väter ihren Söhnen die vermeintlich wertvollen Grundstücke im Landesinneren zu vererben, weil man darauf Ackerbau betreiben konnte. Die bemitleidenswerten Töchter mußten sich mit den nutzlosen Landstrichen an der Küste begnügen. Mancher Enkel wird seinen Großvater verflucht haben, als der Massentourismus einsetzte.

In Magaluf, einer britischen Hochburg, waren selbst zu dieser Jahreszeit und bei solch einem Hundewetter diverse Pubs und Bars geöffnet und lockten mit durstfördernden Leuchtschriften. Aber nicht sehr erfolgreich. Im Vorbeifahren waren kaum Gäste auszumachen im *Paradise lost* oder im *Green Parrot,* im *Guardalup* oder im *GB*, in *Jokers Country, Mano's Music Pub* oder wie sie alle hießen.

Am Ortsausgang bog ich links ab, dann nach etwa zweihundert Metern rechts in Richtung Süden. An einem Warnschild vorbei, das auf die Gefahr von Schafen auf der Fahrbahn hinwies, holperte der Punto das kurvenreiche Sträßchen bergauf, und weiter ging die Fahrt durch Pinienhaine und Schlaglöcher. Die Vorstellung, eine finstere Route wie diese führe devisenträchtige Gäste zu einem legalen und öffentlich beworbenen Spielcasino, schien absurd. Zu einem Saunaclub namens *Waldeslust* oder *Bärenfalle,* im oberen Westerwald, okay. Aber hier war nicht der Westerwald. Zum Glück nicht. Und auf Mallorca ist eben vieles ein wenig anders.

Plötzlich dann ein Licht in der Finsternis, ein erstes Anzeichen für zivilisiertes Leben in dieser Einöde: eine mit Neonlicht erhellte Telefonzelle am Straßenrand, aufgestellt vor einem seltsamen Bungalow aus Aluminium, Holzfurnier und Stein. Ein paar Meter weiter wies mich ein buntes Schild darauf hin, daß ich mich nun in der Urbanisation *El Pinar del Sol* befand. Und tatsächlich erschien rechts eine weiße, zweigeschossige Häuserzeile, und links versteckten sich flache Ferienhäuser zwischen den Pinien.

Ein paar Minuten später hörte der Regen auf, und ich

war am Ziel: durch einen steinernen Rundbogen gelangte ich auf den Parkplatz des Casinos, auf dem etwa zwanzig Autos und sechs Reisebusse abgestellt waren.

Ich machte den Motor aus und schaute auf den riesigen Blumenstrauß, den ich vor zwei Stunden an einem der Blumenstände auf der Rambla in Palma gekauft und neben mich auf den Beifahrersitz gelegt hatte. Ein bißchen peinlich war die Aktion schon, die ich mir für den heutigen Abend vorgenommen hatte. Aber was soll's. Der Zweck mußte mal wieder die Schamgrenze niederknüppeln. Ich packte das auffällige Gebinde, stieg aus und ging auf das weiße, flache Gebäude zu. In die Weiden vor der großzügig verglasten Vorderfront hatte man Lichterketten gehängt und in das Eingangsportal einen jungen Mann in rotem Seidenfrack gestellt. Er hielt mir die Tür auf und wünschte einen angenehmen Aufenthalt im Casino.

Ich hatte gerade das leere Foyer betreten, als draußen ein weißer Mercedes-Benz der S-Klasse mit getönten Scheiben und mallorquinischer Zulassung vorfuhr. Ein grau livrierter Chauffeur sprang an der Fahrerseite heraus, eilte um den Schlitten herum und öffnete den hinteren Schlag. Ein älterer Herr mit weißen Haaren und dunkler Brille stieg aus und lief rasch auf den Eingang des Casinos zu. Der junge Portier machte einen tiefen Bückling und der Gast, der mich sogleich an Onassis erinnerte, den milliardenschweren Liebhaber prominenter Frauen, durchquerte das Foyer und schüttelte dem Mann, der einsam hinter dem Tresen am Ende des Raumes stand, mit unbewegtem Gesicht die Hand.

Ich ging an der Glasfront vorbei und verließ die Empfangshalle durch eine Tür, hinter der sich ein zweites Foyer auftat, das des *Paladium*. Die junge Dame am Einlaß lächelte mitleidig, als sie den Blumenstrauß in meiner Hand sah. Aber da mußte ich jetzt durch. Ich bezahlte 2500 Peseten, die den Besuch des Casinos einschlossen, und wurde von der jungen Dame die Stufen zum Showsaal hochgeleitet, wo sie mich einem Kellner übergab, der mir einen kleinen Tisch im oberen Rang zuwies, auf dem ein mit Eiswasser gefüllter Sektkühler und zwei Gläser standen. Ich deponierte die Blumen auf dem Tisch, setzte mich und zündete mir erst mal eine Zigarette an. Der Saal mochte um die vierhundert Plätze haben, von denen etwa die Hälfte besetzt waren. Meist von älteren Leuten, Touristen und Einheimischen, die im unteren Parkett an langen, weiß eingedeckten Tischen saßen und wohl alle das große Ausflugsprogramm für 7500 Peseten in Anspruch genommen hatten: Gala-Diner, dann Showprogramm und anschließend ein unverbindlicher Besuch im Spielsaal.

Das Ambiente des *Paladium* wirkte modern und doch anheimelnd, ohne in gnadenlosen Kitsch abzugleiten – wenn man von ein paar Details absah, wie etwa den riesigen glitzernden Notenschlüsseln, die an den Seitenvorhängen hingen. Die breite Bühne war mit allem technischen Schnickschnack ausgestattet und wölbte sich in leichtem Bogen in das Auditorium hinein.

Die Gäste hatten bereits ihr Gala-Diner verzehrt, und einige betrieben gerade Verdauungsgymnastik. Sie tanzten auf der Bühne um den Sänger der aufspielenden Stimmungscombo herum, der eine alberne Textzeile mit eigenartigen Bewegungen und Gesten interpretierte. Die tanzenden Gäste machten ihm diese Bewegungen und Gesten bereitwillig nach und schienen sogar von dem Ehrgeiz gepackt zu sein, die vorexerzierten Aufgaben möglichst authentisch zu lösen. Rentner-Aerobic auf der Showbühne im *Paladium*.

Der Kellner kam mit einer Flasche Sekt an meinen Tisch, nahm sich einen der drei Bons, die ich an der Kasse ausgehändigt bekommen hatte, vom Tisch, ließ den Schaumwein in ein Glas perlen, wünschte *Salud* und verabschiedete sich mit freundlichem Kopfnicken. Ich nahm einen vorsichtigen Schluck. Mit viel gutem Willen konnte man das Tröpfchen als *halbtrocken* bezeichnen. Aber der Sekt war eiskalt, und eiskalt ging sogar Limonade in gut beheizten Räumen halbwegs passabel runter.

Nach dem zweiten Glas hatten sich meine Geschmacksnerven daran gewöhnt. Der Mensch ist ein Gewohnheitstier.

Da die Show erst in einer halben Stunde beginnen sollte, erhob ich mich und ging zu den Stufen, die auf direktem Weg ins Casino hinaufführten. Eine Frau in dezentem Kostüm hielt mich auf und verlangte einen bestimmten Bon und meinen Personalausweis.

Nachdem die Dame mir zwei Minuten später meine Existenzberechtigung wieder ausgehändigt hatte, betrat ich den Spielsaal.

Auf der ganzen Insel gab es nur dieses eine staatlich lizensierte Spielcasino, und es machte hervorragende Umsätze. Deshalb lag in diversen Schubladen seit Jahren der Plan, eine zweite dieser Lasterhöhlen in einem bestimmten leerstehenden Stadtpalast am Rand der Altstadt von Palma zu eröffnen. Aber irgendwie scheiterten sämtliche Konzepte an der Sturheit der mallorquinischen Behörden. Und an den Hintermännern, die diese für deren Sturheit bezahlten. Selbst die US-Invest-Gruppe des *Caesar's Palace* aus Las Vegas hatte irgendwann frustriert die Segel gestrichen.

Es war noch nicht viel los um diese Uhrzeit. Etwa fünfzig Spieler suchten ihr Glück an den verschiedenen Tischen und Geräten. Atmosphäre und Kleiderordnung waren locker. In meinem schwarzen Sakko, mit weißem Hemd und gestreifter Krawatte kam ich mir fast overdressed vor. Pullover, Jeans, Lederjacken, alles war vertreten. Nur keine Turnschuhe.

Das Etablissement war in den warmen Farbtönen Orange und Beige gehalten und endete rechts bei einer Armee einarmiger Banditen, an der Frontseite vor einem großzügigen Bartresen und links in einem Bistro. Das Personal trug schwarze Hosen, weiße Hemden und patchworkartig buntgemusterte Seidenwesten mit passenden Fliegen.

Unauffällig mischte ich mich in das Geschehen, das in der Mitte des Raums stattfand. An drei Tischen wurde Black Jack gespielt, an zweien Poker, die Würfelbahn war zur Zeit nicht in Betrieb. Es gab drei Roulettetische mit 250-Peseten-Chips, einen mit Fünfhundertern und einen mit Tausendern. An dem saß Onassis, ganz allein mit einer hübschen, sichtlich nervösen Croupieuse. Er reichte ihr eine rote dicke Plastikkarte, für die er hundert Chips herübergeschoben bekam, von denen er etwa ein Drittel scheinbar planlos und gelangweilt in ungleich hohen Stapeln quer über das Feld verteilte. Nach vier Spielen waren die 100.000 Peseten verspielt. Er zog einen weiteren dieser rechteckigen Mega-Chips aus der Tasche und tauschte ihn wieder gegen hundert runde Plastiktaler.

Am 500er-Tisch saßen drei Personen. Ein gutgekleidetes spanisches Paar, das so spielte, als folge es einer festgelegten Strategie. Die Frau notierte sich jede gefallene Zahl, und der Mann schaute auf präparierte Notizzettel, bevor sie in stummem Einvernehmen die Chips auf dem grünen Filz plazierten. Die dritte am Tisch war eine blonde, etwa vierzigjährige Frau, die Kette rauchte und hektisch an einem Longdrink nippte. Ihre Gesichtshaut war aufgedunsen, ihr Teint blaßrosa. Sie setzte hoch, und sie gewann auf die volle Zahl. Ihre Hände zitterten, als der Croupier ihr die Stapel zuschob.

Die 250er-Tische waren stärker frequentiert. Ich kaufte vierzig Chips und setzte ein paar Spiele mit. Meist Chevals. Zweimal hintereinander gewann ich auf 18/21. Ich stopfte die Chips in meine Taschen und stellte mich an den Pokertisch. Alle sechs Mitspielerplätze waren besetzt. Die Regeln schlossen das Bluffen aus, und damit den eigentlichen Reiz am klassischen Poker. Man setzte 1000 Peseten Grundeinsatz, den man sich mit 250 versichern konnte, dann gab der Dealer jedem fünf Karten, sich selbst die letzte offen. Alle schauten in ihre Karten und durften einmal gegen die Bank setzen – bis zu 10000 Peseten. Das war's. In der Viertelstunde, die ich am Tisch stand, hatte keiner mehr als ein Paar auf der Hand. Auch der Dealer nicht. Trotzdem gewann er fast immer.

Ich schlenderte wieder rüber zu dem 250er-Roulette und setzte den gesamten Inhalt meiner Sakkotaschen auf *impair*. Es kam die Null, und ich ging ins *Paladium* zurück, setzte mich zu meinem Blumenstrauß und goß Sekt nach.

Ein Paso doble eröffnete die kurzweilige, perfekt ablaufende Show. Wechselnde Kulissen, aufwendige Kostüme, Gesangsnummern, Clownerien und eine Menge Tanz. Quer durch den stilistischen Gemüsegarten. Vom Flamenco in Rokokokostümen unter einem Springbrunnen bis zur rasanten Fiftiesnummer auf und vor einem echten Cadillac, von einer mondänen Moulin-Rouge-Nummer mit Federboas, Straßgeschmeiden und drei blanken Busen, bis zu einem als Kellner getarnten Clown, dessen Hauptgag es war, sich am Eisenrahmen eines Trampolins mehrfach die Genitalien einzuquetschen, was den älteren Damen im Publikum gackernde Lachsalven entlockte. Den dramatischen Höhepunkt bildete ein solides Laserspektakel, dem dann nur noch das turbulente Schlußfinale folgte.

Der Zeitpunkt meines Auftritts rückte unaufhaltsam näher. Ich schüttete den Rest aus der Sektflasche in mich hinein und peilte die Situation. Wenn ich die Sache richtig eingeschätzt hatte, bestand das feste Ensemble aus fünf Tänzern und sieben Tänzerinnen, dazu kamen ein smarter Moderator und einige Gaststars, die vermutlich im Saisontakt ausgetauscht wurden. Cosima Osthoff hatte heute abend nicht auf der Bühne des *Paladium* gestanden. Keine der Tänzerinnen war über fünfundzwanzig, keine hatte ihre exotisch markanten Gesichtszüge. Das wäre ja auch zu einfach gewesen.

Die Show war zu Ende, die Künstler verbeugten sich artig, und das Publikum schenkte ihnen verhaltenen Applaus. Für meinen Geschmack *zu* verhalten, denn die Show war gut gewesen, da gab es nichts dran zu deuteln. Mit Sicherheit hatten die Opis und Omis, die man in Bussen angekarrt hatte, so was noch nie im Leben gesehen. Aber vielleicht waren sie ja zu sehr beeindruckt, um laute Bravos zu brüllen und mit den Füßen zu trampeln.

Der Moderator stellte die einzelnen Gaststars vor und zuletzt die Tänzer der *Paladium-Show-Group*. Ich stand auf, nahm den Blumenstrauß und schritt mit wackligen Knie und ins Gesicht gemeißeltem Lächeln die Treppe durch die Mitte des Auditoriums hinab. Der Moderator bat gerade den Techniker auf die Bühne – und eine Frau in Jeans und dunkelblauem Sweatshirt. Sie sahen mich kommen. Alle. So etwas waren sie offensichtlich nicht gewohnt. Sie schauten auf den Blumenstrauß, lächelnd, verlegen, gespannt. Am Bühnenrand angelangt, schwenkte ich meinen Blick an der Phalanx der Künstler entlang. Die da! Ihr würde ich ihn geben. Die dritte von rechts. Edle Gesichtszüge, schwarze Haare und ein schöner Busen, den sie eben noch dem Publikum präsentiert hatte – in entblößtem Zustand. Ich lächelte sie an, und sie verzog ihre Miene, als habe ihr eine Ratte aus der Kloschüssel ins Gesicht gepieselt. Dumme Sache. Ich stieg links auf die Bühne und ging an der versammelten Mannschaft vorbei. Ich mußte mich entscheiden. Die hübschen Tänzer strahlten mich an. Sie alle hätten sich liebend gern mit Zungenküssen bei mir für die Blumen bedankt. In den Gesichtern der Mädchen aber sah ich leider nur Eitelkeit und Arroganz. Ich war am Ende der Reihe angelangt und stand plötzlich vor der Frau in Jeans. Ich schaute in ihre Augen. Sie grinste, frech und gleichzeitig etwas verschämt. Mit einer tiefen Verbeugung überreichte ich ihr den Strauß. Sie gab mir zwei rasche Küßchen, links und rechts, und drückte die Blumen an ihre Brust. Pikiert und auch ein wenig neidisch schielten die Tänzer und Tänzerinnen zu ihr hinüber und verfolgten meinen Abgang von der Bühne mit neugierig fragenden Blicken.

Eins war klar: ich hatte für mächtig Gesprächsstoff gesorgt, gleich in der Garderobe.

VI.

Ich verließ das *Paladium*, eilte zu meinem Leihwagen und steuerte ihn links ans Ende des Parkplatzes. Etwa dreißig Meter vom Bühneneingang entfernt machte ich den Motor aus und steckte mir eine Zigarette an.

Es dauerte gute zwanzig Minuten, bis sich die Tür zum ersten Mal öffnete. Zwei Tänzer kamen heraus, gefolgt von drei Tänzerinnen und einer Sängerin. Bester Laune verteilten sie sich auf zwei Autos und fuhren davon. Pause. Fünf Minuten später der nächste Trupp. Wieder Pause. Dann kam der Rest. Bis auf meine Auserwählte. Da sie sich nicht abschminken und umziehen mußte, war sie vielleicht schon vor mir abgehauen. Das war jedoch eher unwahrscheinlich. Sie hätte rennen müssen. Oder aber sie hatte das *Paladium* durch den normalen Ausgang verlassen. Oder sie nahm noch einen Schluck an der Casino-Bar. Oder sie machte an der Kasse die Abrechnung. Keine Ahnung, welche Funktion sie bei dem Spektakel bekleidete.

Ich wartete weitere fünf Minuten, dann stieg ich aus dem Wagen und schlenderte in Richtung Haupteingang. Als ich gerade darin verschwinden wollte, schaute ich noch mal zurück. Und da sah ich sie. Den Blumenstrauß in der Hand eilte sie zu einem weißen Seat Marbella und stieg ein. So ein Ärger. Ich lief zu meinem Punto, und er sprang an, als die Rückleuchten des Marbella in der Ausfahrt verschwanden. Ich gab Gas, und nach zwei

Minuten tauchte der Wagen im Licht meiner Scheinwerfer auf.

Wir fuhren durch Sa Porrassa, auf der Nebenstrecke weiter Richtung Santa Ponca, passierten den Golfplatz und gelangten an den Kreisverkehr, an dem es rechts zur Schnellstraße nach Palma oder Andratx abging und links nach Santa Ponca City. Die Frau in Jeans bog links ab und fuhr in Richtung *Centro*. Die Straße führte direkt zum Strand. Der Marbella folgte dem Verlauf der Bucht, passierte die Vergnügungsmeile des Örtchens, nahm den leichten Anstieg in Richtung Costa de la Calma und stoppte am rechten Straßenrand vor einem nicht gerade einladend anmutenden Apartmenthaus.

Wahrscheinlich hatte sie mitbekommen, daß ihr mein Wagen gefolgt war. Als die Frau ihren Seat mit den Blumen in der Hand verließ, schaute sie kurz in meine Richtung, registrierte, daß ich aus dem Punto sprang, und ging mit schnellen Schritten auf die Haustür zu. Sie hatte den Gang, an dem man professionell ausgebildete Tänzerinnen erkennen konnte: kleine, federnde Trippelschritte mit leicht ausgestellten Fußspitzen.

Bevor sie den Schlüssel ins Schloß gesteckt hatte, war ich bei ihr.

»Gefallen Ihnen die Blumen?«

Sie schaute nervös an mir vorbei zur Straße, und da ein paar Kneipenbummler gerade hinter uns vorbeischunkelten, faßte sie den Mut, mir ins Gesicht zu blicken.

»Was wollen Sie?« fragte sie leise. Sie hatte Angst vor mir oder vor der Situation. Das sagten ihr Blick und ihre abwehrende Körperhaltung.

»Ich möchte mit Ihnen reden.«

»Worüber?«

Ich schaute ihr fest in die Augen. »Über Cosima Osthoff.«

Sie starrte mich an. Offensichtlich stiegen Erinnerungen in ihr hoch, schöne und weniger schöne. Und ich wußte, ich war auf der richtigen Spur. Zum Glück hatte die arrogante Tänzerin mich auf der Bühne mit diesem vernichtenden Blick gegeißelt. Das junge Huhn hätte mir mit Sicherheit kein Ei ins Nest gelegt.

»Sie kennen Cosima?« fragte die Frau in Jeans erstaunt.

»Sie hat geerbt«, sagte ich, »und niemand weiß, wo sie ist.«

Die Frau schaute mich verwirrt an und strich mit fahriger Bewegung eine ihrer dunkelblonden Haarsträhnen hinter ihr linkes Ohr.

»Ich weiß nicht, wo sie ist«, sagte sie. »Ich habe sie lange nicht mehr gesehen.«

»Wie lange nicht mehr?«

Sie überlegte. »So zwei Jahre …«

»Vor zwei Jahren haben Sie Cosima gesehen?« hakte ich nach. »Sind Sie sicher, daß es nicht schon länger her ist?«

Sie überlegte einen Moment. »Vor zweieinhalb Jahren, im Sommer«, sagte sie bestimmt. »Ich hatte sie zu meinem Geburtstag eingeladen.«

»Hier auf der Insel?«

»Hier auf der Insel.«

Ich nickte nachdenklich, wandte den Kopf zu dem geöffneten englischen Pub in dem Häuserblock ein paar Schritte den Hügel hinab und sagte: »Sie würden mir einen großen Gefallen tun, wenn ich Sie zu einem Drink einladen dürfte.«

»Die Bar da vorne ist sterbenslangweilig.«

»Ich liebe langweilige Bars.«

Das gab ihr zu denken. Sie schaute auf die Blumen in ihrer Hand, dann in meine Augen.

Und ich sagte: »Bitte.«

Sie schwieg einen Moment.

»Okay«, nickte sie endlich, »gehen Sie schon vor, ich stelle nur schnell die Blumen ins Wasser.«

»Lassen Sie mich nicht hängen.«

Sie steckte den Schlüssel ins Schloß und drehte ihn um.

»In fünf Minuten bin ich in der Kneipe.«

»Soll ich Ihnen schon etwas bestellen?«

»Einen Caipirinha.«

Ich ging zu dem Pub, der *Platter Bar* hieß, und setzte mich an den Tisch hinter der verglasten Vorderfront. Es war einer dieser düsteren, rustikal eingerichteten Pubs, wie Briten sie liebten: dominierender Bartresen, exponiert präsentierte Souvenirs aus den früheren Kolonien, an den Wänden Fotos, Postkarten und Werbeschilder, fünf heimische Biere aus der Zapfanlage und freie Wahlqual zwischen schätzungsweise hundert verschiedenen Spirituosen, die in einem ausladenden Regal hinter der Theke begutachtet werden konnten.

Die einzigen Gäste waren zwei alte Männer in dezent karierten Tweedsakkos. Sie saßen kerzengerade auf Hockern vor der Bar, nippten an Whiskygläschen und hatten großen Spaß daran, in bestem Oxfordenglisch die versautesten Zoten zum besten zu geben. Immer abwechselnd.

Der Keeper, ein breitschultriger Mann mit rotblonden Haaren, weißer Haut und schmalen Lippen, stand bei den Zapfhähnen, polierte Gläser und schmunzelte über die Phantasien der beiden lüsternen Greise.

»Pardon?« fragte er höflich, nachdem ich seinen Blick gesucht hatte.

»One Lager, one Caipirinha.«

»Sorry, I don't have Caipirinha«, bedauerte er schulterzuckend.

»No problem«, sagte ich, »only the beer.«

Er zeigte mir ein leeres Pintglas. »A big one?«

»Yes, a big one.«

Ich schaute durch die Glasscheibe zu dem Haus hinüber, in dem die Frau eben verschwunden war. Ein interessanter Typ. Schätzungsweise um die dreißig Jahre alt, dunkle, ausdrucksstarke Augen, hohe Wangenknochen, ein runder Mund mit leicht aufgeworfenen Lippen, drahtige Figur, nicht zu groß, nicht zu klein, lange dunkelblonde Haare, die sie mit einer getigerten Spange locker hochgesteckt hatte, wobei zwei Strähnen, links und rechts, neben ihrem schmalen ungeschminkten Gesicht hinunterbaumelten.

Der Keeper stellte das Glas Bier vor mich auf den Tisch. Und ich ließ es vorerst unberührt. Statt dessen zündete ich mir eine Zigarette an. Eigentlich recht erbärmlich. Warum konnte ich nicht einfach *so* hier sitzen? Ich als ich. Ohne Droge. Als ich mich gerade damit abgefunden hatte, daß mein Hirn sich diesem eher unangenehmen Thema widmete, und ich wider Willen den

Blick in den leeren John-Player-Aschenbecher senkte, vernahm ich über mir ein erlösendes »Hallo«.

Ich stand auf und lächelte, vermutlich etwas gequält.

»Sie können sitzen bleiben«, sagte die Frau, immer noch in Jeans, und ließ sich auf dem Stuhl mir gegenüber nieder.

Ich nickte entschuldigend zu meinem Bierglas und sagte: »Hier gibt es leider keinen Caipirinha.«

»Schade.« Die Frau drehte den Kopf und schaute unentschlossen zum Schnapsregal hinter der Theke.

»Tequila?« schlug der Keeper vor.

Die Frau überlegte einen Moment und nickte dann.

»Meinetwegen Tequila.«

Das kam mir irgendwie bekannt vor.

»Sunrise«, schob die Frau hinterher.

Der Keeper nickte, machte sich mit unglaublich flinker Routine an die Arbeit, und eine knappe Minute später stellte er den liebevoll dekorierten Drink auf unseren Tisch, mit auf dem Glasrand reitender Orangenscheibe, chinesischem Papierschirmchen, einem grünen Plastikquirl, der in einem kleinen Papagei mündete und einem blauweiß gestreiften, im oberen Teil spiralförmig gewundenen Trinkhalm.

»Nett«, sagte ich und schaute lächelnd auf das vergängliche Kunstwerk. Rot erhob sich die Sonne vom Boden des Glases und stieg langsam zur Oberfläche empor.

»Das Gute an langweiligen Bars ist«, sagte ich, »daß man sich dort die Zeit nimmt, auf Details zu achten.«

Die Frau lächelte.

Ich hob mein Glas, die Frau das ihre.

»Ich heiße Manuel.«

Einen Moment noch schaute sie mich mit einer Spur von Skepsis an, aber dann hatte ihr Glaube an das Gute im Menschen, in manchen Menschen, gesiegt.

»Ich bin Vero.«

»Véronique?«

»Nein, Valeria«, sagte sie, »aber das ist Vergangenheit.«

»Cheers.«

Sie nickte und trank einen Schluck.

»Woher kennst du Cosima?« begann ich vorsichtig.

Vero schaute auf und fixierte mich. »Die Geschichte mit der Erbschaft hast du erfunden, hab' ich recht?«

»Ja«, antwortete ich. »Es war eine Notlüge.«

»Welche Not hast du?«

»Ich muß Cosima finden«, sagte ich.

»Warum?«

»Weil ich es jemandem versprochen habe.«

»Bist du ein Detektiv?«

Ich schüttelte lächelnd den Kopf. »Ich bin Journalist«, sagte ich, »Journalist im selbstgewählten Ruhestand.«

»Wem hast du versprochen, Coco zu finden?«

»Ihrem Vater.«

Sie starrte mich ungläubig an. »Ihrem Vater?«

»Du kennst ihn?«

Vero senkte nervös den Blick und umfaßte ihr Glas. »Nicht persönlich«, sagte sie, »aber Coco hat mir von ihm erzählt.«

»Offensichtlich nicht nur Gutes«, stellte ich aufgrund ihrer etwas verwirrten Reaktion fest.

»Er muß ein ziemliches Schwein sein«, sagte Vero.

»Er wollte nicht, daß sie Tänzerin wird«, bestätigte

ich, »er hat sie wohl ziemlich unter Druck gesetzt. Das hat er mir erzählt. Und es tut ihm heute leid.«

»Diese Kämpfe sind normal, kaum ein Vater will, daß seine Tochter Tänzerin wird.« Vero schüttelte den Kopf. »Nein, das habe ich nicht gemeint.«

»Was meinst du dann?«

»Er ist ein Verbrecher, hat Coco gesagt.«

Jetzt war ich es, der sie verwundert anstarrte. »Ein Verbrecher?«

»Coco sagte, als sie sechzehn war, sei er für vier Jahre ins Gefängnis gegangen.«

»Weshalb?«

Vero schüttelte den Kopf. »Ich weiß nicht. Betrügereien bei Auslandsgeschäften oder so was. Ich glaube, Coco wußte es selbst nicht genau.«

Ich nahm einen tiefen Schluck aus meinem Bierglas und schaute hinaus in die Nacht.

»Er hat die letzten drei Jahre hier verbracht.«

»Auf der Insel?«

Ich nickte. »Sogar hier im Ort, in Santa Ponca«, sagte ich, »das hat er mir wenigstens erzählt.«

Vero zuckte mit den Schultern. »Hier wohnen viele ältere Deutsche.«

Der Keeper trat an unseren Tisch und sagte höflich: »We close in five minutes.«

»Schade«, sagte ich und schaute Vero an. »Was hast du eigentlich mit der Show im *Paladium* zu tun?«

»Ich habe die Choreographie gemacht«, sagte sie bescheiden, »und ich mache die Abendregie.«

»Du bist ausgebildete Tänzerin«, sagte ich. »Ich habe es an deinem Gang erkannt.«

Sie lächelte, und ich lächelte zurück. Sie gefiel mir. Und fast hatte ich den Eindruck, daß ich ihr auch nicht so ganz unsympathisch war.

»Laß uns zum Strand runtergehen«, sagte ich.

»Um zwei Uhr morgens?«

»Am Strand ist es um zwei Uhr am schönsten.«

»Meinst du.«

»Ich weiß es.«

Wir standen auf, nickten dem Keeper zu und schlenderten den Hügel hinunter. Es war angenehm, neben Vero durch den fast menschenleeren Ort zu gehen. Nur vor der Disco *Fame* standen noch ein paar junge Leute. Wir stiegen die Treppe zum Strand hinunter. Ich zog Stiefel und Socken aus, Vero ihre flachen Slipper. Der Sand massierte unsere Fußsohlen, während wir zum Wasser gingen. Der Halbmond stand am Himmel und reflektierte silbern auf dem schwarzen Meer.

»Du hattest recht«, sagte Vero.

Ich setzte mich in den Sand und faltete die Hände vor meinen angewinkelten Beinen. Vero setzte sich neben mich.

»Du könntest jede Nacht hier sitzen«, sagte ich.

»Nein«, erwiderte sie.

»Angst?«

Sie nickte verhalten.

»Hast du keinen Freund?«

»Zur Zeit nicht.«

Wir schauten aufs Meer hinaus. Ein Ausflugsdampfer mit Festbeleuchtung fuhr an der Bucht vorbei.

»Warum hast du ausgerechnet mir die Blumen gegeben?« fragte Vero.

Ich lächelte sie an. »Willst du die Wahrheit hören?«

»Wenn sie nicht zu grausam ist, ja.«

»Die Tänzerinnen haben alle so arrogant geglotzt«, sagte ich, »und du hast gelächelt.«

»Es war das erste Mal, daß ich im *Paladium* Blumen bekommen habe.«

»Erzähl mir von Coco.«

Ein Schatten fiel über ihr Gesicht. Sie mußte sich dazu zwingen, in die Vergangenheit zurückzublicken. Das konnte man spüren.

»Das war eine blöde Sache damals«, sagte sie, »Rick de Leuw hat uns in Deutschland gecastet und vortanzen lassen, er sagte, er habe reiche Mäzene im Rücken, die ihn beauftragt hätten, hier eine professionelle Company aufzuziehen. Er ließ Coco aus Köln, Kitty aus Frankfurt und mich aus Hamburg einfliegen, und wir bekamen zusammen eine kleine Wohnung. Und warteten. Wochenlang. Es gab magere Vorschüsse, die wir auf Schuldscheinen quittieren mußten. Am Anfang kam Rick fast jeden Tag vorbei und sagte irgendwas von verschobenen Terminen und so weiter. Später nur noch einmal die Woche. Und dann kamen andere Männer.«

Sie brach ab. Ihre Hände zitterten. Sie zog ihre Knie dicht an ihren Oberkörper heran und umklammerte sie wie eine Rettungsboje.

Ich nickte. Das Prinzip war klar. Die Männer hatten die Mädchen – in welch rüder Form auch immer – dazu aufgefordert, ihre angehäufte Schuldenlast in bestimmten Etablissements abzuarbeiten.

»Hast du diesen Choreographen noch mal wiedergesehen?«

»Nein«, sagte Vero. »Aber ich habe gehört, er hängt immer noch irgendwo in Palma ab.«

»Und die dritte im Bunde?«

»Kitty?« Vero schaute melancholisch auf das schwarze Wasser hinaus. »Sie arbeitet im *Winston-Club*.«

»Der *Winston-Club* ist ein Puff«, sagte ich.

»Ich weiß.«

»Scheiße«, sagte ich. »Und was hat Coco gemacht, als du sie vor zwei Jahren getroffen hast?«

»Sie wohnte mit einer Freundin in einer Finca bei S'Arraco. Mit der hat sie Werbefotos, irgendwelche Präsentationen und Reiseleitungen gemacht. Hier mal einen Job, da mal einen Job.«

»Ich kannte auch eine Frau, die in einer Finca bei S'Arraco gelebt hat«, sagte ich, »sie hieß Janette.«

»Genau«, sagte Vero. »sie hieß Janette.« Sie schaute mich an und sagte leise: »Janette ist tot.«

»Ich weiß«, sagte ich.

Schweigend schauten wir über die Bucht. Ich wollte nicht an Janette denken. Aber nun bekam ich sie nicht mehr aus meinem Schädel. Ich sah ihr strahlendes Lachen vor mir, ihre weißblonden Haare, ihre wunderschönen blauen Augen, ihren gelben R4, ihren wuscheligen Hirtenhund. Sie war nur einunddreißig Jahre alt geworden. Verdammt. Ich mußte mich auf andere Gedanken bringen.

»Eins ist seltsam«, startete ich einen Versuch, »wenn Cocos Vater vor drei Jahren schon auf der Insel nach ihr gesucht hat, dann hätte er sie eigentlich finden müssen.«

Vero nickte. »Er hätte nur nach Port d'Andratx fahren und sich um sechs Uhr abends vor *Tim's Bar* oder das *Mitj y Mitj* setzen müssen. Da treffen sich alle aus der Gegend zum Sonnenuntergang.«

Ich schaute sie an. »So ganz koscher ist mein Hans Osthoff auf jeden Fall nicht.«

»Laß dich nicht mit Verbrechern ein«, sagte Vero.

»Er zahlt gut«, antwortete ich schulterzuckend.

»Geld ist nicht alles.«

Ich lachte sie an und stand auf. »Genug der Weisheiten für heute nacht.« Ich zog mich aus.

Vero schaute mich entsetzt an. Da war wieder diese Angst in ihrem Blick.

»Keine Sorge«, sagte ich und ging zum Wasser. Dort zog ich dann auch meine Boxershorts aus, holte tief Luft und rannte in das eiskalte Wasser. Ich machte zehn kräftige Kraulzüge, kam an Land zurück, schüttelte mit schlotternden Händen den Sand aus meiner Unterhose und hielt sie mir vor den Pimmel.

»Bist du wahnsinnig geworden?« fragte Vero kopfschüttelnd und lächelte dabei.

»Was heißt *geworden*?«

Ich trocknete mich mit meinem T-Shirt ab, stieg in Shorts und Jeans, zog mein Sweatshirt über und die Lederjacke.

»Das mußte jetzt sein«, sagte ich.

Vero stand lächelnd auf und klopfte sich den Sand von ihrem Po. »Männer sind was Komisches«, sagte sie.

»Findest du?«

»Ich weiß es.«

Wir verließen den Strand und schlenderten den Hügel hoch. Vero schob ihre Hand in meine Armbeuge.

Wie selbstverständlich. Als wären wir so unser halbes Leben lang durch spanische Nächte spaziert.

Ich brachte sie zu ihrer Haustür, und Vero zog den Schlüssel aus der Tasche.

»Es war eine angenehme Zeit mit dir«, sagte ich.

»Wo wohnst du?« fragte Vero.

»Im *Hostal Apuntadores* in Palma.«

»Kannst du noch fahren?«

»Warum sollte ich nicht fahren können?«

Vero lächelte. »Weil ich dir sonst angeboten hätte, auf meinem Gästesofa zu übernachten.«

»Frühstück inklusive?«

»Wenn du Brötchen holen gehst, klar«, sagte sie.

Veros Wohnung lag im dritten Stock. Sie hatte einen Balkon zur Bucht hinaus und war auch sonst schöner, als die Fassade des Hauses hatte vermuten lassen. Ein Schlafzimmer mit zwei separaten Betten und Einbauschränken, ein Bad mit Badewanne und ein großes Wohnzimmer mit Koch- und Eßecke, einem Sofa und zwei Sesseln. In einem Sektkühler auf dem Couchtisch vor der Sitzgruppe blühten meine Blumen.

»Was zahlst du für die Bude?« fragte ich, nachdem Vero mir alles gezeigt hatte.

»Fünfzigtausend im Monat«, sagte sie, »voll möbliert.«

Ich nickte. »Gut sechshundert Mark.«

»Damit kann ich leben.« Mit ein paar geübten Handgriffen verwandelte Vero das Sofa in ein breites französisches Bett und erklärte: »Das Bettzeug ist frisch gewaschen.«

»Du bist ein Engel«, sagte ich.

Sie kam zu mir und gab mir zwei Küßchen, links und rechts, wie auf der Bühne im *Paladium*.

»Schlaf gut«, sagte sie und winkte mir noch mal freundlich zu, bevor sie die Tür des Schlafzimmers hinter sich zuzog.

Ich entledigte mich meiner Stiefel, meiner Jeans und meiner Jacke und legte mich auf mein Lager. Es war sehr gemütlich, hier bei Vero. Viel schöner als allein im Hostal, mit dem Pieselgeplätscher im Ohr.

Keine Ahnung, wie spät es war. Auf jeden Fall noch stockfinstere Nacht. Ich wachte auf und schaute zur Schlafzimmertür, aus der blasses Licht fiel, das Veros Silhouette umrahmte. Sie trug ein weißes Nachthemd aus seidenartigem Stoff.

»Bist du wach?« flüsterte sie.

Ich räkelte mich. »Jetzt ja«, antwortete ich.

»Es tut mir leid.«

»Mir nicht.«

»Darf ich mich etwas zu dir setzen?« fragte sie verlegen.

»Aber sicher«, antwortete ich lächelnd, »es ist schließlich deine Wohnung.«

»Darum geht es nicht«, sagte Vero, während sie sich auf der äußersten Kante der Matratze niederließ.

»Ich weiß«, sagte ich und nahm ihre Hand. »Was willst du mir sagen?«

»Wir hätten nicht über Coco sprechen dürfen«, sagte sie, und ich spürte, wie sie bebte unter ihrer Haut. »Jetzt ist alles wieder da.«

Ich drückte ihre Hand und schaute sie an. Sie starrte zur Balkontür hinaus über die Bucht.

»Die Männer«, begann ich behutsam, »die zu euch kamen, als dieser Rick nicht mehr zu euch kam ...«

Ein Schauer überfiel Veros Körper, sie starrte mich entsetzt an.

»Sie haben euch gefesselt, mit Heroin zugespritzt und vergewaltigt?« fragte ich. »Mehrere Tage lang?«

Vero brach zusammen. Tränen, Speichel und Nasenschleim sprudelten aus ihrem Gesicht. Ich umgriff ihren Körper und hielt ihn fest an meinen, bis das fast epileptische Zucken nachließ. Und irgendwann schmolz ihr Körper, wurde weich und warm und schwerelos. Ich gab ihr einen Kuß auf die Stirn und deckte sie zu. Fünf Minuten später war sie eingeschlafen.

Gegen neun Uhr wurde ich wach. Neben mir schlief Vero, völlig erschöpft. Leise zog ich mich an, nahm mir den Schlüssel, den sie auf dem Kühlschrank abgelegt hatte, und aus dem Bad ein Handtuch.

Unten am Strand zog ich mich aus und brachte die gleiche Prozedur hinter mich, die ich auch letzte Nacht durchgezogen hatte. Im feuchten Schlick machte ich dreißig Liegestütze und trocknete mich ab.

In der Telefonzelle oben an der Strandpromenade warf ich ein 100-Pesetenstück in den Schlitz und wählte Hans Osthoffs Handynummer. Eine spanische Frauenstimme spulte ihren Spruch ab betreffs Mailbox und so weiter, und nach dem Pieps wünschte ich Hans einen wunderschönen guten Morgen.

In der Bäckerei auf der Hauptstraße, schräg gegenüber vom Supermarkt *Gigante,* kaufte ich Brötchen und eine noch warme Ensaimada.

Als ich vorsichtig die Tür zu Veros Apartment aufschloß, hörte ich im Bad Wasser rauschen. Ich fand im Unterschrank der Küchenzeile ein geflochtenes Körbchen, in das ich die mitgebrachten Backwaren legte. Ich setzte Wasser auf und suchte nach Geschirr und Besteck. Das Wassergeplätscher im Bad verstummte, und eine Minute später stand sie mitten im Raum. Nackt.

»Oh!« machte sie erschrocken, als sie mich in der Küchenecke hantieren sah. »Entschuldige, ich hatte nicht gehört, daß du zurückgekommen bist.«

Ich grinste sie an und genoß, möglichst unaufdringlich, den Anblick ihres hübschen, leicht gebräunten Körpers. »Da gibt's nicht viel zu entschuldigen.«

»Blödmann«, sagte sie verschämt lächelnd und verschwand im Schlafzimmer.

Kurz darauf erschien Vero wieder im Wohnzimmer. Spärlich verhüllt von einem bezaubernden Set, bestehend aus schwarzem, spitzenbesetztem BH und dazu passendem Höschen. Sie kam mit federnden Schritten auf mich zu, schlang ihre Arme um meinen Hals und öffnete ihre Lippen. Wir küßten uns innig und wunderschön. Dann schaute sie etwas verlegen zu mir auf und fragte:

»Würde es dir etwas ausmachen, mit mir zu schlafen?«

»Nein«, erwiderte ich, »eigentlich nicht.«

Ich umgriff ihren schlanken Körper und trug sie zum Bett. Was dann folgte, war leidenschaftlich und wild. Aber ich spürte, Vero schlief nicht mit mir allein. Sie schlief auch mit ihrer Vergangenheit, die wieder so sein sollte, wie sie war, bevor die Männer in ihre Wohnung gekommen waren.

Sie schrie wie ein Tier, als sie kam. Und danach kuschelte sie sich in meinen Arm und hauchte ein zärtliches »Danke schön« in mein Ohr.

Natürlich würde die Angst wiederkommen. Aber es war besser, ihr in die Augen zu schauen.

»Woher wußtest du das alles?« fragte Vero, die offensichtlich spürte, wo ich mit meinen Gedanken gerade war.

»Weil ich gehört habe, daß es diese Männer immer so machen«, sagte ich, »hier, in Deutschland, auf der ganzen Welt.«

»Es waren Rumänen«, sagte sie, »drei Mann.«

Ich nickte stumm, und ein semidokumentarischer Spielfilm spulte sich vor meinem inneren Auge ab: die drei Tänzerinnen rächten sich an den drei Männern mit einem grausamen Ritual, das darin gipfelte, ihnen mit einem Schweißbrenner die Eier abzuflämmen. Und ich führte Regie. Mit der Originalbesetzung.

»Ich habe seitdem mit keinem Mann mehr schlafen können«, sagte Vero.

»Das habe ich mir fast gedacht.« Ich grinste sie an, vielleicht ein wenig zu frech, und sagte: »Manchmal funktioniert angewandte Trivialpsychologie auf verblüffende Art und Weise.«

»Wie meinst du das?«

»Vergiß es.«

VII.

Mein dritter Versuch, gegen zwei Uhr mittags gestartet, war halbwegs erfolgreich. Ich hatte Hans Osthoff an die Strippe bekommen, und mein Arbeitgeber hatte völlig verpennt in sein Handy gekrächzt, ich solle zum Yachthafen kommen. Und als ich wissen wollte, *wohin* im Yachthafen, war die Verbindung zusammengebrochen. Ich hatte die Telefonzelle für einen nervösen Teenager im Guns'n-Roses-Shirt geräumt, war den Hügel auf der linken Seite der Bucht hochgefahren, rechts abgebogen, und hatte den Wagen die schmale Gasse zum Hafen hinunterrollen lassen.

Rechts an der Mauer im Hang erschien der großflächig gekachelte Schriftzug *Club Nautico Santa Ponca* und zeitgleich vor der kurzen Schnauze meines Puntos ein geöffneter Schlagbaum.

Ich parkte vor dem *El Amarre* und warf von der Terrasse aus einen Blick in das Hafenbistro. Da es sich bei keinem der drei zur Zeit anwesenden Gäste um meinen Gönner Hans handelte, stieg ich die Treppenstufen zum Pier hinab und ließ meinen Blick über den Yachthafen schweifen, den man um eine schmale, hakenförmige Felsenbucht herum angelegt hatte. Der gegenüberliegende Hang war zwar mit den obligatorischen Apartmenthäusern bebaut worden, aber man hatte sich die Mühe gemacht, die von Mutter Natur vorgegebenen ästhetischen Normen nicht allzu rabiat zu torpedieren.

Rechts, an dem Pier, der schnurgerade ins offene Meer hinauswies, lagen ausschließlich große Motoryachten, alle von ähnlich imposanter Größe. Links, an verschiedenen Stegen, dümpelte das übrige Kroppzeug an festgezurrten Leinen: kleinere Motorschiffe, stattliche Segelboote, Hausboote, offene Jollen, umgebaute mallorquinische Fischerboote und ein als antikes Piratenschiff gestylter Zweimaster.

Die Schiffe hießen, wie Schiffe eben so heißen: *Snoopy, Flying high, Sunshine Reggae, Fox on the waves, Gisela III., Guiding Star* und eine feuerrote kleine Segelyacht hatte man auf den Namen *Kawumba* getauft. Und woher stammte deren Eigner? Laut patriotisch auflackiertem Schriftzug? Aus Köln natürlich. Woher auch sonst.

Und plötzlich stand ich vor einem Schiff, das *Lucky Punch* hieß. Eine etwa zwölf Meter lange Segelyacht aus Holz. Ein feines Teil, gut gepflegt und mit Sicherheit vor zwanzig Jahren absolut regattatauglich. Schon als Hans vorgestern erwähnte, das Schiff seines verschollenen Exkumpels Kurt habe *Lucky Punch* geheißen, mußte ich lächeln. Wer taufte schon seine Segelyacht auf einen Fachbegriff aus der Boxwelt, der einen glücklich und unerwartet ins Ziel gesetzten K.o.-Schlag bezeichnete? Ich meine: Wer außer diesem Kurt? Niemand. Und unter Umständen hatte man ausgerechnet Kurt an Bord dieser Yacht einen äußerst *un*glücklichen *Punch* versetzt, bevor der Zement gerührt und die Bordbadewanne abmontiert wurde.

»Hans!« rief ich.

Da keine Antwort von Bord kam, stieg ich an Deck, wankte zum Achterschiff und klopfte gegen die Aushängetür, mit dem der Abstieg zur Kajüte versperrt war. Im Bauch des Schiffs klirrten Flaschen, dann näherten sich dumpfe Schritte, und die Sperre wurde von innen ausgehakt.

»Mein Gott, Hans«, sagte ich.

»Scheiße ja«, antwortete er.

Er sah fürchterlich aus. Graues Gesicht, zerraufte Haare, besudeltes Ringelhemd und ausgebeulte Jogginghose, nackte, ölverschmierte Füße.

»Soll ich runterkommen, oder kommst du rauf?« fragte ich.

»Komm du mal lieber runter«, stöhnte Hans und hielt sich am Handlauf der steilen Stiege fest, »ich weiß nicht, ob ich's bis an Deck schaffe.«

Ich stieg in die Kajüte hinunter und schaute mich um. Das totale Chaos. Verstreute Klamotten, vermischt mit nautischem Klimbim, verdrecktem Geschirr, Fotos, einer Fausthantel, Postkarten, Zeitschriften und etwa zwanzig leeren Flaschen, die eine Hälfte aus dem Hause des Ginabfüllers Larios, die andere Tonic-Water von Schweppes.

»Hier fehlt eine Frau«, kommentierte ich die Lage an Bord und fügte hinzu: »... hätte meine Tante Edeltraut jetzt gesagt.«

»Du bist schuld«, murmelte Hans trotzig und ließ sich tapsig auf der Eckbank links vor der Bordwand nieder.

»Klar«, sagte ich, »seit vorgestern bin ich für alles verantwortlich, was du verbockst. Selbst wenn du einen abknallst, gehe ich für dich in den Knast. Ist doch Ehrensache.«

Hans kniff die Augen zusammen. »Red nicht so einen Scheiß«, knurrte er beleidigt. »*Du* hast mich schließlich wieder ans Saufen gebracht.«

»Nee«, erwiderte ich kopfschüttelnd, »ans *Leben* habe ich dich gebracht. Das Saufen geht komplett auf dein eigenes Konto.«

Hans rieb sich voller Selbstzweifel den Schädel. »Du hast ja recht«, sagte er kleinlaut. »Ich hatte nur nicht gedacht, daß man nach drei Jahren mit der ersten Flasche gleich wieder so drauf ist, als hätte man keinen Tag mit der Sauferei aufgehört.«

»Das ist das Linke an Drogen«, gab ich weise und weitsichtig zum besten, schaufelte mir einen Hocker frei und schaute zu Hans hinüber.

»Interessiert es dich zufällig, daß ich eine erste Spur von deiner Tochter aufgetan habe?«

Er hob den Blick und schaute mich ungläubig an. Aber es war auch wieder diese seltsame Angst in seinem Blick. Die Angst, die ich in Pacos Bar in seinem Gesicht gesehen hatte.

»Was hast du über Cosima erfahren?« fragte er mit leiser Stimme.

»Das mit dem Tanzen hat damals wohl nicht geklappt«, faßte ich knapp zusammen, um ihm die widerlichen Details zu ersparen. »Noch vor zwei Jahren hat deine Tochter mit einer Bekannten eine Finca in S'Arraco bewohnt.«

Ich schaute Hans scharf an. Aber ich sah kein Blitzen aus seinen Augen, kein Zucken in seinem Gesicht, ich sah nur zwei traurige, leicht gerötete Kateraugen.

»Zu der Zeit hast du schon hier gewohnt«, fuhr ich

fort, »und eigentlich hättest du sie leicht finden können. In Port d'Andratx war sie keine Unbekannte, und Port d'Andratx ist zehn Minuten von hier entfernt.«

Hans schaute mich an, wie ein in die Enge getriebenes Tier. »Was willst du damit sagen?«

»Ich will damit sagen, daß ich mich nur ungern verarschen lasse.«

»Was meinst du mit *verarschen*?«

»Du hast gar nicht nach ihr gesucht.«

Ich schaute ihn durchdringend an, und Hans senkte den Blick. Er nahm eine umgekippte Ginflasche vom Boden, hob sie mit zitternden Händen an seine Lippen und leckte den letzten Tropfen aus dem Hals. Wenn er sich selbst so gesehen hätte, er hätte gekotzt. Aber vielleicht *hatte* er sich ja schon so gesehen, und er war deshalb auf die Reling der *Ciudad de Palma* gestiegen.

»Ich habe sie gesehen«, sagte er und hob entschuldigend die Schultern. »Ich habe sie in Port d'Andratx gesehen, vor gut zwei Jahren.« Er brach ab und ließ die leere Flasche zu Boden fallen.

»Du hattest nicht den Mut, sie anzusprechen?« fragte ich.

»Das wird es wohl gewesen sein«, sagte Hans. Er stand auf und ging ins Bad. Ich schaute ihm nach. Eine Bordbadewanne gab es tatsächlich nicht mehr, statt dessen eine improvisiert installierte Duschtasse, in die sich Hans hineinstellte, bevor er die Tür hinter sich zuzog.

Wasser plätscherte mit lauem Druck.

Ich stocherte gelangweilt mit meinen Stiefelspitzen in dem Chaos auf dem Boden herum, und als ich ein klebriges Küchenhandtuch zur Seite schob, erblickte ich darunter einen kleinen Bilderrahmen. Ich hob ihn auf und schaute auf das Bild. Es war ein Schwarzweißfoto, vermutlich aus einer Tageszeitung ausgeschnitten, und es zeigte zwei Männer, die sich mit Siegerlächeln die Hände schüttelten. Der eine war ein drahtiger, silbergrau gelockter Kerl um die Fünfzig in einem sportlichen Overall, der andere war George Bush, der frühere Präsident der Vereinigten Staaten von Amerika. Es war das Nettobild, die Bildunterschrift hatte man abgeschnitten. Ich löste die zwei Spannleisten und holte das Bild heraus. Auf der Rückseite stand das Fragment eines Artikels über die Schädlingsbekämpfung auf kalifornischen Tomatenplantagen.

Die Badtür ging auf, und Hans kam in die Kajüte zurück. Er trug nur eine weite olivgrüne Unterhose und ein Handtuch, mit dem er sich die Haare abrubbelte. Er sah das Bild in meiner Hand und rubbelte weiter.

»Ist das hier George Bush?« fragte ich und deutete auf das Foto.

Hans nickte und rubbelte weiter.

»Und wer ist der andere Mann auf dem Bild?« wollte ich wissen.

»Ron.«

»Wer ist *Ron*?«

»Ein Freund von mir, aus alten Tagen«, sagte Hans lapidar. Er legte das Handtuch weg, öffnete den Einbauschrank, holte ein edles, weißblau gestreiftes Hemd heraus und zog es sich an.

Ich kannte Hans Osthoff erst seit zwei Tagen, aber in dieser kurzen Zeit war es ihm schon mehrfach gelungen, mich massiv zu überraschen.

»Und weshalb schüttelt *Mister President* deinem Freund die Hand und strahlt dabei wie ein Atomkraftmeiler?«

»Er hat ihm gratuliert«, sagte Hans. »Aber das gehört nicht zu deinem Job.« Unter der Dusche hatte er offensichtlich neues Selbstbewußtsein getankt.

»Komm mit«, kommandierte er, »ich kann die ganze Scheiße hier nicht mehr sehen.«

Er nahm mir das Bild aus der Hand, legte es achtlos auf den Navigationstisch, stieg in blaue Jeans und schwarze Leinenschlappen und kletterte vor mir aus der Einstiegsluke.

Als ich an Deck angekommen war, stand Hans schon auf der Mole und reichte mir die Hand. Ich stieg an Land und nickte zur *Lucky Punch*.

»Kurts Boot?« fragte ich.

»Ja«, sagte Hans, »ich passe darauf auf, bis man seine Leiche gefunden hat. Dann kommt es in die Erbmasse.«

»Hat Kurt Kinder hinterlassen?«

»Nein, nur zwei Neffen, und die leben in Schweden«, sagte Hans. »Komm, ich brauche einen Kaffee.«

Wir ließen uns in den bequemen Stühlen auf der Terrasse des *Almarre* nieder, und sogleich kam ein Kellner mit breitem Grinsen zu uns an den Tisch geeilt.

»Que tal, Juan?« fragte er und klopfte Hans auf die Schulter.

»Bien«, antwortete Hans. »Y tú?«

»Muy bien. Qué queres?«

»Café solo«, antwortete Hans. Der Kellner beugte sich leicht zu Hans hinunter und lächelte ihn verlockend an.

»Carajillo con Amanzonas?«

»No!« Hans blieb standhaft. »Café solo, sólo.«

»Muy bien«, sagte der Kellner und schaute zu mir. »I usted?«

»Un cortado y un agua sin gas.«

Der Kellner machte einen Bückling und verschwand, ein fröhliches Liedchen pfeifend, im Inneren der Bar.

Hans' Hände zitterten leicht. Er merkte, daß ich dies wahrnahm.

»Das ist harmlos«, sagte er, »der echte Horror kommt erst, wenn die Sonne geht.«

»Ich weiß«, sagte ich.

»Hast du sonst noch etwas über Cosima erfahren?« verließ er schleunigst das leidige Thema.

»Ich habe eine der Tänzerinnen kennengelernt, die damals mit ihr nach Palma gelockt worden sind«, erklärte ich, »und ich weiß den Namen des Choreographen: Rick de Leuw.«

Hans nickte versonnen, aber in keiner Weise beeindruckt. Tanzen schien ihn nicht groß zu interessieren.

»Wie schätzt du die Chancen ein?« fragte er.

»Wenn ich deine Tochter in vier Wochen nicht habe, wird es schwer«, antwortete ich.

»Wie bei den Mördern vom Bierkönig«, sagte Hans.

»Stimmt«, bestätigte ich nach kurzer Reflexion über diesen kühnen Vergleich. »Die werden sie jetzt nicht mehr finden. Es sei denn durch einen dummen Zufall.«

Hans schaute mich an, und ein diabolisches Glitzern entstand in seinen Augen. »Die werden sie nicht finden, weil sie längst wissen, wer sie sind.«

»Und wer sind die Mörder, Herr Doktor Allesweiß?«

»Die Vogelmafia«, sagte Hans.

»Die Vogelmafia?«

»Ist ja auch scheißegal«, beendete Hans abrupt seinen Exkurs. »Wie willst du es anstellen, Cosima zu finden?«

»Ich erledige noch ein paar Sachen im Westen und in Palma, und wenn dabei nichts Entscheidendes herauskommt, grase ich die Insel systematisch ab.«

»Hört sich gut an«, sagte Hans. Plötzlich fast fidel. Aus ihm wurde ich einfach nicht schlau.

Der Kellner kam und brachte die georderten Getränke. Ich rührte Zucker in mein Kaffeeglas und schaute zu Hans, der mit spitzen Lippen an seinem Espresso nippte.

»Weshalb hast du eigentlich die vier Jahre im Knast gesessen?«

Hans stellte den Kaffee ab, kniff die Augen ein wenig zusammen und blinzelte zu mir herüber, wie Clint Eastwood beim entscheidenden Duell im Gegenlicht.

»Du bist genau so clever, wie ich mir das erhofft hatte«, sagte er. Und lächelte.

»Danke.«

»Was weißt du sonst noch über mich?«

»Nichts«, antwortete ich. »Aber lenk nicht von meiner Frage ab, wenn ich bitten darf.«

Hans lehnte sich zurück in die marineblaue Leinenlehne seines Stuhls, faltete die Hände vor seiner Brust und blickte hinaus zu der riesigen Motoryacht, die gerade langsam auf die Hafenausfahrt zusteuerte. Am Ruder saß ein dicker Mann in schreiend buntem Hawaiihemd, links und rechts von ihm standen eine Blondine und eine dunkelhäutige Frau, die tadellosen Figuren in die gleichen Hot pants und die gleichen nabelfreien Tops gequetscht. Geld macht schön. Sagt man. Und wahrscheinlich sagten sich das auch die beiden jungen Frauen, die dem dicken Kapitän den faltigen Stiernacken kraulten.

»Weißt du, mein Junge«, unterbrach Hans meine volkswirtschaftlichen Überlegungen, »man gerät manchmal in Situationen, die auf den ersten Blick spaßig und aufregend erscheinen. Und kaum hat man sich darauf eingelassen, ist man gefangen, und ein Strudel zieht einen immer weiter in die Tiefe. Bis zum Grund.«

Er schaute mich an, und ich nickte anerkennend.

»Schön gesprochen«, sagte ich, »hätte von mir sein können.«

»Das reicht dir nicht, was?« Hans lachte. »Deshalb gefällst du mir, Manuel. Genau deshalb!«

»Du willst es nicht sagen?«

»Nein.«

Wie in die Luft gemeißelt, blieb das Wort zwischen uns stehen. Ein paar Sekunden lang herrschte Stille. Dann begann Hans mit seinem Siegelring gegen das Kaffeeglas in seiner Hand zu klimpern. In immer wiederkehrenden Rhythmen. Als sende er codierte Morsezeichen an einen imaginären Empfänger.

»Okay«, gab ich mich nach zwei Minuten geschlagen und grinste ihn an. »Wenn ich will, kriege ich's raus. Und wenn es etwas mit Cosimas Verschwinden zu tun hat, dann sowieso.«

Das saß wie eine Fliege im Bernstein. Hans schaute ruckartig auf und beendete augenblicklich das nervige Geklacker. Und für eine Sekunde war da wieder diese

Angst. Aber nur für eine Sekunde. Er schaute auf seine Uhr und sagte: »Mach dich an die Arbeit, mein Junge, ich habe Termine.«

»Zu Befehl, Boß!« erwiderte ich zackig, schlürfte meinen Cortado in einem Zug, spülte einen Schluck Wasser nach und stand auf.

»Ich melde mich übermorgen wieder.« Ich klopfte ihm an die Schulter. »Bleib in trockenen Tüchern, Alter.«

»Ich werde mir Mühe geben«, erwiderte er in einem Ton, der einige Zweifel an seiner Standhaftigkeit aufkommen ließ.

Ich ließ das Haus, in dem ich die letzte Nacht verbracht hatte, rechts liegen und bog am Rand des Villendörfchens Costa de la Calma in die Palmenallee ab, die in zwei langgezogenen sanften Bögen zur Schnellstraße hochführte.

Die Fahrt ging Richtung Westen, an Paguera vorbei, durch zwei beleuchtete Tunnel. Links das Hinweisschild auf die Abfahrt nach Camp de Mar. Nicht weit weg von hier war Janette verunglückt. Im BMW ihrer Eltern an einem frühen Frühlingsmorgen. Ein Bekannter saß am Steuer. Sie waren in einer Disco in Paguera gewesen. Der Bekannte verlor die Kontrolle über den Wagen. Janette war sofort tot. Der Fahrer hat überlebt. Auf Krücken.

Vor ein paar Jahren hatte ich sie kennengelernt. An einem kühlen Apriltag war ich nach Port d'Andratx gekommen, um von dort aus eine Titelgeschichte mit jeder Menge Hochglanzfotos über prominente Deutsche und deren Anwesen auf Mallorca zu recherchieren. Manfred

Schmidt, der Ex-Kölner Eventmanager, der seine geselligen Geschäfte zu dieser Zeit, in unmittelbarer Nachbarschaft von Max Schautzer und Heino, von der Cala Llamp aus betrieb, hatte mir den Tip gegeben, mich im *Mola Club*, oberhalb von Port d'Andratx, einzuquartieren. Da wäre jetzt kein Mensch, außer Janette, und die wäre vielleicht ganz froh, vorübergehend einen Nachbarn zu haben, weil ihr Freund vor ein paar Wochen tödlich verunglückt sei.

La Mola, der langgestreckte Felsrücken, der hinter Port d'Andratx etwa zwei Kilometer weit ins Meer ragt, gilt als die teuerste Wohnlage der Insel.

Ich stoppte den Jeep, den ich mir damals auf Kosten meines Verlagshauses hatte leisten können, vor dem *Mola Club*, nicht weit vom *Art Forum* entfernt, mit dem sich Dieter Walter Lietdke, ein maßloser Hansdampf aus dem Kohlenpott, ein Denkmal in den Fels gesprengt hatte, schräg unterhalb des eher bescheidenen Hauses der Eltern von Claudia Schiffer.

Der *Mola Club* ist eine Bungalowanlage, die sich von der Straße südwärts bis hinunter zu einer traumhaften kleinen Bucht erstreckt. Damals wurde der Club gerade renoviert, weil er mal wieder den Besitzer gewechselt hatte. Die hübsche und weltgewandte Janette hatte man sich als Repräsentantin und Hausmeisterin eingekauft. Sie wohnte mit ihrem weißen Hirtenhund in Bungalow Nr. 5, und ich bekam die Nr. 4: Schlafzimmer, Wohnzimmer mit Kochecke und Terrasse, für 50 Mark die Nacht. Nicht zu teuer für einen Ableger des Paradieses. Am Abend lud ich Janette zu einem hervorragenden Fischessen ins kleine *Galicia* ein, das sich tiefstapelnd *Snack-*

bar nannte. Später zeigte sie mir die *Havanna Bar* und die Disco *Barracuda*. Und sie stellte mich den Residenten und ihren mallorquinischen Freunden vor.

Nach dem Abend mit Janette kannte ich das Dorf. Und das Dorf kannte mich.

Fünf Nächte später, ausgerechnet in einer Disco in Paguera, zu der wir mit sechs anderen Nachtschwärmern gegen drei Uhr in meinem überladenen Jeep gefahren waren, erzählte sie mir ihre Geschichte – ohne daß ich sie dazu in irgendeiner Form ermutigt hätte.

Janette hatte sich unsterblich in Joaquim verliebt, einen Mallorquiner, der in S'Arraco mit seiner Frau und seinen drei Kindern lebte. Und Joaquim hatte sich unsterblich in Janette verliebt. Über Monate hinweg trafen sie sich heimlich. Dann hielten sie es nicht mehr aus. Sie bekannten sich zueinander, und Joaquim verließ seine Familie.

Der Druck, die Skrupel und die Liebe aber waren zu groß für die gesellschaftliche Enge zweier benachbarter mallorquinischer Dörfer. Die beiden beschlossen, nach Neuseeland auszuwandern und setzten sich mit dem Konsulat in Madrid in Verbindung. Nach zähen Ringkämpfen mit den strengen bürokratischen Auflagen landete endlich der ersehnte Brief mit der Visazusage in Joaquims Briefkasten. Sogleich stieg er auf sein schweres Motorrad und bretterte los, um seiner Geliebten die freudige Kunde von Angesicht zu Angesicht zu übermitteln. Hundert Meter vor dem *Mola Club* kam ihm ein LKW entgegen. Joaquim war sofort tot. Und Janette schwanger, wie sie zwei Wochen nach der Beerdigung von ihrem Gynäkologen erfuhr.

Janette ließ das Kind wegmachen. Und in der Folgezeit beschäftigte sie sich intensiv mit esoterischen Gedanken, in denen sie die Geborgenheit und die Unterstützung fand, die sie zum Überleben benötigte.

Jedesmal, wenn ich in den folgenden Jahren auf der Insel war, besuchte ich sie. Und sie sprach immer noch von Joaquim, und davon, daß sie manchmal mit ihm reden würde. Und daß er auf sie warte.

Joaquim mußte nur drei Jahre auf sie warten.

Drei Wochen vor ihrem Tod hatte ich sie noch getroffen, und sie hatte gesagt, sie habe jetzt einen Typ im Auge, mit dem sie sich vorstellen könnte, vielleicht ein wenig glücklich zu werden. Ich hatte sie angelächelt. Sie hatte zurückgelächelt, schicksalsergeben die Schultern gezuckt und gesagt: »Was will man machen?«

»Warte noch zwei Jahre, dann heiraten wir«, hatte ich scherzhaft vorgeschlagen. Und sie hatte mich sehr ernst angeschaut und erwidert: »Mit so etwas macht man keine Scherze.«

Nach einer langgestreckten Rechtskurve eröffnete sich vor mir der Blick auf das Städtchen Andratx, das sich harmonisch in die hügelige Landschaft schmiegte. Ich bog links in Richtung Port ab und nach fünf Kilometern stellte ich den Punto am Hafen, vor einem Fischkutter, in einer Parktasche ab.

Ich schlenderte zur *Nixe* und pflanzte mich auf einen von der Sonne angewärmten Stuhl. Die *Nixe* war ein gepflegtes Lokal und sein Besitzer ein netter Kerl namens Peter Kroll-Vogel, dem auch ein im gehobenen Preissegment angesiedelter Laden für Einrichtungsutensilien gehörte. Alle nannten ihn Shivers-Peter. Nicht ohne Grund.

Ich hatte ihn kennengelernt, als die *Havanna Bar* in Port d'Andratx noch von Mateo betrieben wurde, dem begehrtesten, weil – wie mir einige Damen hinter vorgehaltener Hand gesteckt hatten – *sensibelsten* Liebhaber der Region Calvía. Aber Mateo war auch zu männlichen Gästen, wie mir zum Beispiel, zuvorkommend und charmant. Er war eben einer von diesen netten, gutaussehenden Typen, bei denen es einem nicht schwerfiel, sie direkt ins Herz zu schließen.

Später hatte er, was ich ihm kaum zugetraut hätte, mit massiven Drogenproblemen zu kämpfen, und als seine schmalen Schultern diese Last nicht mehr zu tragen imstande waren, mußte er die koksverschuldete Bar aufgeben. Schade eigentlich. Und so sinnlos.

Ich saß also eines Nachts zu früher Morgenstunde in der *Havanna Bar*, ließ mich von jenem Mateo ausgiebig mit Bierchen versorgen und plauderte angeregt mit Katja, der bezaubernden Tochter eines Krefelder Immobilienmoguls, der sich drüben auf dem Millionärsfelsen über dem *Club de Vela* gerade einen Palast errichten ließ, als die Tür aufging und Peter Kroll-Vogel den Laden betrat. Ich dachte, ich halluziniere. Charles Bukowski! Hank lebt! Aber es war nicht der versiffte alte Hank. Es war Peter – wie ich kurz darauf aus Mateos Mund vernahm, der ihn freundlich begrüßte und ihm, kaum daß der späte Gast auf dem Barhocker links neben mir Platz genommen hatte, unaufgefordert ein mit Shivers Regal gefülltes Cocktailglas vorsetzte.

Als Katja sich dann im Laufe der Nacht verstärkt mit

Mateo zu beschäftigen begann, und ich, wenn der smarte Keeper sich ein wenig zu ihr über den Tresen beugte, dieses eindeutige, meine Chancen auf zwanzig Grad unter Null reduzierende Glänzen in ihren Augen wahrnahm, schaute ich nach links und kam mit Peter rasch ins Gespräch. Er erzählte bescheiden, er würde im Sommer ein Lokal eröffnen, direkt am Ortseingang. Er hätte schon mit Bea alles klargemacht. Sie würde von Ibiza rüberkommen und die ersten Wochen an der Tür stehen.

»Bea Fiedler?« fragte ich vorsichtshalber nach.

»Klar«, antwortete Peter grinsend, »es gibt nur eine Bea.«

»Highlander«, bestätigte ich, »es kann nur eine geben.« Und ich meinte damit die enormen Hügel, die den Brustkorb besagter Dame belasteten. Peter hatte diesen verschlüsselten, mir eher ungewollt entwichenen Herrenwitz verstanden. Er lachte laut auf und bestellte unverzüglich ein Bier für mich. Obwohl mein Glas noch fast voll war.

Die Nacht endete damit, daß Peter und ich uns vor der geschlossenen *Havanna Bar* im Zwielicht flüchtig umarmten, bevor mein mehr als ebenbürtiger Saufkumpan in einem Cabriolet, geschmiedet in den Fertigungshallen der britischen Firma Jaguar Cars, dem Sonnenaufgang entgegenrauschte. Vorher hatte er mir noch erzählt, er sei von den Krolls und den Vogels testamentarisch mit insgesamt siebzehn Millionen Mark bedacht worden. Und sein Lokal wollte er Nixe III. nennen, weil die Nixe II., seine so geliebte Segelyacht, havariert sei, als sie eine professionelle Crew von der türkischen Riviera nach Palma überführte.

Wer die Nixe I. gewesen war, hatte ich vergessen zu fragen. War ja auch eher unwichtig. Sein Lokal hatte er auf jeden Fall nur *Nixe* genannt. Wahrscheinlich um nicht täglich die Stories der ersten beiden Meerjungfrauen erzählen zu müssen.

Peter saß drinnen an der Bar, mit dem Rücken zur Terrasse. Ich schaute hinüber zur anderen Seite der Bucht. Den Felsen hinter dem *Club de Vela* hatte man im Laufe der letzten Jahre komplett mit protzigen Villen zugekleistert, den Bedarf an Grundstücken damit jedoch bei weitem noch nicht abgedeckt. Und da die Regierung kein neues Bauland mehr ausweisen wollte, geschah das, was in solchen Fällen häufig geschieht: eines Nachts brach auf der Rückseite des Hügels, über den eine kleine Straße nach S'Arraco und weiter zum Strand von San Telmo führt, ein Feuer aus, dem etliche Quadratkilometer naturgeschützten Baumbestands zum Opfer fielen.

»Wenn man aus Waldgebieten Bauland machen will«, hatte mir einmal ein alter Mallorquiner erklärt, »dann bindet man einer Katze im Hochsommer eine brennende Fackel an den Schwanz. Denn Katzen verziehen sich zum Sterben in den Wald.«

Aber in diesem Fall hatten sich die Brandstifter verkalkuliert. Aus der verbrannten Erde wurde kein Bauland. Im Gegenteil. Eine Stiftung wurde ins Leben gerufen, und diese betraute einen jungen engagierten Botaniker, das verkohlte Gebiet wieder aufzuforsten.

»Na«, sagte eine heisere Stimme über mir. Ich schaute auf. Peter, sein Glas Shivers in der Hand, stand an meinem Tisch. Er hatte sich verändert. Er bestand nur noch aus Haut und Knochen, und seine Nase sah anders aus, schmaler und weitgehend von der violetten Kraterlandschaft befreit.

»Na«, sagte ich.

»Alles klar?«

»Soweit ja.«

Es war noch zu früh am Tag, um sich mit ihm in eine gepflegte Konversation zu vertiefen. Folglich ersparte ich uns jedwede Peinlichkeit, indem ich Cosimas Foto aus der Tasche zog und es ihm vors Gesicht hielt. Er schaute es sich eingehend an und schüttelte den Kopf.

»Kenne ich nicht.«

»Echt nicht?«

»Hundert Promille.«

VIII.

Der *Winston-Club* war ein kleines Bordell am Westrand von Palma, in dem den Kunden je nach Auftrieb zehn bis zwanzig Tanga-Mädchen aus Kuba, Brasilien, aus der Dominikanischen Republik, aus Venezuela, Deutschland, Dänemark, Holland oder England erwarteten.

Der Gast nahm erst mal einen Drink an der Bar, um die Damen detailliert in Augenschein zu nehmen, und hatte er an einer Gefallen gefunden, plauderte er mit dieser im hinteren Bereich der Lokalität auf einem der Sofas oder in einer der separaten Sitzeckchen. Er spendierte der Auserwählten Sekt, und wenn er mehr wollte als plaudern und Sekt trinken, wurde mit der Dame ein Preis ausgehandelt und man verließ die Bar, um in dem Haus gleich nebenan zu verschwinden, wo Zimmer stundenweise vermietet wurden. Das ganze Programm kostete den Freier etwa 500 Mark.

Heute abend waren außer mir nur sechs Kunden in dem Laden, vier Mallorquiner und zwei Deutsche. Dummerweise hatte ich Vero nicht gefragt, aus welchem Land ihre frühere Mitbewohnerin Kitty stammte. Die Tänzerszene ist ebenso multikulturell wie die der Huren. Kitty mußte, wie Vero und Cosima, so an die dreißig Jahre alt und eine klassisch ausgebildete Tänzerin sein, und die konnte man mit ziemlicher Sicherheit am Gang und an den oftmals total versauten Füßen erkennen. Das jahrelange Herumhüpfen auf den Fußspitzen führte zwangsläufig zu einer massiven Verformung des Mittelfußknochens, der in keinem normalen Damenschuh mehr unterzubringen war.

Mehr als die Hälfte der Mädchen schied aus Altersgründen aus, es kamen eigentlich nur fünf in die nähere Auswahl. Und an denen spazierte ich langsam vorbei, lächelte ihnen ins Gesicht und schaute auf ihre Füße. Ich mußte seltsam ausgesehen haben, wie ein schüchterner College-Student, der beim Antrittsbesuch brav seinen Diener machte. Die Damen schien es nicht weiter zu stören. Sie lachten, rückten ihre Reize zurecht, hießen mich »Guapo« und herzlich willkommen.

Vor einer Frau mit rotblonden kurzen Haaren blieb ich stehen und hob den Blick von ihren Füßen wieder zu ihrem Gesicht empor.

»Hallo, Kitty«, sagte ich.

Das animierende Lächeln in ihrem Gesicht erfror für einen Moment. Sie starrte mich an und durchforschte alte Dateien auf ihrer Festplatte nach meinem Gesicht. Offensichtlich ergebnislos. Logisch.

»Ich heiße nicht Kitty«, sagte sie mit schwäbischem Akzent. »Ich heiße Carmen.« Aber ihre Augen sagten mir, daß sie log.

»Möchtest du ein Gläschen mit mir trinken, Carmen?«

Sie schaute mich lauernd an. Hielt sie mich für einen Zuhälter? Oder stiegen da gerade, wie bei Vero, schreckliche Erinnerungen wieder hoch?

»Okay«, sagte sie, nicht gerade begeistert, aber professionell freundlich. Sie ging vor zu einer dieser Nischen, in der wir uns relativ ungestört hätten befummeln können.

Ein Kellner brachte den Kühler mit der von mir bestellten großen Flasche Sekt, und damit hatte meine Dame schon mal die ersten 10.000 Peseten an mir verdient.

»Prost, Carmen.« Ich hob mein Glas.

»Prost.«

Wir stießen an.

»Ich heiße Manuel«, sagte ich und schaute sie an. Sie hatte katzenartige grüne Augen und extrem hohe Wangenknochen. Ihr Mund war schmal und kräftig überschminkt, ihr Busen klein und prall, ihr Bauch flach, ihre Beine schlank und muskulös. An Kleidung trug sie nur einen knappen Bikini aus schwarzem Latex.

»Ich bin ein Freund von Vero«, sagte ich. »Sie hat mir letzte Nacht alles über euch erzählt. Über Coco, dich und sich.«

»Und warum willst du mit mir ficken, wenn du Veros Freund bist?« wollte sie wissen.

»Ich will nicht mit dir ficken«, erwiderte ich. »Ich wüßte nur gern, wo ich Cosima Osthoff finde.«

»Warum?« fragte sie.

Die Erwähnung von Hans Osthoff war schon bei Vero nicht sonderlich gut angekommen. Und diese Kitty-Carmen war noch eine Spur mißtrauischer als meine Casino-Freundin.

»Als sie noch in Deutschland war«, sagte ich, »habe ich Fotos von ihr gemacht. Die besten, die ich jemals gemacht habe. Ich würde gerne wieder mit ihr zusammenarbeiten.«

»Was für Fotos?«

»Keine Aktfotos, wenn du das meinst«, sagte ich. »Porträts und Mode.«

»Wird so was gut bezahlt?«

»Bei dem Job, den ich mit ihr machen will«, sagte ich, »kann ich 2000 Mark pro Tag für sie lockermachen.«

»Nicht schlecht«, sagte Kitty-Carmen. »Die Kohle könnte sie bestimmt gut brauchen.«

»Weißt du, wo ich sie finden kann?«

»Als ich Coco zum letzten Mal gesehen habe, arbeitete sie in einem Hotel in Port de Sóller.«

»Wann war das?«

»Wann war das ...?« Kitty-Carmen grübelte einen Moment. »Vor etwa anderthalb Jahren«, sagte sie schließlich. »Das Kind müßte jetzt über ein Jahr alt sein.«

»Sie hat ein Kind?«

Kitty-Carmen zuckte mit den Schultern und nickte. »Sie war damals schwanger, im achten Monat.«

Ich nickte. Das war interessant.

»Was war Cocos Job in dem Hotel?«

»Fitneß für Touris oder so was.«

»Hat sie den Namen des Hotels erwähnt?«

»Nein.«

»Und wo hast du sie vor anderthalb Jahren getroffen?«

»Im Wartezimmer beim deutschen Gynäkologen in Palma, wenn du's genau wissen willst«, sagte sie leicht angeätzt, griff zielstrebig zur Sektflasche und füllte unsere Gläser nach. Kitty-Carmen hatte eindeutig die Nase voll von meiner Fragerei. Aber solange ihr Glas nicht leer war, mußte sie mir zur Verfügung stehen. So stand es in der ungeschriebenen Hausordnung.

Mit mir zu plaudern war immer noch besser als an ein Eisenbett gekettet Peitschenhiebe ertragen zu müssen. Vermutlich.

»Ist sie verheiratet?« fragte ich.

»Von einem Mann hat sie nichts gesagt.« Kitty-Carmen nahm einen kräftigen Schluck. Ich auch.

»Eine Telefonnummer von ihr hast du nicht?«

»Nein.«

Wieder nahm ich einen Schluck. Kitty-Carmen schenkte sofort nach. Trotzdem war die Flasche noch halbvoll.

»Hast du diesen Choreographen wiedergesehen?«

»Welchen Choreographen?«

»Rick de Leuw«, sagte ich.

»Was willst du von der armen Sau?«

»Vielleicht weiß er zufällig etwas über Coco.«

»Frag ihn doch einfach.«

»Das würde ich gerne tun.«

»Er legt im *La Yedra* die Platten auf.«

Ich starrte sie an. Der gepiercte und tätowierte Mann, dieses ausgemergelte Häufchen Elend im Rollstuhl, das war Rick de Leuw?

In einer Telefonzelle an der Avinguda de Joan Miró wählte ich Sylvias Nummer. Ihr Anrufbeantworter sprang an, und ich sprach einen schönen Gruß auf den Chip.

Ich setzte mich in *Nicolas Bar/Pizza/Restaurante* gegenüber dem Sex-Club *Babylon*. Der Wirt, ein Italiener, gab mir nur ungern die Karte, offensichtlich war es hier nicht üblich, gegen 23 Uhr noch etwas zu essen. Ich bestellte eine Pizza und ein Bier. Ein zwergenhafter Mann mit lederner Gesichtshaut warf Münzen in zwei Geldspielautomaten. An der Theke saßen drei Männer und eine Frau. Ich setzte mich an einen der drei kleinen Tische, von denen man auf die Straße hinausschauen konnte. Der kleine Mann schrie plötzlich, laut und anhaltend. Er hatte irgendeine Superserie gewonnen. Alle Gäste lachten und schrien mit ihm, schauten neidlos zu, wie sich sein Geldspeicher füllte. Sogar aus der Küche kam ein Riesenbaby in schmieriger Kochmontur und mit einem Ring im linken Ohrläppchen, um bei dem Spektakel anwesend zu sein. Der Zwerg ließ sich sein Guthaben aus dem Gerät klacken und baute auf der Theke Stapel mit jeweils zehn Hundertpesetenmünzen. Der dicke Koch mit dem Gesicht eines zehnjährigen Jungen half ihm dabei – und vergaß darüber meine Pizza im Ofen. Als sie ihm wieder einfiel, war es zu spät. Doch ohne mit der Wimper zu zucken, servierte er mir die verkohlte Teigscheibe. Aus Höflichkeit und weil ich mächtig Hunger hatte, spülte ich die Hälfte der steinharten Portion mit Bier hinunter.

Für die Bar *La Yedra*, in Fachkreisen *das Yedras* genannt, war es eigentlich noch zu früh. Nur ein Gast saß an der Theke und plauderte mit der sexy Keeperin. Rick de Leuw aber war schon da. Er saß in seinem Rollstuhl in der hintersten Ecke innerhalb des Tresens und sortierte CDs. Ich bestellte ein Bier, zog einen Barhocker in Ricks Ecke und setzte mich.

»Hallo«, sagte ich lächelnd.

»Hallo«, antwortete Rick, freundlich, unverbindlich.

»Machst du den Job schon lange?«

»Warum fragst du?« Er sprach deutsch mit stark flämischem und leicht tuntigem Akzent.

»Für einen Tänzer eine eher unbefriedigende Tätigkeit.«

»Für einen Tänzer?« Rick schaute auf seine abgemagerten Oberschenkel hinab. »Rollstuhlballett ist nicht ganz mein Fall.«

»Du warst einmal ein gefragter Choreograph.«

In seinen Augen glitzerte Stolz. »Woher weißt du das?«

»Vero hat es mir erzählt«, sagte ich, »und Kitty auch.«

Er schaute mich an. Weder schuldbewußt noch mißtrauisch. Eher freudig überrascht.

»Du kennst die Mädchen?«

»Ja«, sagte ich. »Ich bin Veros neuer Freund.«

»Vero hat einen guten Geschmack.« Er lächelte mich mit charmantem Augenaufschlag an.

»Danke.«

Die Keeperin brachte mein Bier.

»Möchtest du auch etwas trinken, Rick? Einen Tequila vielleicht?«

»Meinetwegen Tequila«, nickte Rick.

Die Keeperin brachte ihm Salz, Zitronenscheibe und ein Gläschen mit Schnaps. Rick befeuchtete seinen Handrücken mit Spucke, streute Salz darüber, biß in die Zitrone, leckte das Salz und goß den Tequila hinterher.

»Danke«, sagte er und stellte das Glas ab.

»Hattest du einen Unfall?«

»Ich?«

Ich nickte zu dem Rollstuhl, in dem er saß.

»Nein«, sagte er. »Ich bin HIV-positiv.«

»Sorry.«

»Es muß dir nicht leid tun«, sagte Rick. »Vielleicht erfinden sie ja bald das entscheidende Medikament.«

»Hoffentlich.«

Ich trank von meinem Bier. Rick hatte seinen Preis gezahlt für den Scheiß, den er mit den Mädchen angestellt hatte.

»Hast du Coco noch mal wiedergesehen?«

»Coco?« Er überlegte einen Moment. »Nein, ewig nicht.«

»Es ist dumm gelaufen damals«, sagte ich.

»Verdammt dumm«, bestätigte Rick. »Aber sie haben dafür bluten müssen.«

»Wer?«

»Die drei Schweine.«

»Was ist mit ihnen passiert?«

»Tot«, sagte Rick. »Alle drei in einer Nacht.«

»Ermordet?«

Rick nickte. »Mit Drahtschlingen erwürgt.«

»Wann war das?«

»Vor fünf Jahren, mindestens.«

»Hat man die Täter gefunden?«

»Nein«, sagte Rick, »aber bestimmt steckt der Alte dahinter.«

»Welcher Alte?«

»Der Boß, der uns alle reingelegt hat.«

»*Dich* auch?«

Rick schaute mich fast entrüstet an. »Meinst du etwa, ich hätte damals gewußt, was die vorhatten?«

»Nicht?«

»Natürlich nicht!« Das klang alles sehr ehrlich. »50.000 Deutsche Mark haben sie mir gegeben, um Tänzerinnen zu casten und nach Palma zu holen. Ich sollte und wollte eine Company gründen. Das war mein Auftrag. Hatte ich gedacht. Scheiße.«

»Wer ist dieser Boß?«

»Das weiß ich nicht«, sagte Rick. »Ich glaube, ein Festlandspanier. Ich habe ihn nicht persönlich kennengelernt.«

»Wie heißt er?«

»Weiß ich auch nicht. Seine Männer redeten immer nur vom *Boß*.«

Ich schlenderte die Avinguda de Joan Miró hinab in Richtung Altstadt. Am Plaça Progrés bog ich halbrechts in den Carrer Pursiana ein, schlenderte durch die kleine Parkanlage diesseits des Torrents, am Marinedenkmal vorbei, dem riesigen Obelisk, gewidmet den *Heros des Cruzero baleares*, überquerte das hell erleuchtete seitlich aufgemauerte Flußbett und tauchte am Plaça Jinates de Alcalá in die Gäßchen der Altstadt ein.

Man hatte die Männer also getötet, mit Drahtschlingen erwürgt. Und ein geheimnisvoller *Boß* sollte dahintergesteckt haben. Als Rick mir das erzählt hatte, sah ich plötzlich vor meinem inneren Auge einen Rolls-Royce vorfahren, ein Chauffeur öffnete den hinteren Schlag und sagte untertänigst: »Wir sind am Ziel, Boß.« Und der Boß stieg aus. Es war Hans Osthoff. War das denkbar? Hans hatte Rick beauftragen lassen, Mädchen zu besorgen. Und als er durch Zufall erfuhr, daß ausgerechnet seine Tochter eine von ihnen war, drehte er durch und ließ die Schänder eliminieren. Bei genauerer Betrachtung erschien mir diese Idee jedoch ziemlich absurd. Hans mochte ein verkapptes Schlitzohr sein, meinetwegen ein Schmuggler, Geldwäscher oder Waffenschieber, aber kein Mörder. Und auch kein Frauenhändler oder Großzuhälter. Und dann war ja auch immer wieder diese Angst in seinem Blick, die einfach nicht zu einem Gangsterboß gepaßt hätte, ebensowenig wie sein Selbstmordversuch.

In jedem Fall waren die Karten heute nacht neu gemischt worden. Und ich hatte ein besseres Blatt auf der Hand: Wenn das Kind, von dem Kitty gesprochen hatte, tatsächlich von Cosima Osthoff geboren worden war und bei ihr lebte, egal ob mit Mann oder ohne, würde sie leichter aufzufinden sein. Eine Frau mit Kind kann sich nicht so gut verstecken. Dachte ich.

Auf dem Carrer de Vallseca schaute ich noch in die *Bodeguita del Medio* hinein, einer gemütlichen kubanischen Bar, gefranchised nach dem berühmten Vorbild in Havanna, wo sich einst Hemingway ausgiebig die Kellen gegeben hatte.

Nach dem ersten Mojito, dem Hausgetränk, dessen wichtigste Zutaten weißer Rum und frische Minzblätter sind, wurde ich plötzlich so müde, daß ich fast über der Theke einschlief. Ich zahlte und ging um die Ecke zu meinem Hostal.

Die Tür war verschlossen, die Bar abgedunkelt. Ich klopfte. Ein junger Mann kam aus dem Küchenraum und schloß auf. Er lächelte frech. Und eine Sekunde, nachdem er sich wieder diskret verzogen hatte, wußte ich auch, warum. Ein Schatten erhob sich von einem der

Barstühle, schlich auf mich zu, und eine zarte Stimme sagte: »Hallo, Manuel.«

Vero legte ihre Arme um meinen Nacken und sagte: »Ich hatte Sehnsucht nach dir.«

»Schon?«

IX.

Als mich gegen neun Uhr die Welt der Träume in die des Halbschlafs entließ, schaltete sich sofort mein Turbo ein. Ich sprang in die Duschtasse, stellte mich unter den erbärmlichen Strahl, den der Duschkopf lauwarm auf meine Schädeldecke spie und lauschte dem schon im Schlaf erwachten Instinkt, der mir zuflüsterte, daß mich der heutige Tag meinem Ziel einen entscheidenden Schritt näher bringen würde. Es war ein Gefühl, das ich während meiner aktiven Zeit als Pressemann schon häufig verspürt hatte. Und es hatte mich noch selten getäuscht. Es saß in mir. Wie Alien I. in John Hurt. Es wollte leben. Es mußte raus. Alles andere war jetzt unwichtig.

Mit einem Kuß auf ihre leicht geöffneten Lippen weckte ich Vero aus tiefem Schlaf, und als ich unten in der Bar meinem weichgekochten Ei den Kopf abtrennte, und sich das Eigelb in meinen Löffel ergoß, schaute ich sie an und sagte: »Kitty hat mir übrigens erzählt, Cosima sei schwanger gewesen, als sie sich zum letzten Mal gesehen hätten, vor anderthalb Jahren.«

»Das freut mich sehr für Coco«, erwiderte Vero mit einer Mischung aus Hoffnung, Sehnsucht und Neid in der Stimme. Und in ihren Augen entstand dieser ganz spezifische Glanz. Sie streute ihn aber nicht diffus in eine fiktive Ferne, sondern bündelte ihn ganz konkret auf mich.

»Schau mich nicht so an«, erbat ich mir lächelnd. »Ich weiß genau, was du jetzt denkst.«

Vero hob die Augenbrauen und schaute mich mit kindlich unschuldiger Miene an. »Und *was* denke ich, bitte schön?«

Ich schwieg einen Moment und sagte dann: »Frauen um die Dreißig sind potentiell gefährlich.«

Sie brauchte einen Moment, bis sie meine Platitüde verstanden hatte. Lächelnd konterte sie: »Und Männer, die ein paar Stunden zuvor mit einer attraktiven Frau geschlafen haben, sind beim Frühstück potentiell größenwahnsinnig und maßlos eingebildet.«

»Da magst du recht haben«, gestand ich nach kurzer Einkehr im Keller meiner Seele.

Vero hakte sich bei mir ein, und wir gingen zum Hafen hinunter. An der Statue des Ramon Llull, der im 13. Jahrhundert die steile Karriere von Palmas skandalösestem Don Juan zum bettelarmen Jesuitenmönch geschafft hatte und im Alter von 80 Jahren in Algerien gesteinigt wurde, weil er den Arabern den Islam ausreden wollte, blieben wir stehen und warteten auf eine Lücke im Verkehrsstrom, durch die wir zu den Parkplätzen an der alten Mole hinüberhuschen konnten, wo wir beide unsere Autos abgestellt hatten.

Wir küßten uns, und ich sagte, ich würde versuchen, sie nach der Vorstellung heute nacht am *Paladium* abzuholen; andernfalls wäre eine Nachricht von mir auf ihrem Anrufbeantworter.

Ich stieg in den Punto und gab Gas, am Parque del Mar vorbei, dann links die Avinguda Gabriel Alomar hoch und vorbei am *Corte Inglès*, dem bekanntesten Kaufhaus Mallorcas, mit der besten Lebensmittelabteilung der Insel. Ich ließ den Plaça España links liegen und rechts den kleinen Bahnhof, die Estaçion Ferrocarril, und bog in den Carrer de 31 de Dessembre ein, der bald darauf in den des Capitan Salom überging, auf dem ich nordwärts in Richtung Sóller aus der Stadt schipperte.

Am Horizont formierte sich die *Serra de Tramuntana*, das zerklüftete Gebirge, das sich wie eine gewaltige Mauer mit über tausend Meter hohen Spitzen von San Telmo im Südwesten neunzig Kilometer lang bis zum nördlichsten Kap der Insel, dem verträumten Cabo Formentor, erstreckt.

Die schnurgerade Straße ließ meinen Wagen an den zauberhaften, einst von den arabischen Besatzern mit unglaublicher Logistik angelegten Gärten von Son Raxa und Alfabia vorbeifliegen, und kurz darauf stoppte ich neben dem Mauthäuschen des sieben Kilometer langen Tunnels, der seit zwei Jahren die schmale Serpentine über den Bergkamm entlastete, die früher ständig verstopft war von den zahllosen Bussen, die interessierte Touristen nach Deià oder zur Calobra transportierten. Ich zahlte 495 Peseten und fuhr in die gigantische Betonröhre hinein. An der Decke hingen riesige Ventilatoren, die aussahen wie die Düsentriebwerke eines Passagierjets.

Als ich wieder die Sonne erblickte, öffnete sich vor mir die *Horta de Sóller*, ein äußerst fruchtbarer Talkessel, der schon seit mehr als zweitausend Jahren besiedelt war und dem die Mauren den Namen *Suliar*, »das Tal des Goldes«, gegeben hatten. Über Jahrhunderte hinweg hatten die riesigen Orangen- und Zitronenhaine in dieser Region den Bewohnern von Sóller zu Wohlstand und internationalem Ansehen verholfen. Auch jetzt noch, im März, brachen die Zitrusbäume unter der Last ihrer Früchte fast zusammen.

Ich durchquerte den lebhaften Ortskern des engen Städtchens und folgte den Schienen der *Tranvía*, der im Jahre 1912 konstruierten, offenen Straßenbahn in Richtung Meer und stieß nach knapp fünf Kilometern senkrecht auf die Bucht von Port de Sóller. Auf einer alten Mole saßen Angler, draußen auf dem Wasser dümpelten massenweise Möwen, die auf die Rückkehr der Fischereikutter warteten.

Ich stellte den Wagen auf dem Parkplatz neben dem Zielbahnhof der Straßenbahn ab und stieg aus.

Direkt vor mir an der Kaimauer hatte ein fast zwanzig Meter langer Zweimaster namens *Santa Maria* festgemacht. Knarzend drückte der mächtige Schoner gegen die Fender und zerrte ungeduldig an den Tauen, mit denen man ihn an zwei eisernen Pollern verknotet hatte. Der Anblick dieses imposanten, etwa hundert Jahre alten Schiffs ließ mich frösteln; ich spürte die bedrohliche Aura, die den charismatischen Pott umfing. Trotzdem – oder wahrscheinlich gerade deshalb – zog er mich in seinen Bann.

Die riesigen, verblichenen Segel lagen schlunzig aufgetucht über den Bäumen, und am Top des Großmasts flatterten zwei Flaggen im Wind, eine österreichische und eine mit Totenkopf über gekreuzten Oberschenkelknochen. Aus dem Vorschiff erhob sich eine separate Kapitänskajüte, deren schmale Fenster von innen mit dunklen Stoffen verhängt waren.

Mit Eimern und Feudeln ausgestattet traten zwei Menschen aus der geöffneten Tür der Hauptkajüte. Ein schmächtiger junger Mann mit struppigen strohblonden Haaren, grünem Hemd und weinroter Jogginghose und eine etwas dralle brünette Frau im Alter von etwa fünfundzwanzig Jahren, die bekleidet war mit Jeans und schwarzem, übergroßem T-Shirt. Schweigend begannen die beiden, das Deck zu schrubben. Ihre Blicke wirkten entseelt, ihre Bewegungen kraftlos und träge.

»Ein Wahnsinnsschiff habt ihr«, rief ich dem blonden Jungen zu. Er schaute auf, und ein schüchternes Lächeln huschte über sein Gesicht.

Die Frau schrubbte weiter das Deck.

»Darf ich für einen Moment an Bord kommen?«

Der Junge schaute mich unentschlossen an. Aber bevor er irgendwelche Bedenken äußerte, stieg ich über die Reling, lächelte ihn offen an und nickte bewundernd.

»Bist du der Skipper?«

»Ich?« fragte der Junge überrascht und schüttelte verlegen den Kopf. Aber es schien ihm sichtlich zu schmeicheln, daß ihm da offensichtlich jemand zutraute, so einen Pott zu navigieren oder gar zu besitzen.

»Nein, nein«, wiegelte er mit unverkennbarem wienerischen Akzent ab. »Mein Bruder ist der Capt'n.«

Die Frau schrubbte weiter das Schiff.

Ich machte ein paar Schritte über die hölzernen Deckplatten hinweg und schaute neugierig in die Kajüte. Der Junge trat hinter mich und sagte: »Schaunse halt mal hinein.«

Als ich die vier Holzstufen hinabstieg, folgte mir der

Junge. In der gegenüberliegenden Bordwand waren etwa zehn Kojen untergebracht, auf denen zerwühlte Schlafsäcke und Klamotten lagen. Rechts neben dem Einstieg befand sich ein Holzfaß mit Messinghahn und einem Zinkbottich darunter, dahinter die Bordküche. Alles antik, aus Kupfer, Messing und Holz, alles etwas vergammelt, aber offensichtlich noch tagtäglich in Gebrauch.

»Wunderschön«, sagte ich.

Der Junge lächelte stolz.

»Wie lang bis du schon auf der *Santa Maria* unterwegs?« fragte ich ihn.

»Im dritten Jahr, mein Bruder schon länger.«

»Wieviel Mann Besatzung hat der Pott?«

»Nur meinen Bruder und mich«, erklärte der Junge, »aber alle Gäste müssen mit anpacken.«

»Was für Gäste schippert ihr durch die Gegend?«

»Eigentlich nur Dänen«, sagte er. »Sechs bis acht Leute, immer drei Wochen lang. Studenten und so was. Mein Bruder kennt da so eine Vermittlung in Kopenhagen.«

Draußen platschte Wasser. Die Frau schüttete das Schmutzwasser aus ihrem Eimer über die Reling und schob anschließend ihren Körper vor die einzige natürliche Lichtquelle, die den Schiffsbauch spärlich erhellte. Sie stieg die Stufen zu uns hinab, zupfte einen Waschlappen aus dem Wäscheberg auf einer der Wandkojen und blieb vor dem Wasserfaß stehen. Als wäre sie allein im Raum, zog sie sich erst die Jeans, dann das T-Shirt und zuletzt den weißen Slip aus. Sie drehte den Wasserhahn auf, befeuchtete den Waschlappen und begann mit einer ausführlichen Reinigung ihres Körpers. Zuerst wischte sie über ihre vollen Brüste, dann über den Dreitagebart in ihren Achselhöhlen.

Irgendwie war mir die Situation unangenehm. Ich lächelte den Jungen etwas verquält an und sagte: »Danke für die Einblicke. Servus dann.«

»Füat' euch«, sagte der Junge, »ich bin der Luis.«

»Angenehm, Manuel.«

Gerade wollte ich die Stiege hochsteigen, da wandte die Frau mir ihr Gesicht zu, zog den Waschlappen zwischen ihren Schenkeln hin und her und sagte: »Tak.«

»Tak«, antwortete ich weltgewandt und verließ den Verkäufer alternativer dänischer Seelen.

Auf der Terrasse des restaurierten Jugendstilbahnhofs der Tranvía zog ich mir im Café *Mar y Sol* einen Stuhl unter den Hintern und einen unter die Absätze meiner Stiefel.

Außer mir war zu dieser lauen Vormittagsstunde nur noch ein weiterer Gast auf dieser Terrasse anwesend: eine etwa sechzig Jahre alte, verdächtig blonde Frau in dunkelblauem Pullover und Jeans, die den *Daily Mirror* durch vier Scheiben hindurch las: Die Dame ließ eine mit großen dunkelgrünen Gläsern bestückte Sonnenbrille auf dem exorbitant ausgeprägten Sattel ihrer Nase reiten und auf deren Spitze eine klarsichtige Lesebrille, ganz ähnlich der des *Zeit*-Lesers an Bord der *Ciudad de Palma* in jener fatalen Nacht.

Ein junger, mitteleuropäisch aussehender Kellner trat an mich heran, erkundigte sich höflich und in gepflegtem Spanisch nach meinen Wünschen und lächelte offen.

Ich bestellte Milchkaffee, ein Fläschchen stilles Wasser und einen Bocadillo mit Thunfisch und Tomaten.

Fitneß für Touris hatte Cosima Osthoff, laut Kitty-Carmen, hier in Port de Sóller gemacht, in einem Hotel. Dieses Hotel ausfindig zu machen, dürfte eine lösbare Aufgabe sein, denn die meisten der Herbergen in diesem rund um die beschauliche Bucht angelegten Dorf waren eher kleinere Häuser, die ihren Gästen mit Sicherheit kein Animationsprogramm anbieten konnten. Es kamen eigentlich nur das *Esplendido*, das *Hotel Port de Sóller* und das *Miramar* in Frage.

Der Kellner brachte die von mir bestellten Naturalien und wünschte »que aproveche«, auf daß es mir nützen solle.

»Sind Sie Deutscher?« fragte ich ihn.

»Schweizer«, antwortete er.

»Wissen Sie zufällig, ob das Hotel *Miramar* ein Fitneßprogramm für seine Gäste anbietet?«

»Fitneß?« Der Kellner schüttelte den Kopf. »So was hat's hier nur im *Port de Sóller*, soviel ich weiß. Da arbeite ich in der Saison auch an drei Nachmittagen die Woche.«

»Als was?«

»Als Tauchlehrer.«

»Tauchen muß traumhaft schön sein«, sagte ich.

»Ja«, bestätigte der junge Schweizer, »es ist eine stille Welt für sich.«

Er wollte sich gerade von meinem Tisch abwenden, da hob ich die Hand.

»Bitte noch eine Sekunde.«

»Sie wünschen?« Er blieb bereitwillig bei mir stehen

und schaute mich freundlich und gelassen an. Und das, so glaube ich, lag nicht nur an der Tatsache, daß ich zur Zeit sein einziger Gast war. Dieser Schweizer war einfach ein weltoffener netter Kerl.

Ich zog Cosimas Foto aus der Tasche und zeigte es ihm.

»Kennen Sie diese Frau?«

Er schaute kurz darauf und sagte: »Das Foto ist schon ein paar Jahre älter, oder?«

»Ja«, antwortete ich. Der Mann war ein Sechser im Lotto.

»Das habe ich mir gedacht«, sagte er. »Aber die Augen, die haben sich nicht verändert.«

»Wo kann ich Cosima finden?«

»Cosima?« Der Kellner schaute mich leicht irritiert an. »Ich kenne keine Cosima. Die Frau auf dem Bild heißt Susan. Da bin ich mir eigentlich ziemlich sicher.«

»Damen wechseln eben manchmal den Namen«, sagte ich lächelnd, »aus welchen Gründen auch immer.«

»Das stimmt«, bestätigte er weise grinsend. »Frauen geben einem so manches Rätsel auf.«

Ich mußte mich beherrschen, meine Stimme ruhig und gelassen klingen zu lassen. Denn ich spürte, daß ich nah dran war an Cosima. So nah wie nie zuvor. Plötzlich befiel mich ein ungutes Gefühl bei der Vorstellung, ihr eventuell schon sehr bald gegenüberzutreten. Warum bloß? Hatte Hans Osthoff seine eigene Angst etwa auf meine Großhirnrinde hinüberkopiert?

»Wo kann ich Susan finden?« fragte ich.

»Im Hotel *Port de Sóller* hat sie Aerobic, Stretching und Jazztanz gemacht. Aber im letzten Jahr nicht mehr.«

»Seit der Geburt ihres Kindes nicht mehr?«

»Genau«, bestätigte er meine Theorie, »seit Nico da ist, habe ich sie nur noch ab und zu drüben am Strand getroffen.«

»Wann zum letzten Mal?«

»Ich weiß nicht«, antwortete er und fügte nach kurzer Besinnung hinzu: »Vielleicht vor sechs Monaten. Oder?«

»Wissen Sie, wo sie wohnt?«

Er nickte. »Das weiß ich.«

Ich glotzte ihn verdattert an. Sollte ich meinen Job dank dieses wunderbaren Menschen etwa noch im Laufe dieses Nachmittags zu Ende bringen können? Und damit gut zwölftausend Mark in vier Tagen verdient haben?

»Sie wohnt in einer Finca«, gab mein Spitzeninformant bereitwillig Auskunft, »in Biniaraix.«

»Haben Sie Susan dort schon einmal besucht?«

»Mehrmals«, sagte er. »Ihr Mann hat bei mir einen Tauchlehrgang absolviert, und ab und zu haben wir in ihrem Garten ein Barbecue gemacht.«

Das wurde ja immer besser. Kaum zu glauben. Der Junge wußte alles, was ich wissen wollte. Aber irgendwie lief mir das zu glatt. Bestimmt war da irgendwo ein Haken. Wahrscheinlich hatte die Cosima auf meinem Foto eine gewisse Ähnlichkeit mit jener Susan, von der mein freundlicher Kellner sprach.

»Ich wußte gar nicht, daß Susan verheiratet ist«, sagte ich.

»Das weiß ich auch nicht so genau«, gestand er, »auf jeden Fall wohnt sie mit einem Mann in der Finca, und von ihm hat sie ein Kind.«

»Wie heißt der Mann?«

»Sam«, antwortete der Keller. »Er ist Amerikaner.«

»Wie alt?«

»Ich schätze mal, so fünfundvierzig. Ein cooler Typ, sportlich und durchtrainiert. Sein Körper bedeutet ihm alles. Ein Amerikaner eben«, erklärte er.

Sofort mußte ich an das Foto denken, das auf dem Boden der *Lucky Punch* gelegen hatte.

»Sie sind sicher, der Mann hieß *Sam*? Und nicht *Ron*?«

»In seinen Paß habe ich nicht geschaut«, antwortete er. »Aber alle haben ihn Sam genannt. Susan auch.«

Wenn seine Susan meine Cosima war, dann konnte sein Sam auch Hans' Ron sein.

»Hat Sam silbergraue buschige Locken?« hakte ich behutsam nach.

Der Kellner lachte und schüttelte den Kopf. »Sam hatte so gut wie überhaupt keine Haare mehr auf der Platte.« Und er ergänzte schelmisch grinsend: »Aber ich habe ihn bestimmt seit einem Jahr nicht gesehen; vielleicht hat er sich ja ein Pudelfell implantieren lassen.«

Ich nickte ernst. Vielleicht eine Spur zu ernst. Denn plötzlich trübte ein leichter Schatten das Strahlen der blauen Augen meines auskunftsbereiten Gesprächspartners, und er fragte mit aufflackernder Skepsis in der Stimme: »Warum wollen Sie das eigentlich alles wissen?«

Ich hatte mich schon gewundert, daß er mir vollkommen arglos so viele Auskünfte gab.

»Ich bin Cosimas Cousin«, sagte ich, um sein Gewissen zu entlasten, »beziehungsweise *Susans* Cousin. Ich hab' sie aus den Augen verloren. Und das tut weh.«

»In den Augen?« Der Schweizer lachte befreit.

»In den Augen«, bestätigte ich kopfnickend. Und fügte hinzu: »Und im Herzen.«

»Ja dann!« Nun war mein netter Schweizer vollends beruhigt. »Grüßen Sie ihre Cousine von mir, wenn Sie die Gute treffen.«

»Und von wem soll ich sie grüßen?«

»Sagen Sie nur: von Urs. Dann weiß sie Bescheid.«

»Vielen Dank, Urs«, sagte ich. »Ein Frage noch: Wie finde ich Susans Finca in Biniaraix?«

»Sie verlassen Sóller auf der kleinen Straße, die am westlichen Stadtrand nach Fornalutx abgeht. Wenn Sie einen großen Steinmetzbetrieb in einer S-Kurve passiert haben, führt links eine Brücke über den Torrent. Da fahren Sie hinüber und nehmen gleich den ersten Camino rechts. Der bringt sie zur Villa Florida.«

»So heißt die Finca?«

Urs nickte lächelnd. »So hieß sie aber schon, bevor Susan mit ihrem Ami dort eingezogen ist.«

»Sie haben mir sehr geholfen, Urs«, sagte ich.

»Keine Ursache.« Urs verbeugte sich galant und ging ins Innere des Kaffeehauses zurück.

X.

Ich nahm den Bocadillo vom Teller und biß hinein. Der Ausflug ins Tal des Goldes schien sich für den alten Goldgräber Manuel Blum gelohnt zu haben. Und der Besuch dieses Cafés erst recht. Nicht nur, daß die Informationen des Kellners Gold wert gewesen waren, auch das Thunfischbaguette schmeckte im *Mar y Sol* hervorragend. Ich lehnte mich im Stuhl zurück und genoß die ungefilterte Kraft des strahlenden Planeten, die mein Energiesilo aufs Angenehmste füllte. Von innen wärmte mich der Café con leche, von außen die milde Frühlingssonne. So ließ es sich leben.

Zwei eiserne Fischereikutter kamen im Konvoi, von kreischenden Möwenschwärmen verfolgt, in die Bucht getuckert und machten an der Kaimauer am hinteren Ende der Bucht fest. Die Besatzungen sortierten die Fänge und hievten sie in weißen Stapelkisten von Bord.

»Das gibt's doch nicht!« quiekte aus Nordnordost plötzlich eine aufgekratzte Frauenstimme. »Ja, gibt's das denn?! Der *Ma-nu-ellll*!«

Ich wandte mich von dem wohltuenden Sonnenschein ab und schaute der aufgetakelten Blondine entgegen, die da hüftschwingend, mit dem breitesten aller möglichen Lächeln im grenzenlos überschminkten Gesicht auf mich zugetrippelt kam. Sie trug aufdringliche Designer-Klamotten, auf dem blonden Schädel einen riesigen Strohhut und überall goldenen Schmuck, wo sich irgendwie ein Plätzchen dafür hatte finden lassen.

»Grüüüüß dich!«

Schon war sie bei mir, umarmte mich, gab mir Küßchen hier und da und ließ mich ihr sündhaft sinnliches und mit Sicherheit wahnsinnig teures Parfüm schnuppern.

»Gut siehst du aus!«

»Und *du* erst mal!« schenkte ich ihr postwendend die erhoffte Replik. Dementsprechend albern jauchzte sie auf. Da ich aber ihrem überdrehten Auftritt eher unbeeindruckt begegnete, schwächte sie ihre Euphorie etwas ab und fragte mit halbwegs normaler Stimme: »Was machst du denn hier am Porto?«

»Ich sitze in der Sonne und esse einen Bocadillo mit Thunfisch und Tomaten«, antwortete ich. »Aber was hat *dich* aus Portals Nous in diese verträumte Ecke verschlagen?«

»Robert!« antwortete sie und nickte zum Straßenrand hinüber, wo ein älterer Herr mit schlohweißem Haar in einem offenen Mercedes-Cabriolet thronte und mit wichtiger Miene in ein Handy plapperte.

»Die große Liebe«, sagte ich.

»Genau!« jauchzte sie. »Vor zwei Monaten haben wir geheiratet.«

»Herzlichen Glückwunsch.«

»Danke!« flötete sie. »Ich bin ja soooo glücklich!«

Robert hatte sein Telefonat beendet und betätigte nun ausgiebig die Hupe seines Schlittens. Mit stählernem Blick schaute er zu uns herüber. Meine Gesprächspartnerin zuckte augenblicklich von mir weg, winkte mit versteinertem Lächeln in Richtung Benz-Cabrio und schaute dann leicht gehetzt wieder zu mir.

»Ich muß dann.«

Schon wandte sie sich ab und schnatterte mir noch über die Schulter zu: »Komm doch mal zum Sonnenuntergang auf einen Kir vorbei! Traumhaaaaft! Wir wohnen in Roberts Frühlingsvilla oben bei Deià. Schräg über Michael Douglas. Du kannst es gar nicht verfehlen. Ciao-iiii!«

Sie wackelte von dannen, schwang ihren Hintern vermeintlich elegant auf den Beifahrersitz des silberfarbenen Cabriolets und warf mir zum Abschied ein affiges Kußhändchen zu.

Und Robert ließ alle Menschen im Umkreis von einer Meile wissen, wie 195er-Reifen stinken und klingen, wenn man zweihundert Pferdestärken mit qualmender Kupplung darauf ansetzte.

Margot Stankowski hatte es also geschafft. Schön für sie. Ich gönnte es ihr. Wirklich.

Es mochte etwa zwei Jahre her gewesen sein. In Artà. Meinem damaligen, nun seit einigen Monaten endgültig und offiziell dem Wahnsinn verfallenden Boß Dr. Markus F. Stadler, dem Chefredakteur des Klatsch- und Lifestyle-Magazins *Flair,* hatte ein angeblicher Insider gesteckt, Boris Becker habe sich nebst Gattin und dem zu jenem Zeitpunkt noch nicht der Öffentlichkeit präsentierten Sohnemann Noah zu einem Kurzbesuch bei seinem Freund und ehemaligem Davis-Cup-Partner Charly Steeb auf dessen Landsitz in der Nähe von Artà eingefunden.

Sogleich hatte Hot-Doc mich angerufen und mir den ultimativen Befehl erteilt, mich unverzüglich mit einem leistungsstarken Teleobjektiv auf Charlys Mauer einzufinden, um endlich und exklusiv den ersten Schuß vom kleinen Noah in den Kasten zu kriegen.

Dazu sei gesagt, daß man damals in Yellow-Press-Kreisen, mit dem dort gängigen menschenverachtenden Zynismus gemutmaßt hatte, Boris zeige das Baby nur aus *dem* Grund nicht den Fotografen, weil er sich dafür schäme, daß bei der Befruchtung ausschließlich die pechschwarzen Gene des *Groß*vaters dominiert hätten.

Tatsächlich war alle Welt rasiermesserscharf auf das erste Bild des berühmtesten Babys der Welt. Und mein geisteskranker Boß versprach mir eine Prämie von hunderttausend Mark für ein Foto, auf dem Noahs Hautfarbe eindeutig zu erkennen sei.

Aber das Ganze war natürlich eine Ente gewesen. Weder Boris noch Noah und Babs waren zu der Zeit bei den Steebs zu Gast. Nur ein alter Gärtner hob im Garten das Loch für eine Palme aus.

Als ich Dr. Markus F. Stadler über diesen Ist-Zustand telefonisch in Kenntnis setzte, tobte er in die Hörmuschel wie weiland Karajan und schiß mich gnadenlos zusammen. Als wäre es meine Schuld, daß ihn ein unseriöser Tipgeber verarscht hatte.

Dazu kam, daß ausgerechnet an besagtem Mittwoch, als der Boß mich dazu verdammte, vor Charlys Grundstücksbegrenzung die Klappleiter aufzubauen, Borussia Dortmund in der erstmals ausgespielten Champions League gegen Juventus Turin anzutreten hatte. Und es war mir trotz bester Connections nur mit gehöriger Mühe gelungen, eine Tribünenkarte im Westfalenstadion zu ergattern. Und nun war die Sonne untergegangen, und das Spiel würde in einer Stunde angepfiffen werden. Wenigstens die Live-Übertragung im TV mußte ich miterleben.

Ich setzte mich also in den Leihwagen, um zu einer deutschen Bar an die Cala Ratjada zu fahren. Volle Pleite. Zwei Plattfüße. Vorne links und hinten rechts. In den Reifen steckten dicke Nägel. In Artà mag man Fremde eben nicht so gern.

Wilde Flüche gegen Hot-Doc auf den Lippen hetzte ich durch das Städtchen und schaute in alle Kneipen hinein. Aber nirgendwo lief ein Fernseher mit deutschem RTL. Völlig frustriert hockte ich mich an die Theke der *Bar Central* direkt am Plaça del Conqueridor, wo jeden Dienstagvormittag der Markt stattfindet, und bestellte ein großes Bier und einen Fundador.

Noch fünf Minuten bis zum Anpfiff. Ultra-Kacke. Ein Schluck, ein Brennen in der Kehle. Noch einen Fundador, bitte!

Da kam sie rein. In einem schwarzen, mit Intarsien aus goldenen Lurexfäden gemusterten Jogginganzug und Lockenwicklern im blondgefärbten Haar schlurfte sie in Saunaschlappen zum Zigarettenautomat und warf Münzen hinein. Diese Dame konnte nur eine Landsfrau von mir sein. Und sie war meine letzte Chance. Ich raffte meinen ganzen Mut zusammen, rutschte vom Hocker und stellte mich neben sie.

»Entschuldigen Sie«, sagte ich verlegen, »haben Sie eine Sat-Schüssel?«

»Eine *was* habe ich?« Sie schaute mich überrascht, aber nicht unbedingt unfreundlich an.

»Bekommen Sie deutsches RTL?« präzisierte ich.

»Bei mir im Haus?«

»Ja.«

Sie nickte, konnte aber mit mir und meinen beiden Fragen nicht besonders viel anfangen.

»Ich zahle Ihnen 5000 Peseten, wenn Sie mich bei Ihnen das Fußballspiel sehen lassen, das in drei Minuten anfängt«, flehte ich sie händeringend an.

»Dortmund gegen Turin?« Die Dame war informiert. Sie musterte mich etwas genauer, und dann schien sie sogar Gefallen an meinem Vorschlag zu finden.

»Ich schaue mir auch gern Fußball an«, sagte sie, »aber nicht allein.«

»Heißt das etwa *ja*?« Am liebsten hätte ich sie abgeküßt vor Freude.

Sie nickte. »Und für die 5000 kaufen Sie uns lieber ein paar Fläschchen weißen Rioja. Der Wirt hier hat einen leckeren im Keller.«

So hatte ich Margot Stankowski kennengelernt.

Fünf Minuten später saßen wir dann zwischen Umzugskartons im Wohnzimmer ihres überraschend geschmackvoll ausgestatteten Stadthäuschens, leerten drei Flaschen weißen Rioja und schauten uns das Spiel an. Dortmund verlor verdient. Juve war eindeutig die bessere und vor allem die abgeklärtere Mannschaft.

Während der Werbebreaks in der Halbzeitpause hatte mir Margot ihr Leben erzählt. Gemeinsam mit ihrem Mann Winfried, den sie schon aus der Volksschule kannte, hatte sie in Gütersloh ein florierendes mittelständisches Sanitär- und Heizungsunternehmen hochgezogen, und sie waren jeden Sommer an die Cala Ratjada in Urlaub gefahren.

Auf einem Spaziergang durch Artà, vor zwei Jahren, hatten sie zufällig an dem Haus, in dem wir nun saßen und ins TV stierten, ein Schild entdeckt, auf dem *Se vende* geschrieben stand. Da sei ihnen die Idee gekommen.

Sie hatten die Immobilie besichtigt und waren sich mit den französischen Eheleuten, die das Haus liebevoll renoviert hatten und sich nun gerade voneinander scheiden ließen, schnell handelseinig geworden.

In Deutschland wurde die Firma verhökert, und man zog mit gut einer Million Mark im Sack glücklich auf die Insel, und damit einer vermeintlich schwerelosen Zukunft entgegen.

Doch mit dem ersten Winter kam die erste Krise.

Früher war die Arbeit in der gemeinsamen Firma die Schweißnaht der Beziehung gewesen, der alltägliche Streß hatte für ausreichend Gesprächsstoff gesorgt. Doch ohne die Arbeit fehlten auch die Worte. Und das große Schweigen begann.

Und immer nur Urlaub ist auch kein Urlaub. Immer nur in denselben Bars abhängen, immer nur den langweiligen Klatsch und Tratsch der anderen deutschen Residenten anhören müssen, immer nur mit demselben Ehemann im selben Bett liegen und schlaflos zur Zimmerdecke starren, während Winfried, meist angetrunken, neben ihr schnarchte. Das sollte das Paradies auf Erden sein?

Margot zog die nächstliegende Konsequenz und ließ sich auf eine Affäre mit einem Festlandspanier ein, der sein Geld damit verdiente, in einer Cocktailbar an der Cala Millor zwei Shaker gleichzeitig elegant durch die Luft zu wirbeln.

Als ihr Mann eher zufällig hinter diese matratzenfixierte Liaison kam, revanchierte er sich, indem er eine Schottin erfolgreich anbaggerte, die in Artà eine kleine Bar besaß. Während sich Enrique, so hieß der feurige Cocktailmixer aus Cala Millor, bald von Margot abwandte, um sein Glied in anderen mittel- und nordeuropäischen Blondinen zu versteifen, bekam die Sache zwischen Winfried und Jane, so hieß die schottische Bartenderin aus Artà, eine durchaus ernste Komponente. Und diese war schließlich so ernst geworden, daß Margot ihrem Winfried die Pistole auf die Brust setzte und ihn mit den beiden Alternativen konfrontierte: *Entweder dieses sommersprossige Flittchen oder ich!*

Winfried hatte sich für die erste der offerierten Möglichkeiten entschieden und war drei Wochen später, nachdem Janes Gatte sich auf immer in Richtung schottisches Hochland verabschiedet hatte, in die Wohnung über der Bar gezogen.

Margot hatte sofort die Scheidung eingereicht und das Haus zum Verkauf angeboten. Ein deutsches Ehepaar, das – nachdem die erwachsenen Kinder aus dem Elternhaus in Detmold ausgezogen waren – ihr dortiges Druckereiunternehmen zu Bargeld gemacht hatte, um auf Mallorca einen beschaulichen Lebensabend zu genießen, hatte zugegriffen. Am ersten April war die Übergabe.

Am *Es Trenc*, dem kilometerlangen Sandstrand an der Südküste der Insel, lernte Margot im Toilettenhäuschen hinter einer Strandbar Sandra Breuer kennen, eine junge Deutsche, die in Portals Nous für eine Firma jobbte, die Segelyachten vercharterte. In das Apartment besagter

Sandra würde sie jetzt erst mal einziehen. Denn in Portals Nous, da gäbe es *sehr interessante* Männer kennenzulernen.

Ich lauschte Margots Erörterungen, nickte zuweilen stumm und nahm kleine Schlucke weißen Riojas zu mir, dessen Temperatur sich mittlerweile der des Wohnzimmers angepaßt hatte. Plötzlich verstummte Margot, erhob sich kommentarlos und ließ mich allein im Raum zurück. Ich switchte die Glotze aus und dachte an Noah, Boris, Babs und die Steebs. Und natürlich an den manischen Hot-Doc. Mit Sicherheit saß Dr. Markus F. Stadler zur Zeit in seinem Büro in München, qualmte eine Kippe nach der anderen, zog sich ebenso viele Cognacs rein und zermarterte sich das Hirn auf der panischen Suche nach *der* Top-Story, mit der er die Auflage der nächsten *Flair*-Ausgabe in schwindelerregende Höhen katapultieren könnte. In ihrem halbverwaisten Zuhause am Starnberger See hatte Frau Stadler derweil die drei kleinen Kinder zu Bett gebracht und ihnen vor dem Gutenachtküßchen beschrieben, wie ihr Vater aussah, und daß sie ihn auf der Uni als netten und sensiblen Studenten kennengelernt hatte, der damals höchst engagiert die verrohten gesellschaftlichen Strukturen anprangerte. Das hatte ihr imponiert. Und deshalb war sie mit ihm vor den Traualtar getreten.

Nach etwa zehn Minuten erschien Margot wieder in der Wohnzimmertür. Sie nickte mir mit entschlossenem Blick zu und sagte: »Komm.«

Sie hatte sich flächendeckend geschminkt, reichlich parfümiert und desodoriert, die Haare aufgeföhnt und mit Spray verfestigt und ihren drallen, wohlproportionierten Körper in einem engen Miniröckchen und einer gut geschnittenen Jacke, beides aus rotem Leder, reizvoll untergebracht.

Wir traten auf die Straße hinaus und Margot sagte: »Jetzt tust *du* mir einen Gefallen.«

Ich zuckte fatalistisch mit den Schultern, und Margot führte mich durch die verlassenen Gassen des schlafenden Städtchens. Etwa zehn Meter vor dem Neonschriftzug einer Bar namens *Sailor's Inn* blieb sie stehen und giftete: »Da drüben ist der Puff von dieser Jane.«

»Das hatte ich mir fast gedacht«, antwortete ich.

»Wir gehen jetzt da rein und tun so, als hätten wir was miteinander«, bestimmte Margot, ohne einen eventuellen Einspruch meinerseits in Erwägung zu ziehen. »Ich bin gespannt, was Winfried für Augen macht.«

Durchtrieben lächelte sie mich an.

»Neigt dein Ex-Winfried zu Gewalttätigkeiten?« wollte ich vorsichtshalber wissen.

»Nein.« Margot schüttelte giggelnd den Kopf. »Aber er hat passable Nehmereigenschaften.«

»Hast du ihn oft vermöbelt?«

»Ich hab' seine blauen Flecken nicht gezählt.«

Sie nahm meinen Arm, legte ihn um ihre Taille, kreuzte den ihren lässig über meiner Brust, schmiegte sich an mich und schob uns beide, lasziv in den Hüften kreisend, auf die Eingangstür der kleinen Bar zu.

Es war ein eher erbärmlicher Laden, den Winfried da bereitwillig gegen das Leben mit Margot in ihrem netten Stadthäuschen eingetauscht hatte. Klein, dunkel, ohne jeden Kick. Und leer. Bis auf die beiden Wirtsleute, die hinter der Theke standen und sich gegenseitig mit Drinks versorgten. Winfried war eine vollschlanke Figur mit Halbglatze und buschigem Schnauzbart. Er trug ein buntes Hawaiihemd und Jeans. Jane war hager und bestimmt zehn Jahre älter als Margot. Sie hatte kurze hennarote Haare und war bekleidet mit einem blauweiß geringelten Matrosenhemd über einer weißen Bundfaltenhose aus Leinen.

Als Margot und ich das Etablissement betraten, versteinerten die Mienen der beiden für Sekunden. Doch dann wurden sie scheißfreundlich und waren fast hektisch bemüht, uns die beiden georderten Wodka-Lemons zügig und zuvorkommend zu servieren.

Laut gesprochen wurde nicht. Und Musik lief auch keine.

Janes Augen feuerten tödliche Giftpfeile in Richtung Margot, und Winfried fixierte mich neugierig und leicht verlegen aus den Augenwinkeln.

Meine Fußballbekanntschaft saß auf einem Barhocker und spreizte ihre Schenkel. Damit schob sich der Saum ihres Miniröckchens so weit in Richtung Bauchnabel, daß ihr durchaus kleidsamer schwarzer Seidenslip schließlich in voller Pracht öffentlich begutachtet werden konnte. Sodann umschlang mich Margot und preßte meinen Körper mit verzehrendem Augenausdruck an ihren üppigen Busen. Sie schloß sinnlich die Augen und startete, von leisem Stöhnen unterlegt, den Versuch, mein rechtes Ohr abzuknabbern.

Die Situation war dermaßen peinlich und unerträglich, daß ich sie nur zu durchleben imstande war, indem ich mir immer wieder eintrichterte: *Das ist alles nicht wahr! Das träume ich nur... Und morgen wird es sich in eine unvergeßliche Anekdote verwandelt haben.*

Mein ordentlich ausgestatteter Drink half mir, die Durchhalteparole erfolgversprechend zu verinnerlichen.

»Küß mich«, hauchte Margot.

Und als sie spürte, wie sich mein Körper daraufhin in ihrer Umarmung verspannte, packte sie mir mit beiden Händen kräftig in die Pobacken und drückte meinen Unterleib gegen ihre pulsierende Scham.

O Gott.

»Küß mich!«

Dortmund gegen Juve in der Champions League. Ohne Margot hätte ich das Spiel nicht zu sehen bekommen.

Ich schloß die Augen und drückte einen vorsichtigen Kuß auf ihre Stirn.

Es war sonnenklar, was nun kommen würde. Und so kam es dann auch.

Margot verstärkte augenblicklich den Druck auf meine Pobacken und raunte mir ebenso gierig wie vorwurfsvoll zu: »Das soll ein Kuß gewesen sein?«

Was soll's. Es gab schlimmere Foltermethoden als die, der ich zu jener nächtlichen Stunde ausgesetzt war. Ich nahm noch einen kräftigen Schluck aus meinem Glas, legte die Hände an ihren Hals, schloß die Augen und ließ meine Zunge sich mit der ihren verschlingen.

Es war gar nicht mal das schlechteste Erlebnis, das ich in dieser Hinsicht bis dato hinter mich gebracht hatte.

Nach etwa zehn Minuten löste sich Margot von mir, drückte meine Hüfte von ihren dampfenden Schenkeln weg und schaute mir in die Augen. Trauer lag in ihrem Blick, Sehnsucht und Begierde.

Ich fragte Winfried, was ich ihm schuldig sei, und er erwiderte, die beiden Drinks gingen auf Kosten des Hauses. Jane schaute mich leicht verlegen von der Seite an. Vermutlich hatte mit ihr in den letzten zwanzig Jahren niemand mehr zehn Minuten nonstop in einer Kneipe geknutscht.

Vielleicht sollte Jane den nächsten Karneval in Köln am Rhein verbringen. Ohne Winfried. Und Winfried den nächsten an der Copacabana.

Wir traten in die Nacht hinaus und Margot bat mich, sie bis zu ihrem Haus zu begleiten, weil hier in der Gegend vor nicht allzu langer Zeit eine Italienerin überfallen und vergewaltigt worden sei.

Schweigend schwebten wir auf dem Wolkenbett, das uns der Riojawein und der wohlwollend dosierte Absacker im *Sailor's Inn* aufgeschlagen hatten, durch die romantischen Gäßchen von Artà. Margot legte ihren Arm um meine Hüfte und reduzierte die Amplitude ihrer Beckenschwünge auf ein Maß, dem meine Taille gewachsen war.

Vor ihrem Haus blieben wir stehen und schauten uns an.

»Danke für die Sat-Schüssel«, sagte ich.

»Danke für den Kuß«, erwiderte sie.

Man kann nicht sagen, daß sie mich anhimmelte. Eher schien sie etwas mit mir vorzuhaben. Sie schaute mit einem nicht unsympathischen Kalkül im Blick zu mir auf und sagte: »Komm noch mal kurz mit rein. Ich möchte dir etwas geben.«

»Okay«, sagte ich, denn als Alternative blieb mir genaugenommen nur der zurückgekurbelte Beifahrersitz des beidseitig plattfüßigen Leihwagens, den ich morgen in aller Frühe wieder flottmachen mußte, da der Flieger, der mich nach dem Himmelfahrtskommando Noah Becker wieder nach München zurückbringen sollte, sich bereits um zehn Uhr in die Lüfte erheben würde.

Margot schloß die Haustür auf, ging vor in die Küche, drehte sich um und öffnete meine Gürtelschnalle, und dann die einzigen fünf Metallknöpfe, die man an einer Levi's Jeans öffnen kann. Sie zog die Hose gleich mit den Boxershorts bis zu meinen Stiefeln hinab, drückte meinen entblößten Hintern auf das Bastgeflecht eines Küchenstuhls nieder und ging vor mir auf die Knie.

Als sie – beziehungsweise sie an mir – ihr Werk erfolgreich abgeschlossen hatte, stand sie auf, holte eine Flasche Wodka aus dem Kühlschrank und spülte mit einem kräftigen Schluck russischen Branntweins nach.

Dann schaute sie mich an. Weder kokett noch devot, weder verschämt noch überlegen oder verachtend. Sondern ehrlich und sachbezogen interessiert. Und sie fragte:

»Hat es dir gefallen?«

»Sehr.«

»Ehrlich?«

»Klar.«

»Du tust mir keinen Gefallen damit, wenn du mich anlügst.«

Wer hatte ihr Selbstbewußtsein bloß in diesen tiefen Keller gesperrt?

»Es hatte große Klasse, was du eben mit mir angestellt hast«, sagte ich in einer Form, die auch den letzten Hauch aus ihren vom Selbstzweifel geblähten Segeln hätte nehmen müssen. Mein vorübergehend rotweiß gestreiftes Sitzfleisch befreite ich von der Geißel der Bastschnüre, die Margots Küchenstuhlgestell umspannten, indem ich mich erhob und meine auf die Stiefelschäfte abgerutschte Hose wieder hochzog. Als dies soweit vollzogen war, ergänzte ich entsprechend meiner ehrlichen Einschätzung: »Das meine ich so, wie ich es sage.«

Sie nahm noch einen Schluck aus der Wodkaflasche, nickte endlich zufrieden und sagte: »Ich wollte eben nur wissen, ob ich's noch kann.«

»Ich glaube, das ist wie mit dem Fahrradfahren«, erwiderte ich, »wenn man es einmal beherrscht, verlernt man es nicht mehr – bis ins hohe Alter.«

»Dann bin ich ja beruhigt«, sagte sie und strich mit ihren rotlackierten Fingernägeln durch mein Haar.

Die Gute hatte nur ein bißchen an mir trainiert, um den in naher Zukunft anstehenden *interessanten* Männerbekanntschaften, die sie in Portals Nous zu schließen wild entschlossen war, mit der nötigen Fitneß entgegentreten zu können.

Und offenbar hatte sich unser Training längerfristig ausgezahlt. Margot spielte mittlerweile in der Bundesliga, im Whirlpool von Roberts Frühlingsvilla oben bei Deià, schräg über Michael Douglas.

XI.

Ich beglich meine Rechnung, bedankte mich noch einmal herzlich bei Urs für seine interessanten Auskünfte, betrat die Telefonzelle vor dem Bahnhof, schob ein Hundertpesetenstück in den Schlitz und tippte eine Nummer.

Hans Osthoffs weibliche Mailbox meldete sich. Ich wartete geduldig auf den Pieps und sagte dann: »Hallo Hans, Manuel hier. Es könnte sein, daß ich deine Tochter heute zu sehen bekomme. Versuch bitte, am späteren Nachmittag auf Empfang zu sein. Ich werde gegen fünf Uhr mit einer Handvoll Münzen in der Zelle stehen. Hasta la vista, baby.«

Ich hängte den Hörer ein und verließ die Zelle.

Im hinteren Bereich des Parkplatzes entdeckte ich das blaue Dach meines Puntos und trabte gemächlich darauf zu.

Als ich fast bei dem kleinen Flitzer, der mir von Tag zu Tag mehr ans Herz gewachsen war, angelangt war, offenbarte sich meinem Blick der *König der Meere*. Breitbeinig stand er auf dem Dach der Kapitänskajüte im Vorschiff der *Santa Maria*.

So etwas von Mensch hatte ich mein Lebtag noch nicht gesehen. Mit einem Schlag war mir sowohl das verstörte Verhalten der beiden jungen Menschen klar, die ich an Deck des Schiffs kennengelernt hatte, als auch der Schauer, der mich überfiel, als ich die Aura des geheimnisvollen Schoners erschnuppert hatte.

Der Mann war gut ein Meter neunzig groß und trug einen talarartigen, schwarzen Umhang über den Schultern. Seine Füße steckten in knöchelhohen Fliegerstiefeln, seine Beine in einer dunkelbraunen Wildlederhose mit wehenden Fransen an der Außennaht. Seinen Brustkorb, der so breit war wie drei Bierkästen nebeneinander, hatte er mit einem zerrissenen Rüschenhemd aus der Altkleiderkiste eines Vorstadttheaters verhüllt, und auf dem kantigen Kopf thronte tief in die Stirn gezogen ein ausgeblichener Dreispitz. Seine Gesichtshaut war dunkelbraun und von Meer, Sonne und salzigen Stürmen ledern gegerbt. Die langen dunklen Haare trug er zu einem Zopf gebündelt, der im Wind flatterte.

Die Augen des Mannes konnte ich aus der Distanz nicht sehen. Aber die Nase. Und die hatte es in sich.

Sein Riechorgan war unglaublich groß. Es wuchs schon zwischen den Augenwinkeln aus seinem Gesicht heraus und wölbte sich in langem Bogen bis über die aufgeworfenen Lippen hinab. Das Irreste an dieser Nase aber war, daß sie wie durch einen Säbelhieb wohl einmal schräg und komplett durchtrennt worden und um ein paar Millimeter seitlich versetzt wieder zusammengewachsen war.

Es war mehr als offensichtlich: bei diesem Mann handelte es sich um den Kapitän der *Santa Maria*. Nur ein Kapitän konnte *so* auf *seinem* Bootsdeck stehen. Völlig aberwitzig dagegen war die Vorstellung, jener strohblonde Luis, der schmächtige Jungmann, der mich den Kahn hatte besichtigen lassen, sei der Bruder dieses Unikums, das auf eine so prägnante und furchterregend überzeugende Art das Klischee eines Seewolfs bediente, daß ich kurzzeitig an meiner optischen Wahrnehmung zweifelte.

Der österreichische Capt'n hatte seine muskulösen Arme über der Brust verschränkt und ließ seinen herrischen Blick über das Hafengelände schweifen, als ob er etwas zu entdecken verlangte, was er unbedingt an Bord zurück wissen wollte. Und nach der Körpersprache des kolossalen Menschen zu urteilen, mochte ich nicht unbedingt in der Haut des vermißten Objekts stecken.

Armes Dänemark.

Ich öffnete die Tür des Puntos, setzte mich auf den Fahrersitz, pulte den Wagenschlüssel aus der Gesäßtasche meiner Jeans und steckte ihn ins Schloß.

Da hörte ich ein leises Rascheln hinter mir und drehte erschrocken den Kopf zur Rückbank. Dort war nichts zu sehen. Aber in dem engen Zwischenraum davor blitzten ein Wuschel strohblonder Haare und ein weißes Shirt auf.

»Bitte schauen Sie nach vorn«, flehte eine vor Angst bebende Stimme, »er darf mich nicht entdecken!«

Wie gefordert wandte ich den Kopf wieder nach vorn und drehte den Schlüssel im Zündschloß. Im Rückspiegel sah ich, wie der Seewolf zu meinem Wagen hinüberstarrte, vom Dach seiner Kajüte hinuntersprang und an die Reling trat. Ohne den Blick von meinem Punto abzulassen.

»Bitte fahren Sie! Schnell!« Das war nicht die Angst eines Kindes, das etwas ausgefressen hatte und nicht vom Papa dafür bestraft werden wollte. Das war schiere Todesangst. Ich legte den ersten Gang ein und fuhr los. Hinter mir vernahm ich einen Seufzer der Erleichterung. Ich bog in den kleinen Passeig ein und gab gehörig Gas, während ich durchs Seitenfenster zur *Santa Maria* zurückschaute. Der König der Meere hatte ein langes Fernrohr aus Messing vor sein Auge gehoben und verfolgte damit meinen blauen Punto.

Etwa in der Mitte der Bucht, wo die Fußgängerzone begann, bog ich links ab in Richtung Sóller-City.

»Du kannst hochkommen«, sagte ich. »Dein Capt'n kriegt uns nicht mehr.«

Sie rappelte sich hoch und krabbelte kopfüber auf den Beifahrersitz. Als sie endlich saß, schaute ich sie an. Ich war überrascht, wer mich da verlegen und zutiefst dankbar anlächelte. Positiv überrascht. Sie war *die* typische Dänin. Wie aus einer Broschüre des Fremdenverkehrsvereins von Gilleleje, die einem das Urlauben am Smidstrup Strand schmackhaft machen sollte. Sie hatte hellblonde, schulterlange Haare, strahlend blaue Augen, einen vollen Mund mit blaßrosa Lippen und den typischen ungeschminkten Teint der Nordländer: sanft gebräunt mit leicht geröteten Wangen. Sie trug Seglerschuhe aus gelbem Leinen, eine verwaschene Bluejeans und ein weißes, kurzärmliges T-Shirt.

»Ich heiße Manuel«, sagte ich.

»Ich bin Lissa.«

»Wo soll ich dich rauslassen?«

Lissa klemmte ihre Hände zwischen die Oberschenkel, schaute auf ihre Leinenschuhe hinab und schwieg verlegen.

Herzlichen Glückwunsch, Manuel Blum! Da hast du dir wieder einen eingeschenkt ...

Ich schaute zu ihr hinüber und schüttelte lächelnd

den Kopf. Warum passierten ausgerechnet immer mir solche Dinge? Jeder andere hätte Luftsprünge vor Freude gemacht, wenn ein bezauberndes Geschöpf wie diese Lissa in sein Auto gekrochen wäre. Ich mit Sicherheit auch. Letzte Woche noch, als ich mit ein paar Peseten in der Tasche mit der Welt und meinem Ego so gut wie nichts anzufangen gewußt hatte. Aber jetzt?

»Warum sprichst du so gut Deutsch?« fragte ich, um nicht in Melancholie zu versinken.

»Ich bin in Deutschland aufgewachsen«, antwortete sie. »Mein Vater hat in Hamburg gearbeitet.«

»Als was?«

»Er war bei der dänischen Außenhandelskommission.«

»Aha.«

Am Ortsrand bog ich von der Hauptstraße links ab.

»Wo fährst du hin?« fragte Lissa.

»Zu einer Finca mit dem Namen Villa Florida.«

»Komischer Name für eine Finca auf Mallorca.«

»Stimmt.«

Wie fuhren an zweigeschossigen Häuserblocks aus der Gründerzeit vorbei, auf der engen Straße, die in Richtung Biniaraix und Fornalutx aus dem Städtchen hinausführte. Schnell konnte ich nicht fahren, denn ein bunt gestylter Pulk von mindestens zwanzig Radrennfahrern ließ mir keine Möglichkeit zum Überholen.

»Ich studiere Spanisch«, sagte Lissa mit wehmütiger Stimme, »weil ich in Spanien früher immer schöne Zeiten verlebt habe.«

»Lebst du in Kopenhagen?«

Sie nickte.

»Und in den Ferien schipperst du mit ein paar Freunden auf der *Santa Maria* durchs Mittelmeer?« fragte ich und schaute zu ihr hinüber.

Ihre Schultern sackten ab, und sie flüsterte entschlossen: »Einmal und nie wieder.«

»Du magst den Capt'n nicht besonders. Hab' ich recht?«

»Ich hasse ihn«, stieß Lissa hervor. »Er ist der Teufel.«

»Was stellt er mit euch an?«

»Die anderen schikaniert er nur, indem er sie Tag und Nacht auf Trab hält«, sagte Lissa. »Er freut sich über ihre Angst, wenn er gezielt durch ein Unwetter segelt und sie sich an die Reling ketten müssen beim Kotzen. Er spielt mit ihnen.«

»Wer sind die *anderen*?«

»Studienkollegen aus Kopenhagen. Vier Frauen, zwei Jungs.«

»Und was hat er mit *dir* gemacht?«

Sie schaute mich an. Tränen sammelten sich in ihren Augen. Sie drehte sich zur Tür und zog ihr T-Shirt ein wenig hoch, so daß ich die Enden der roten Striemen auf ihrem Rücken erkennen konnte.

»Bist du seine Geliebte?«

Lissa schwieg einen Moment. Dann sagte sie. »Luis ist ganz nett, er hat meiner Freundin Jenny erzählt, bei jedem Törn würde sich der Capt'n schon in der ersten Nacht eine der Frauen nach vorn in seine Kajüte holen.«

»Und wenn sich eine dieser Frauen weigert?«

»Ich habe mich geweigert.«

»Wie hat er reagiert?«

»Er hat sich betrunken und herumgebrüllt«, sagte sie. »Und dann hat er Jenny so lange verprügelt, bis ich mit ihm nach vorn gegangen bin.«

»Warum seid ihr nicht gleich wieder von Bord gegangen?«

»Die erste Woche bleibt die *Santa Maria* immer auf See.«

»Verstehe«, sagte ich. »Wie viele Wochen habt ihr gebucht?«

»Zwei.«

»Wann geht der Flieger nach Kopenhagen zurück?«

»In drei Tagen«, sagte Lissa. »Von Menorca aus.«

»Willst du dir hier ein Hotel nehmen und übermorgen dann von Alcúdia mit der Fähre nach Ciutadella übersetzen?«

»Ich weiß nicht«, antwortete sie kleinlaut und blickte verschämt auf ihre Knie hinab. »Ich hab' nicht soviel Geld.«

»Wieviel hast du denn?«

Sie drückte ihren Rücken in die Sitzlehne und hob das Becken etwas an, um die rechte Hand in ihre Jeanstasche schieben zu können. Sie zog einen zerknüllten Tausendpesetenschein nebst einigen Münzen daraus hervor und streckte sie mir hin.

»So billige Hotels kenne selbst ich nicht«, sagte ich lächelnd.

»Das ist nicht zum Lachen«, beschwerte sie sich zaghaft.

»Ich weiß. Sorry.«

»Robinson hat uns beim Einschiffen alles Geld und alle Papiere abgenommen und in seinen Tresor gelegt.

Er sagte, das wäre nötig, falls die *Santa Maria* von Piraten überfallen würde.«

Fast hätte ich laut losgelacht. Aber ich beherrschte mich lieber und schüttelte statt dessen den Kopf. »*Robinson* nennt sich der Wahnsinnige? Nicht zu fassen!«

Lissa nickte. »Er ist wahnsinnig. Total wahnsinnig.«

Als sich die Bebauung am Stadtrand von Sóller gerade etwas gelichtet hatte, wieder saftig grün und orange leuchtende Apfelsinenhaine das Sträßchen säumten, und ich den Troß der Radfahrer endlich überholt hatte, stand rechts am Straßenrand schon das Warnschild vor der von Urs erwähnten S-Kurve. Ich schwebte mit reduziertem Speed in sie hinein, und wir passierten einen Steinmetzbetrieb. Die Straße führte nun an einem Torrent entlang, dessen Ufer von wuchernden Orangenbäumen gesäumt waren. Geradeaus zeigte sich der karge Puig Major, der höchste Gipfel Mallorcas, in seiner ganzen bizarren Pracht, und halblinks klebte malerisch das Vorzeigedorf Fornalutx am Hang, das man schon mehrfach als *schönstes Dorf Spaniens* ausgezeichnet hatte.

In Anbetracht dieser imposanten Schönheiten, die mich umgaben, und der Ereignisse, die sich in den letzten zwanzig Minuten vor und in meinem Punto abgespielt hatten, waren Cosima und mein lukrativer Auftrag etwas ins zweite Glied meiner Denkmasse zurückgedrängt worden. Das mußte sich nun schleunigst ändern, denn fast hätte ich die Auffahrt zu der kleinen Brücke verpaßt, die links über das fruchtbare Bachbett führte. Ich ging hart in die Bremsen und lenkte den Punto mit einem Ruck auf das schmale, asphaltierte Sträßchen.

Lissa spürte offensichtlich meine Anspannung, und sie fragte mitfühlend: »Warst du schon mal in der Villa Florida?«

Ich schüttelte den Kopf.

»Wer wohnt dort?«

»Das werden wir sehen.«

Mein Adrenalinspiegel stieg von Sekunde zu Sekunde. Ich sah wieder die Angst in Hans Osthoffs Blick, ich durchlebte erneut den Moment, als ich vom Dach der Fähre sprang und Hans noch so gerade am Jackenkragen zu packen bekam.

Lissa schaute mich gespannt und etwas irritiert von der Seite an. Ich konnte in ihren blauen Augen erkennen, daß ihr plötzlich Bedenken kamen, ob sie tatsächlich zu der richtigen Person ins Auto geflohen war. Diese Bedenken konnte ich ihr nicht nehmen. Selbst wenn ich gewollt hätte.

Coto privado de Caza stand auf einem Holzschild vor einem Gebüsch. Ich bog scharf rechts in den Schotterweg ab, und nach knapp fünfzig Metern passierten wir zwei aufgemauerte Türmchen, zwischen denen ein gußeisernes Tor verankert war. An der Front des linken Türmchens klebten zwei weiße Kacheln, auf denen in blauen Lettern das Wort *Villa* stand. Rechts stand auf zwei Kacheln *Florida.*

Ich stoppte und schaute Lissa an. Sie stand offensichtlich noch unter den heftigen Eindrücken der letzten Tage an Bord der Santa Maria, und sie war dementsprechend nah am Wasser gebaut. Fast weinte sie.

»Du brauchst keine Angst zu haben«, sagte ich, »dir wird nichts passieren.«

Mit echter Sorge im Blick suchte sie den meinen, schüttelte leicht den Kopf und fragte leise: »Wird *dir* etwas passieren?«

»Ich hoffe nicht«, erwiderte ich und nahm den Türgriff in die Hand. »Bleib bitte im Wagen.«

»Klar.«

Ich nickte ihr zu und stieg aus. Als ich die Tür gerade ins Schloß drücken wollte, beugte sich Lissa vor und fragte: »Was mache ich, wenn du nicht wiederkommst?«

Über diesen Fall hatte ich mir noch keine Gedanken gemacht. Warum sollte ich auch *nicht* wiederkommen?

»Dann such nach mir«, sagte ich mit einem Lächeln, das mir in den Mundwinkeln ein wenig verrutschte.

Ich ging zum Eingangstor der Finca und schaute auf das Grundstück. Es war mit einigen Zitrusbäumen bepflanzt, aber auch mit einem Olivenbaum und zwei kleinen Palmen. Das recht unscheinbare, eingeschossige Natursteinhaus hatte man am hinteren Rand des Grundstücks errichtet, direkt vor dem steil abfallenden Bett des Torrents. Von der ersten Etage aus mußte sich dem Betrachter ein traumhaft schöner Blick auf Biniaraix eröffnen, und auf die zwei fast gleich hohen, nackten Felsgipfel, an deren Waden sich das idyllische Dörfchen schmiegte.

Ich schob das unverschlossene Eisentor auf und betrat das Grundstück.

Der Garten war weder verwildert noch richtig angelegt. Die Hausbewohner hatten diesbezüglich einen bequemen Mittelweg eingeschlagen. Zwischen den Bäumen gab es eine Menge Wildwuchs, und für Farbtupfer sorgten hier und da eine violett oder kardinalrot blühende Bougainvillea, ein Hibiskus mit orangefarbenen Blüten und ein weißer Oleander. Und mitten auf dem Gelände stand eine mächtige Platane, wie sie in Palma den Passeig d'es Born säumen, und deren geschuppte Rinde den Nato-Designer inspiriert haben mußte, als man ihm den Auftrag erteilt hatte, Tarnanzüge zu entwerfen.

Eine dunkel gebeizte, zweiflügelige Holztür führte aus dem Häuschen hinaus auf die von Weinreben überdachte Terrasse, auf der ein mit feuchter Wäsche behangenes Trockengestell und ein großer Holztisch mit Stühlen standen. In einem dieser Stühle saß ein Mann mit einer Fliegenpatsche in der Hand. Ich blieb etwa fünf Meter vor ihm stehen und nickte freundlich. Aber er hatte meine Anwesenheit offenbar nicht registriert, denn er verwandte seine ganze Aufmerksamkeit darauf, eine fette Fliege, die den Tisch umschwirrte, im Auge zu behalten. Als sich das Insekt endlich auf einem Brotkrumen niederließ, sauste die Patsche hinab und beendete das kleine animalische Dasein. Der Mann lächelte zufrieden, und dann erst schaute er zu mir. Weder freundlich noch ängstlich, und auch nicht sonderlich interessiert.

Er war schätzungsweise fünfzig Jahre alt und sehr hager. Glatte graue Haare, von weißen Strähnen durchsetzt, wuchsen aus seinem spitzen Kopf, und ein schlohweißer, wilder Vollbart verdeckte Großteile seines Gesichts. Er trug einen ausgebeulten, hellgrauen Arbeitsoverall, vollgekleckst mit allen möglichen Farbresten, und an den nackten Füßen dunkelblaue Leinenschlappen, wie sie auf allen Inseln der Balearen sehr beliebt sind.

Obwohl die noch recht volle Haarpracht des Mannes der von Urs erwähnten Kahlköpfigkeit jenes Sams gravierend widersprach, stellte ich ihm, um das Eis zu brechen, trotzdem die Frage: »Heißen Sie Sam?«

»Sam?« wiederholte der Mann überrascht. Ein Lächeln huschte über sein Gesicht.

»Nein«, sagte er mit leicht hessischem Einschlag, »ich bin nicht *Sam*.«

Wäre auch zu schön gewesen. Aber wenn Cosima wirklich hier mit ihrem Söhnchen gewohnt hätte, dann wäre bestimmt Spielzeug im Garten verstreut gewesen und auf dem Wäschetrockner hätten Babyklamotten gehangen und nicht ausgebeulte Männerunterhosen.

»Schade.«

Das Wort mußte sehr bedauernd geklungen haben, denn der Blick des Mannes signalisierte nun eine gewisse Hilfsbereitschaft. Er fragte: »Sie kennen Sam?«

»Nein«, sagte ich, »ich suche seine Frau.«

Ich zog Cosimas Foto aus der Tasche und hielt es ihm unter die Augen.

Der Mann nickte. »Susan Beresford.«

»Sie wohnt nicht mehr hier?«

Der Mann schüttelte den Kopf. »Sie hat es nicht mehr ausgehalten.«

»Warum nicht?«

»Zwei Wochen vor der Geburt des Kindes ist Sam abgehauen. In einem gestohlenen Flugzeug.«

Verwirrt starrte ich ihn an.

»Wußten Sie das nicht?« fragte der Mann erstaunt.

Ich schüttelte den Kopf.

»Wo klaut man auf Mallorca ein Flugzeug?«

»Auf einem Sportflughafen«, erklärte er. »Sie chartern einen Flieger für eine Stunde, tanken das Teil voll, und weg sind Sie.«

»Wissen Sie, wo Sam die Maschine gechartert hatte?«

»In Binissalem«, erklärte der Mann. »Die Maschine gehörte einem Engländer.«

»Und wo Susan mit dem Kind hingezogen ist, wissen Sie auch?«

»Nein.« Bedauernd schüttelte er den Kopf. »Richtig befreundet war ich nicht mit den beiden. Ich hatte nebenan das Grundstück gemietet, und als Nachbar redet man eben ab und zu ein paar Sätze miteinander.«

»Was machen Sie auf der Insel?«

»Setzen Sie sich, und schauen Sie es sich an.«

Ich tat, wie mir geheißen, und er schob die soeben erlegte Fliege mit seiner Patsche über die Tischkante.

»Passen Sie auf!« sagte er und schaute fasziniert zu der Steinplatte hinab, auf die der kleine Kadaver gefallen war. »Da!« Freudig erregt nickte der Mann zu einer Ameise hin, die sich dem toten Insekt näherte und es im Abstand von etwa zwanzig Zentimetern umkreiste. Dann verschwand das Tierchen in einer Fugenritze, und ein paar Sekunden später erschienen fünf seiner Artgenossen, die in einer festgelegten Choreographie bestimmte Runden in der Nähe der Beute drehten. Und mit einem Mal wimmelten Massen von Ameisen um die kleine schwarze Leiche herum und, wie auf ein verabredetes Zeichen hin, stürzten sich die emsigen Aasfresser auf das Insekt und verschlangen es ratzeputz binnen einer halben Minute.

Eine weitere halbe Minute später waren auch alle

Ameisen wieder spurlos von der Terrasse verschwunden.

»Immer wieder faszinierend«, sagte der Mann und hob den Blick von den Steinplatten.

»Wie man's nimmt«, erwiderte ich.

Er zuckte fatalistisch mit den Schultern. »Fressen und gefressen werden.«

»Ja«, pflichtete ich ihm bei. Ich schwieg einen taktvollen Moment und fragte dann ohne jeden zynischen Beiklang: »Und sonst machen Sie nichts den ganzen Tag?«

»Doch«, sagte der Mann lächelnd. »Ich male.«

»Eine schöne Beschäftigung.«

Der Mann nickte. »Ja. Das Licht ist wunderschön hier auf der Insel, und jeden Tag anders.«

»Haben Sie Susan auch gemalt?« fragte ich, um irgendwie den Bogen zum Thema zurückzukriegen.

»Nein«, erwiderte er. »Ich male keine Menschen.«

»Kennen Sie jemanden, der wissen könnte, wo sich Susan zur Zeit aufhält?«

»Was wollen Sie von ihr?«

»Ich will sie fotografieren.«

Er fixierte mich eingehend, und ich hielt seinem Blick stand.

»Tut mir leid.« Bedauernd zuckte er schließlich mit den Schultern und erklärte: »Ich lebe hier sehr zurückgezogen. Ich kenne nicht viele Menschen auf der Insel. Außerdem bin ich Alkoholiker, trocken seit sieben Jahren. Ich mag keine Bars.«

»Hier ist es schöner als in Bars«, sagte ich.

»Das ist wahr.« Der Mann nickte lächelnd. »Ich lebe hier in einem kleinen Paradies.«

»Ja«, bestätigte ich, stand auf und reichte ihm die Hand. »Vielen Dank.«

Es dauerte einige Zeit, bis er meine Hand schließlich ergriff. Aber dann hielt er sie lange und fest umschlossen in der seinen. Als hätte er das Gefühl, die Haut eines anderen Menschen an der seinen zu spüren, sehr lange nicht mehr erlebt.

»Ich heiße Wolfgang«, sagte er.

XII.

Der Camino endete an einer kleinen Ausbuchtung vor einem verwilderten Gestrüpp. Ich rangierte dreimal vor und zurück und hatte die Schnauze des Punto endlich gedreht.

Wir holperten wieder an der Villa Florida vorbei und bogen dann auf das Brückensträßchen ab.

»Du hast nicht gefunden, wonach du gesucht hast, stimmt's?« unterbrach Lissa das nachdenkliche Schweigen an Bord.

»Das kann man *so* nicht sagen«, erwiderte ich. »Ich bin der Sache ein Stückchen nähergekommen.«

»Welcher Sache?«

»Ich suche eine Frau.«

»Warum?«

»Weil ich dafür bezahlt werde.«

Diese Antwort befremdete Lissa ein wenig, fast ängstlich schaute sie zu mir hinüber: »Bist du Schuldeneintreiber?«

Ich lachte auf. »Nein, ich bin Journalist.«

Dies wiederum schien bei meiner Beifahrerin auf Wohlgefallen zu stoßen. »Ich will später auch Journalistin werden.«

»Viel Spaß.«

»Gefällt dir der Job nicht?«

»Ich habe Rabaukenjournalismus gemacht«, sagte ich, »und damit ist jetzt Schluß.«

»Aha«, sagte Lissa.

Kurze Stille, dann: »Wohin fahren wir eigentlich?«

»Das frage ich mich auch gerade.«

»Willst du mich loswerden?«

»Ich setze dich nicht mit 1300 Peseten in der Tasche auf die Straße.«

»Warum nicht?«

»Weil ich es nicht kann.«

»Aha.«

Wir hatten Sóller erreicht. Ich bog in die Hauptstraße nach Palma ein und schaute auf die Uhr. Es war kurz nach zwölf.

»Ich habe ein paar Freunde in der Mitte der Insel«, sagte ich, »bei denen könntest du zwei Tage bleiben.«

»Das wäre toll«, sagte Lissa. »Und in der Mitte der Insel wird Robinson mich bestimmt nicht finden.«

»Du glaubst doch nicht im Ernst, daß er sein geliebtes Schiff verläßt, um nach dir zu suchen!«

»Dem ist alles zuzutrauen.«

»In Costitx wird er dich niemals auftreiben«, beruhigte ich sie. »Und falls er es doch tut, werden ihm meine Freunde die Nase ein zweites Mal durchflexen.«

»Was bedeutet *durchflexen*?«

»Vergiß es.«

Ein paar Kilometer hinter dem 495-Peseten-Tunnel bog ich in Richtung Bunyola ab und folgte der traumhaften kleinen Serpentine durch das Tal, das nach Orient hinaufführte. Schafherden grasten auf grünen Wiesen, rosa blühten die Apfelbäume, ganze Hänge waren überwuchert von wilden Margareten, durchsetzt von den roten Punkten des Klatschmohns. Lissa konnte ihren Mund vor lauter Staunen kaum geschlossen halten.

»Daß Mallorca so schön ist, hätte ich niemals gedacht«, sagte sie schwer beeindruckt.

Ich schaute zu ihr hinüber. »Siehst du? So hat alles auch sein Gutes.«

»Wie meinst du das jetzt?«

»Wärst du nicht aus Angst vor Robinson Grausam in mein Auto gekrochen«, sagte ich, »wäre dir dies hier versagt geblieben.«

»Da hast du recht.« Sie lächelte mich an.

»Sag mal«, begann ich nach kurzer Besinnung, »warum hast du dich eigentlich ausgerechnet in meinen Punto gehockt?«

»Ich hab' dich gesehen, wie du ausgestiegen und auf Deck geklettert bist.«

»Von wo aus?«

»Ich saß mit Robinson in einem Café auf der gegenüberliegenden Straßenseite.«

»Hat er dich nicht allein von Bord gelassen?«

»Nein«, sagte sie. »Und seine *Santa Maria* mußte er auch immer im Blick behalten.«

»Und wie bist du ihm entwischt?«

»Als wir an Bord zurückkamen, mußte ich Dienst in der Kombüse schieben, und Robinson ging nach vorn in seine Kajüte, um Logbuch zu führen.«

»Hoffentlich kriegen deine Freunde keinen Ärger, weil du abgehauen bist.«

»Ich glaube nicht«, sagte Lissa.

»Warum nicht?«

»Weil ...« Sie brach ab und schwieg etwas verschämt.

»Sag schon!«

Lissa zögerte einen Moment, dann raffte sie sich auf und erklärte in sachlichem Ton: »Luis hat meiner Freundin gesagt, daß Robinson sich in mich verliebt hätte. Ich meine: *richtig* verliebt.«

Ich lächelte sie frech an. »Einen guten Geschmack hat er ja, der alte Seewolf.«

»Hör auf!«

Ich überholte einen Karren, auf dem ein alter Bauer saß, der seinen Muli den Berg hoch trieb. Und danach überholte ich wieder eines dieser bunten Rudel von Rennradfahrern.

»The good guy and the bad guy«, sagte ich.

»Wie meinst du *das* jetzt wieder?«

»Robinson ist der Böse und Luis der Gute. Der kleine muß die Wogen glätten und verhindern, daß man den großen Bruder anzeigt und in den Knast steckt.«

»Du meinst, sie haben sich das so zurechtgelegt?«

»Denkbar wäre es.«

Lissa nickte versonnen. »Wenn ich so drüber nachdenke ... Du könntest recht haben.«

Wir passierten das von schroffen Gipfeln umgebene Bergdorf Orient und kurz danach das verträumte, auf den Fundamenten eines ehemaligen Klosters errichtete Nobelhotel *L'Hermitage*, in dem Tourheld Jan Ullrich die Kraft für seinen Triumph bei der letztjährigen Frankreichrundfahrt getankt hatte.

»Luis ist übrigens nicht Robinsons Bruder«, sagte Lissa völlig unvermittelt.

»Hätte mich auch sehr gewundert.«

»Das heißt«, schränkte Lissa ein, »er ist schon sein Bruder, aber auch sein Sohn.«

»Im übertragenen Sinn?«

»Nein«, sagte Lissa, »im biologischen.«

»Wie *das*?« Irgendwie erinnerte mich ihre Behauptung an einen Witz, der die Intelligenz von Helmut Kohl auf die Probe stellen sollte.

»Als Robinson sechzehn war, hat er im Suff seine Stiefmutter vergewaltigt«, sagte Lissa. »Und beide haben geschwiegen.«

»Und Robinsons Vater hat sich gefreut, noch einen Sohn geschenkt zu bekommen ...«

»Vermutlich.«

»... der in Wahrheit sein Enkel ist«, brachte ich meinen Satz zu Ende und fügte einen Moment später lächelnd hinzu: »Ich liebe Seemannsgarn.«

Vor uns tat sich das Tor von Alaró auf, jene zwei fast gleichen kegelförmigen Felsen, zwischen denen das Sträßchen ins Tal hinabführte. Wir passierten den Wegweiser zum Kastell, und ich sagte: »Wenn du das nächste Mal auf der Insel bist, dann fahr zu diesem Castillo hoch. Da oben ist ein alteingesessenes Ausflugslokal, in dem man superleckere Lammkeulen zu essen bekommt.«

»Ich bin Vegetarierin«, kam es ernüchternd vom Beifahrersitz.

Wir verließen Alaró in Richtung Consell, umkurvten diesen eher schmucklosen Ort, dessen Hauptattraktion der jeden Sonntag stattfindende Trödelmarkt ist, steuerten durch Felder drastisch beschnittener Weinstöcke hindurch Biniali an, und von dort ging es weiter nach Sencelles. Ein Wegweiser sagte uns, daß nur noch fünf Kilometer bis Costitx vor uns lagen.

Die Straße war auf beiden Seiten gesäumt von brusthohen Natursteinmauern mit abgerundetem Kamm. Diese Mauern zu errichten, ist eine von alters her überlieferte Kunst, die nur noch einige gutbezahlte Spezialisten beherrschen und die darin besteht, die klobigen, unregelmäßigen Steine ohne Einsatz auch nur einer Kelle Bindemasse so zu schichten, daß die Mauer nicht nur bombenfest steht, sondern auch ausschaut, wie in einer Backform gegossen.

Nach einer Kurve, die auf dem Grat eines sanften Hügels endete, öffnete sich vor unseren Blicken eine grüne Ebene, aus deren Mitte sich, etwa dreihundert Meter entfernt, eine wunderschöne, im mallorquinischen Stil neu erbaute Natursteinvilla mit quadratischem Turm erhob: *Sa Vinya.* Mit dieser fürstlichen Residenz hatte sich Rainer Reusch, ein studierter Maler, Kunstgewerbler und Hobbyphilosoph mit changierender Vergangenheit in der Kommunalpolitik seiner Vaterstadt Köln einen Jugendtraum erfüllt und gleichzeitig ein Denkmal in den Mittelpunkt der Insel gesetzt.

Als der Punto an dem Prachtbau vorbeischnurrte, seufzte Lissa vernehmbar und flüsterte von Ehrfurcht ergriffen: »Mein Gott, ist das ein tolles Haus …«

Vor der Kirche von Costitx parkte ich an dem kleinen, von mächtigen Palmen umgebenen Dorfplatz. Zwischen einem verschrammten orangen VW-Transporter und einem silbernen Mercedes-Combi. Sie waren also da. Wie fast jeden Mittag kurz nach eins.

»Schön ist es hier«, sagte Lissa, als sie aus dem Auto gestiegen war, ihre Glieder streckte und in die Sonne blinzelte.

»Komm«, sagte ich, »ich habe Hunger.«

Wir betraten Tonis *Bar Central.* Alle Tische waren besetzt. Hauptsächlich von einheimischen Arbeitern, die sich das deftige *Menú del día* nicht entgehen lassen wollten: Vorspeise, Hauptgericht, Dessert, Wein und Wasser. Alles zusammen für 800 Peseten. Immer lecker und reichlich. Und mit absoluter Sicherheit *typisch* mallorquinisch.

Die Geräuschkulisse war erstaunlich und wurde abgerundet von verzerrtem Talk-Show-Geschnatter aus dem großen Fernseher, der, auf einem Brett über einer der beiden Eingangstüren plaziert, rund um die Uhr lief.

In der Ecke neben dem Zigarettenautomat saßen sie: bereits erwähnter *Sa-Vinya*-Rainer, in fein gestreiftem und gebügeltem Hemd, heller Weste und mit einem kecken Strohhut auf dem Kopf, Charly und Theo, ein kölsches Gespann, das sich vor Jahren darauf spezialisiert hatte, geschmacksorientierten Residenten herrschaftliche Gärten anzulegen, individuelle Badezimmer zu gestalten und wunderschöne Fußböden aus Terracotta zu verlegen, und ein vierter Mann, den ich nicht kannte, und den ich auch nicht unbedingt kennenlernen wollte. Er war etwa Ende Vierzig und hatte einen an den Enden eitel hochgezwirbelten Schnurrbart. Er trug einen auffälligen Rubinring am Finger und auf der Nase eine Sonnenbrille von Joop, obwohl der Gastraum im Dämmerlicht lag. Und er rauchte ultraleichte Dunhill-Zigaretten durch eine affige goldene Spitze.

Nachdem wir uns herzlich begrüßt hatten, nahmen die Herren der Schöpfung erst so richtig wahr, wer sich da etwas verlegen hinter meinen Schultern herumdrückte. Ich schob Lissa behutsam in den Vordergrund und stellte sie vor.

»Da haste uns aber was Charmantes mitgebracht«, sagte Rainer, erhob sich sogleich und machte einen formvollendeten Bückling.

»Hallo, Lissa«, sagten Theo und Charly fast zeitgleich und löffelten weiter ihre gelbe Reissuppe.

Der Zwirbelbart sprang hektisch auf und zerrte einen freien Stuhl vom Nachbartisch herbei, auf den er die zurückhaltend lächelnde Lissa niedernötigte. Anschließend legte er den Arm um die Lehne des Stuhls, beugte sich distanzlos zu ihr hinüber und säuselte einen Satz, von dem ich nur den Fetzen »... bei mir im Sender...« verstand. Der reichte, um den Mann in meiner prallvollen Rubrik *blasierte Arschlöcher* endzulagern.

Ich setzte mich an die Stirnseite des Tischs, trank ein Glas Rotwein und tauschte mit Theo und Charly ein paar Alltäglichkeiten aus.

Toni, ein gebürtiger Portugiese, kam an den Tisch, und ich bestellte zwei Menüs und zwei Bier. Doch Lissa sprach höflich, aber bestimmt, in einem Spanisch, das alle anwesenden Männer in ungläubiges Staunen versetzte, den Wirt direkt an und stellte mit ihm ein fleischloses Gericht zusammen.

»Sag mal, Rainer«, sprach ich den Maler an, »ist dein Turm zur Zeit frei?«

»Warum?«

»Kann Lissa zwei Nächte bei dir schlafen?«

Fast fiel ihm der graumelierte Vollbart in die Reissuppe. Er hatte sich jedoch gleich wieder in der Gewalt, nickte ungläubig zu der hübschen Dänin hinüber und flüsterte mir zu: »Du meinst *diese* Lissa?«

»Ich kenne keine andere.«

Theo grinste, und Charly lachte laut auf.

»Im Turm schläft Siegfried.« Sein dezentes Kopfnicken zum Zwirbel an seiner Seite sagte mir unmißverständlich, um wen es sich bei *Siegfried* handelte. Und flüsternd fuhr Rainer fort: »Er ist ein Sammler und will sich spätestens bis zum Wochenende zwischen zweien meiner Gemälde entschieden haben.«

»Das ist natürlich dumm«, kommentierte ich die Lage.

»Warum?« entkräftete Rainer sofort meine Bedenken. »Helga ist zur Zeit in Köln. Das Mädchen kann in ihrem Zimmer schlafen. Kein Problem.«

»Echt nicht?«

»Wenn's eins wäre, würde ich's sagen«, beruhigte er mich.

Toni brachte zwei Bier, und als ich mein Glas erhob, um mit Lissa quer über den Tisch hinweg anzustoßen, beeilten sich die übrigen vier Mannsbilder, mir dieses gleichzutun.

Ich nahm einen kräftigen Schluck, und Charly sagte: »Gestern war ich in Sineu: Miguels Bar ist zu.«

»Ich hab' gehört, sie haben ihn gekascht und nach Deutschland überführt«, ergänzte Theo.

»Verdient hat es der Drecksack«, sagte ich.

»Hast du die Story verkauft gekriegt?« wollte Charly wissen.

»Nee«, antwortete ich. »Im Gegenteil: sie hat mir das Genick gebrochen.«

»Wieso?«

»Mein Chef wollte etwas haben über die Traumfinca von Costa Cordalis und nichts über den Judas, der sie ihm verscherbelt hat.«

»Verstehe.«

Auch Theo nickte und konnte sich ein zynisches Lächeln nicht verkneifen. »Du bist jetzt also arbeitslos?«

»Nicht ganz«, erwiderte ich und grinste mindestens so breit wie Theo. Und Charly.

XIII.

Nachdem ich mir einen *Arroz brut* mit großzügig bemessener Fleisch- und Fischeinlage, ein in Gemüse geschmortes Hähnchenviertel nebst delikat fritierten Kartoffeln und zum Dessert einen hausgemachten, mit Ahornsirup beträufelten Flan einverleibt hatte, war ich aufgestanden und hatte mich von Charly, Theo und Rainer verabschiedet. Anschließend war ich an Lissas Stuhl herangetreten, hatte ihr verdeckt und ohne Widerspruch zu dulden, einen zerknüllten Zehntausender in die Hand gedrückt und ihr versprochen, sie übermorgen nachmittag aufzupicken, um sie pünktlich zur 17-Uhr-Fähre nach Menorca in Alcúdia abzusetzen. Lissa hatte sich rührend bedankt, mich umarmt und flüchtig meine Wangen geküßt, und als ich ihr aus der bereits geöffneten Tür noch ein aufmunterndes Lächeln zuwarf, nahm ich ein gewisses Unbehagen in ihrem Blick wahr. Als habe sie plötzlich Angst davor, während der nun folgenden achtundvierzig Stunden nicht mehr mich, sondern dieses postpotente Lackdöschen namens *Siegfried* an ihrer Seite zu haben.

Aber da mußte sie jetzt durch. Ich war schließlich kein Seemannsheim. Oder die Bahnhofsmission. Oder die dänische Botschaft. Oder ein Millionär, der ihr zwei Nächte in einer der Suiten im *Read's*, nicht weit von hier, in Santa Maria, hätte spendieren können. Obwohl Lissa auf *diese* Nächte vermutlich freiwillig verzichtet hätte. Allein schon weil sie von *Santa Marias* für die nächsten Jahre mit Sicherheit die Nase gestrichen voll hatte.

Trotzdem wäre ich neugierig gewesen auf ihren Gesichtsausdruck, wenn Rainer ihr in schätzungsweise einer halben Stunde vor dem gläsernen Portal von *Sa Vinya*, dem Haus, das Lissa im Vorbeifahren einen verzückten Seufzer entlockt hatte, den Schlag seines Mercedes öffnen und sie in ihr Gemach einweisen würde.

Ich fuhr nach Sencelles zurück, und von dort folgte ich der kleinen Straße über Biniagual nach Binissalem.

Aus dem Geäst der Mandelbäume, deren Blüten diese Region vor drei Wochen noch mit einem schneeweißen Schleier verhüllt hatten, sprossen nun zartgrüne Blätter und vielversprechende Fruchtstände.

Einst waren Mandeln der wichtigste Exportartikel der Insel. Über Jahrzehnte hinweg, lange bevor sich die deutschen Touristen Mallorca zum beliebtesten Urlaubsziel auserkoren hatten, waren mallorquinische Mandeln bereits in fast allen deutschen Mägen pfundweise mehr recht als schlecht verdaut worden: Das berühmte *Lübecker Marzipan* wurde aus mallorquinischen Mandeln hergestellt. Als sich die Amerikaner aber auf ihren gigantisch großen und genbiologisch unterstützten Plantagen in Kalifornien der Aufzucht und Veredlung von Mandelbäumen gewidmet hatten und wenig später mit Dumpingpreisen den Weltmarkt enterten, fanden die mallorquinischen Produkte keinen Absatz mehr. Auch nicht in Schleswig-Holstein.

Vor vier Jahren hatte mir ein frustrierter Landwirt

seine Mandelplantage mit dreitausend Bäumen auf 25.000 Quadratmetern Grund zum Kauf angeboten. Für eine Million Peseten. Etwas mehr als 12.000 Mark.

Aber was sollte ich mit dreitausend Mandelbäumen anfangen? Blausäure zu pressen und zu verhökern, war nun wirklich nicht mein Ding.

Etwa drei Kilometer vor Binissalem stoppte ich an dem hohen Zaun, der den kleinen Sportflughafen, das *Aerodrom*, umgab. Die Anlage bestand aus sieben Blechhütten – fünf mit runden, zwei mit spitzen Giebeln –, einer ganzflächig begrünten Landebahn und einer Fahnenstange, an der eine orange Windsocke schlaff in der Flaute dümpelte. Das Portal bildeten zwei Eisenpfeiler, verbunden durch eine Stange, an der eine ovale Blechplatte hing, auf deren Mitte man die spanische Flagge, auf den oberen Rand das Wort *Binissalem* und auf den unteren *U.L.M.* gepinselt hatte. Etwas verrutscht ritt eine Blechkrone auf dem Prunkstück und an seinen Seiten klebten Adlerschwingen, geschnitzt aus altem Reifengummi.

Das Tor war zu, ebenso alle Schuppen. Kein Mensch weit und breit. Nicht mal ein geparktes Auto. Oder wenigstens der sonst obligatorische Wachhund an der Kette.

Gerade rätselte ich vor mich hin, ob *Ulm* wohl die Partnerstadt von Binissalem sei, als sich diese Frage von selbst beantwortete. Über meinem Kopf vernahm ich ein näher kommendes Surren, und ein motorisierter Drachen, ein sogenanntes *Ultra-Light*, nahm Kurs auf die Landebahn. *U*.ltra-*L*.ight *M*.allorca. Nix mit U.l.m. im Alb-Donau-Kreis.

Der Flieger zog eine tiefe Schleife über das Gelände und setzte sicher auf. Ich kletterte über das Portal und ging zu dem Piloten, der seinen Flieger auf einen Blechschuppen zuschob.

»Schönen Flug gehabt?« fragte ich den etwa 30jährigen blondgelockten und unrasierten Mann.

»Traumhaft«, antwortete er strahlend.

»Kann man die Dinger hier mieten?«

Sein Fluggerät despektierlich als *Ding* zu bezeichnen, war zugegebenermaßen nicht besonders geschickt gewesen. Aber es war mir eben so rausgerutscht. Und richtig krumm nahm der Pilot mir diesen Fauxpas auch nicht. Zu beseelt war er gerade mit benanntem Gegenstand aus den Lüften heimgekehrt.

»Das *Ding* hier gehört mir«, sagte er nur dezent angesäuert, »und während der Saison fliege ich damit Touristen über den Es Trenc. Aber vermieten tue ich es nicht. Wenn es mir einer in die Felsen rammt, bin ich meine Existenz los.«

»Kann ich verstehen«, sagte ich mitfühlend.

Wir waren beim Schuppen angelangt. Der junge Mann schloß die Tür auf.

»Rodrigues gibt Kurse«, sagte er. »Wenn Sie wollen, kann ich Ihnen seine Telefonnummer geben.«

»Das wäre vielleicht nicht schlecht«, sagte ich. »Aber eigentlich stehe ich mehr auf kleine Sport-Jets. Mit Sam bin ich vorletztes Jahr ein paar Mal von hier abgehoben.«

»Das sagen Sie lieber nicht zu laut«, sagte der Mann lächelnd. »Es sei denn, Sie reden *nicht* von Sam Beresford.«

»Doch«, sagte ich. »von dem rede ich.«

»Ein ausgekochtes Schlitzohr, der alte Redneck«, sagte er lächelnd, »macht sich einfach mit einem geliehenen Hobel vom Acker.«

»Das ist nicht wahr!« spielte ich den Überraschten.

»Doch«, bekräftigte der Pilot, »es *ist* wahr: Sam Beresford hat die Cesna 282 von Edward Fox gekapert.«

»Und wo finde ich diesen Fox?«

»In Pollenca.«

»Haben Sie seine Adresse?«

»Was wollen Sie von ihm?«

»Ihm seine Maschine bezahlen.«

»Echt?«

»Echt.«

»Sind Sie Kaschoggi junior, oder was?«

»Nicht ganz«, gab ich bescheiden zurück.

Der Mann fixierte mich einen Moment, dann zog er ein Notizbuch aus der Brusttasche seines roten Overalls und blätterte darin herum.

»Edward Fox«, las er mir daraus vor, »Calle del Roser Vell 136.«

»Wie gut kennen Sie Sam?« wollte ich schnell noch wissen, bevor ich das Flugfeld verließ.

Der Mann klappte sein Notizbuch zu, schaute mir in die Augen und sagte: »Ich kenne ihn überhaupt nicht. Ein paar Mal habe ich ihn hier auf dem Gelände gesehen, das ist alles. Aber als er dann das Ding gedreht hat, haben natürlich alle über ihn geredet, und da konnte man nur schlecht weghören, logisch ... Acht Jahre Vietnam, Drogen, Fallschirmspringen und so weiter. Aber das wissen Sie ja sicher alles, wenn Sie schon mit ihm geflogen sind.«

Ich nickte stumm.

Das waren ja hochinteressante Neuigkeiten, die mir dieser Pilot gerade so lapidar kundgetan hatte, als ob es sich dabei um einen sauer gewordenen Eimer Vollmilch handelte.

»Aber wo seine Frau und sein Sohn abgeblieben sind, wissen Sie nicht, oder?«

Er schaute mich fragend an. »Hatte Sam eine Frau und einen Sohn?«

»Ja«, sagte ich.

Er zuckte mit den Schultern. »Bedaure.«

»Trotzdem vielen Dank«, sagte ich. »Und Adios.«

»Adios.«

Ein katzbuckliges Brückchen ermöglichte meinem Punto die bequeme Überquerung der Autobahn, und als er kurz darauf eine zwischen Mandelhainen versteckte *Depuradora*, eine Müllkippe, passiert hatte, gelang es ihm am Stadtrand von Binissalem mühelos, sich von mir in den Verkehrsstrom einbringen zu lassen, der über die Landstraße von Palma zu dem Lederstädtchen Inca floß.

Acht Jahre Vietnam, Drogen, Fallschirmspringen und so weiter... Die Worte des unrasierten U.L.-Piloten schwirrten in meinem Kopf umher...

Und plötzlich hatte ich das Foto von Ex-US-Präsident Bush und Ron, dem *alten Freund* von Hans Osthoff, feinkörnig gerastert vor Augen. Und gleichzeitig war mir mit einem Male klar: jener Sportoverall, in dem sich dieser *Ron* damals dem Fotografen präsentiert hatte, war die Dienstkleidung eines Fallschirmspringers!

In diesem Moment *wußte* ich, daß da gewisse Zusammenhänge existierten und daß sich der Schlüssel zu Hans Osthoffs Selbstmord, den ich in letzter Sekunde verhindert hatte, und auch der zu seiner unerklärlichen Angst *um mich* nun in greifbarer Nähe befanden.

Ich trat das Gaspedal durch, überholte etliche Lastwagen und Rudel von Rennradfahrern und erreichte schließlich den ersten Kreisverkehr an der Peripherie des Lederstädtchens Inca. Ich fuhr weiter Richtung Alcúdia, um einen zweiten Kreisverkehr herum, und auch um den dritten, an dem sich die am häufigsten von Touristenbussen angefahrene Ledermanufaktur befand, und bog schließlich in den vierten ein, von dem die Schnellstraße in den Nordosten der Insel abging.

Nach etwa zehn Minuten Bleifuß im fünften Gang kam die Abfahrt zu dem Städtchen Sa Pobla, deren Bewohner vom Kartoffelanbau lebten und die jedes Jahr zu Ehren des heiligen Antonius in der Nacht des 16. Januars Hunderte von Holzfeuern abfackelten, um die sie sich mit Verwandten und Freunden herumsetzten und in fröhlicher Runde Unmengen von Speisen und Getränken vernichteten. Wie bei allen spanischen Festen.

Drei Kilometer weiter gabelte sich die Straße. Geradeaus führte sie nach Alcúdia und halblinks meinem Ziel Pollenca entgegen.

Die Serra de Tramuntana präsentierte sich hier, an ihrem östlichen Rand, nicht mehr als geschlossene Bergkette, sondern als zerrissene Anhäufung von nackten, bizarr in den blauen Himmel ragenden Felsklötzen.

Ich ließ den Golfclub von Pollenca rechts liegen und fuhr bei der ersten Möglichkeit in die einst von den Römern gegründete Stadt hinein, die wegen der hier beheimateten Galerien und Ateliers den Ruf genoß, Mallorcas heimliche Hauptstadt der Künste zu sein. Das jährlich stattfindende Musikfestival bestärkte dieses Image mit willkommenem Nachdruck.

Die *Calle del Roser Vell* mußte eine der größeren Straßen des Ortes sein, schließlich wohnte Mister Fox laut Notizbuch des gut informierten U.-L.-Piloten in einem Haus mit der Nummer 136. Und viele Straßen mit so hohen Hausnummern gab es in der City von Pollenca mit Sicherheit nicht.

Ich fuhr zum Plaça Major, auf dem unter drastisch beschnittenen Platanen eine stattliche Anzahl von Menschen bei Kaffee, Bier oder Longdrinks in der Sonne relaxte, und schon hatte ich meine Straße gefunden. Die Calle del Roser Vell mündete am westlichen Rand auf den verwinkelten Platz und führte von dort schnurgerade zum Stadtrand.

Vor Haus Nummer 136 stieg ich aus meinem Punto. Es war ein rauhverputztes, braunes Stadthaus in einer geschlossenen, zweigeschossigen Häuserzeile. Tür und Fenster waren in Naturholz belassen, und über dem geraden Rand des Dachs erhob sich ein Terrassengeländer.

»So, mein lieber Edward Fox, jetzt sei mal brav zu Hause«, flüsterte ich, als ich die Faust hob, um gegen die massive Eingangstür zu bummern.

Es dauerte nicht lange, da wurde geöffnet, und eine spanische Frau, mit einem Wischlappen in der Hand, schaute mich lächelnd an. »Si?«

»Ist Mister Fox zu Hause?« fragte ich.

Die Frau sagte: »Espera!« Und sie verschwand im Inneren des Hauses.

Es dauerte etwa drei Minuten, bis Mister Edward Fox vor mir stand. Er war schätzungsweise an die siebzig Jahre alt und recht schmächtig. Er hatte eine schlohweiße Julius-Cäsar-Frisur mit einer kreisrunden Tonsur in der Mitte und trug ein dunkelgrünes Polohemd, eine hellbraune Breitcordhose und aus braunen Lederstreifen geflochtene Sandalen. Sein Gesichtsausdruck war freundlich und weltoffen.

»Mister Fox?«

»Ja, bitte?«

»Mein Name ist Manuel Blum, ich würde mich gerne fünf Minuten mit ihnen unterhalten.«

Er grinste mich schelmisch an. »Über das Wetter, die Aktienkurse oder die Söhne von Diana und Charles?«

»Über Flugzeuge.«

Seine Augen leuchteten auf. »Über Flugzeuge rede ich auch fünf Stunden mit Ihnen! Kommen Sie rein!«

So ein Intro hatte ich mein Leben lang noch nie erlebt. Das konnte ja heiter werden.

Edward Fox huschte lautlos vor mir durch eine geschmackvoll eingerichtete Lobby und öffnete die Tür zu einem sich anschließenden Raum. Mit stolzem Blick ließ er mich eintreten.

Der Raum war ein kleines Museum. Vollgestopft mit Flugzeugmodellen, gerahmten Konstruktionsplänen, Wetterkarten, Pilotenbrillen, Helmen, Jacken, Overalls, Cockpit-Armaturen, Steuerknüppeln, Wrackteilen, Fotos und Regalen mit Büchern und archivierten Fachzeitschriften, und in einer Ecke stand sogar die ausgebaute Tür eines Sportflugzeugs.

»Das ist ja unglaublich!« sagte ich staunend.

»Die Fliegerei ist mein Leben«, erwiderte Mister Fox. »Schauen Sie, in einer Maschine wie dieser habe ich vor fast fünfzig Jahren meinen ersten Alleinflug absolviert.« Vorsichtig hob er ein bestimmtes Flugzeugmodell aus einer Vitrine und zeigte es mir. Es war ein einsitziger offener Doppeldecker.

»Was ist das für eine Maschine?«

»Eine *Gloster Gladiator*, ein Jagdflugzeug der Royal Air Force«, klärte er mich auf.

»Vor fast fünfzig Jahren sind Sie schon mit so einem Gerät durch die Luft geflogen?« schmeichelte ich ihm.

Edward Fox nickte bescheiden. »Es folgten die Ausbildung zum Jet-Piloten und anschließend zwanzig Jahre bei der British Airways, transatlantische Routen.«

»Dann haben Sie schon viel blaues Wasser gesehen in Ihrem Leben.«

»Zum Glück nur von oben.«

Fox lächelte und sagte dann: »In letzter Zeit fliege ich mit meiner *Beech* nur noch zum Spaß. Mal für ein Wochenende zu meiner Schwester nach Scarborough, mal nach Burgund, um Rotwein zu kaufen, mal zu Freunden nach Malta.«

»Was ist denn eine *Beech*?« wollte ich wissen.

»Eine Beechcraft Bonanza«, antwortete Edward Fox, »ein ganz ordentliches Maschinchen. Ich habe den Vogel recht günstig und erstklassig gepflegt bekommen, und sogar mit GPS und moving map ausgerüstet.«

»Aha«, sagte ich und unterließ es, mir besagtes *GPS* und die *moving map* genauer erklären zu lassen. Stattdessen sattelte ich auf ein anderes Thema um: »Sie leben das ganze Jahr in Pollenca?«

Mister Fox zuckte mit den Schultern. »Ich habe auf der ganzen Welt keinen Platz gefunden, an dem ich lieber leben wollte.«

»Ihre Maschine steht in Binissalem, nicht wahr?«

»Nein, mein jetziges Täubchen steht auf Son Bonet, dem Sportflughafen bei Pont d'Inca«, sagte er und ergänzte geheimnisvoll lächelnd: »In Binissalem habe ich nicht die besten Erfahrungen gemacht.«

»Sam Beresford hat Ihnen dort Ihre Cesna gestohlen.«

»Sie haben davon gehört?«

»Ja.«

»Eine dumme Geschichte. Ein halbes Jahr mußte ich warten, bis die Versicherung endlich gezahlt hat.«

»Und das Flugzeug ist nie wieder aufgetaucht?« hakte ich nach. »Mit einem gestohlenen Flieger durch die Weltgeschichte zu jetten, dürfte doch nicht ganz unproblematisch sein?«

»Vor allem nicht bei ständigem Durchzug«, sagte Mister Fox und deutete lächelnd zu der ausgebauten Flugzeugtür in der Ecke seines Kultzimmers.

»Das ist die Tür der geklauten Cesna?« Jetzt verstand ich gar nichts mehr.

»Sie sind zum Fallschirmspringen hochgegangen, die Teufelskerle.«

»An dem Tag, an dem die Maschine verschwunden ist?«

Edward Fox nickte. »Sie haben die Tür ausgebaut, um rauszukommen.«

»Ist Fallschirmspringen hier denn überhaupt erlaubt?«

»Was heißt schon *erlaubt*?« Mister Fox zog mit unschuldiger Miene die Schultern hoch. »Strenggenommen dürften wir mit unseren Sportmaschinen überhaupt nicht von Binissalem aus hochgehen.«

»Interessant«, kommentierte ich. »Ist Sam Beresford denn ein guter Pilot?«

»Ein sehr guter«, bestätigte Fox. »Acht Jahre lang ist er über den Dschungel von Nordvietnam gejagt.«

Ich bekam feuchte Handflächen. Die Sache knisterte gewaltig.

»Sie sagten, *sie* seien zum Fallschirmspringen hochgegangen«, grub ich mich vorsichtig vor, »demnach hat Sam Ihre Cesna nicht allein entführt.«

Mister Fox schüttelte den Kopf. »Nein, sie waren zu dritt.«

»Wer waren die beiden anderen?«

»Deutsche.«

»Hieß einer von ihnen zufällig Hans Osthoff?«

»Hans?« Er überlegte einen Moment. »Könnte sein.«

Er wandte sich zu einem seiner Zeitschriftenregale und sagte: »Es waren die beiden Deutschen vom *Sky Magic Team*.«

»Wer ist das *Sky Magic Team*?«

Fox suchte konzentriert nach einer bestimmten Ausgabe des AIRWORLD-Magazins, und endlich hatte er sie gefunden.

»Einen Moment noch«, bat er höflich, während er die Zeitschrift durchblätterte. Bei einem Artikel hielt er inne und verkündete: »Weltmeister des Jahres 1974.«

Völlig verdattert schaute ich ihn an.

»Weltmeister? In was?«

Er reichte mir das aufgeschlagene Heft, und ich konnte nicht glauben, was mir sogleich in die Augen sprang: ein Hochglanzfoto mit fünf glücklichen Männern in orangeroten Sportoveralls. Der Mann in der Mitte hielt einen riesigen Pokal in die Höhe. Es war Hans Osthoff.

Die Bildunterschrift lautete: *Das SKY MAGIC TEAM hat es geschafft ! Zum ersten Mal in der Geschichte des Fallschirmspringens wurde ein privates Springerteam Weltmeister im Formationsflug. Die stolzen Helden v.l.: Francis Grey, Samuel Newmark, Hans Osthoff, Kurt Schmalenbach, Ronald Stevenson.*

Nicht zu fassen! Hatte ich tatsächlich einem Exweltmeister im Fallschirmspringen das Leben gerettet? Und Kurt, der seit einigen Wochen verschollene Wild-Freak, war auch einer von ihnen gewesen? Ronald *»Ron«* Stevenson hatte ich schon auf dem Foto in Hans' Kajüte gesehen, Hand in Hand mit George Bush. Samuel Newmark ... Ich stockte, hielt den Finger auf den zweiten Mann von links und fragte Mister Fox: »Ist dieser Mann Sam Beresford?«

Der alte Luftfuchs warf einen kurzen Blick auf das Foto und sagte: »Selbstverständlich ist er das.«

»Aha.« An meinen damit einsetzenden Überlegungen mußte ich Mister Fox nicht unbedingt teilhaben lassen.

Dieser Samuel Newmark alias Sam Beresford hatte in der Villa Florida Hans' Tochter Cosima alias Susan geschwängert, beim netten Kellner Urs einen Tauchlehrgang gebucht und später Edward Fox' Flieger geklaut.

Francis Grey war der einzige mir gänzlich unbekannte Mann im *Sky Magic Team*.

»Was verblüfft Sie so sehr, mein Sohn?« fragte Mister Fox lächelnd, der offenbar spürte, daß durch meinen Schädel eine Achterbahn rauschte.

»Das alles zu erklären«, erwiderte ich höflich, »würde einen halben Tag dauern.«

»Wie Sie meinen.«

»Haben Sie die drei Männer angezeigt?«

»Sam hatte die Maschine gemietet, ihn mußte ich anzeigen, damit die Versicherung zahlte.« Offensichtlich schämte er sich dafür. Die Flieger sind eben ein Völkchen für sich. Da regelt man die Dinge lieber nach den eigenen Gesetzen.

»Sagen Sie, Mister Fox«, quetschte ich ihn weiter aus, »kommt man denn in einem Flieger mit nur einer Tür so ohne weiteres bis Südfrankreich oder Nordafrika?«

»Im Sommer bei tausend Fuß Flughöhe völlig problemlos« sagte Fox. »Da mußte Samuel über der grünen Hölle von Vietnam mit Sicherheit viel gefährlichere Manöver fliegen. Sonst wäre er nicht mit fast zwanzig Auszeichnungen für Mut und Tapferkeit in die Staaten zurückgekehrt.«

Es war eindeutig zu spüren: Edward Fox bewunderte diesen Sam sehr, und so richtig hatte er ihm den Cesna-Klau wohl nicht übelgenommen.

Ich schaute wieder auf das Foto, ich konnte meinen Blick einfach nicht davon losreißen.

Sam war also ein alter Kumpel von Hans, und er war abgedüst, kurz bevor er ihn zum Opa gemacht hatte. Waren es diese Umstände gewesen, die Hans' Herz zerrissen hatten? Oder war Hans deshalb so sauer auf Cosima, daß sie sich seitdem vor ihrem Vater verstecken mußte? Aber warum hatte sie sich schon vorher *Susan* genannt und nicht mehr Cosima? Und Sam nicht mehr *Newmark*?

Waren Hans, Kurt und Sam wirklich gemeinsam in Binissalem gestartet? Hatten die beiden Deutschen Fox' Cesna via Fallschirm noch über der Insel wieder verlassen?

Eins stand in jedem Fall fest: Ich hatte mehr als genug Stoff für das nächste Telefongespräch mit meinem Auftraggeber. Und das würde, wenn Hans meinen Terminvorschlag annähme, den ich ihm heute vormittag auf die Mailbox gesprochen hatte, in zehn Minuten stattfinden.

»Wie wäre es mit einem Whisky?« unterbrach Edward Fox, dem meine Verwirrtheit sicherlich nicht verborgen geblieben war, höflich meine Gedanken.

Dankbar nickte ich. »Sehr gern.«

Er zog eine flache silberne Flasche aus der Tasche eines an der Wand aufgehängten Overalls, schraubte sie auf und füllte den dunkelbraunen Schnaps in zwei Gläschen aus BA-Beständen.

»Prost«, sagte er.

Wir tranken.

Es war ein unglaublicher Whisky. So etwas hatte ich noch nie getrunken. Mit dem ersten Schlückchen wurde mir schlagartig klar, warum eine ganz bestimmte Klientel Jahr für Jahr Irland besuchte, um auf der grünen Insel nach ausgefallenen Whiskysorten zu stöbern.

»Sehr gut«, sagte ich.

»Danke«, erwiderte der edle Spender.

»Kennen Sie Susan Beresford?«

Fox nickte. »Eine bezaubernde junge Frau. Soviel ich weiß, bewohnt sie eine Finca am Meer, in der Gegend von Felanitx.«

Ich kippte den Rest des Whiskys in mich hinein, um schleunigst meine Pulsfrequenz zu drosseln. Die Wirkung war leider das genaue Gegenteil. Fast platzte meine Haut vor Anspannung. Mit zitternden Händen stellte ich das Schnapsgläschen ab. »Haben Sie ihre Telefonnummer?«

»Nein«, bedauerte Fox, »und ihre genaue Adresse auch nicht.«

»Schade.«

»Nur eine Postfachnummer«, schob er nach. »Wegen der Sache mit Samuel und den folgenden polizeilichen Ermittlung haben wir noch ein paar Monate miteinander korrespondiert.«

»Verstehe.«

Fox schaute mich lausbübisch durchtrieben an. »Sie haben eine Nachricht für Susan. Von Sam. Habe ich recht?«

»Nein.«

»Vor mir brauchen Sie nichts zu verschweigen. Ich habe meine Maschine von der Versicherung ersetzt bekommen. Außerdem war die Cesna eine Kaffeemühle im Vergleich zu meiner Beech. Und die hätte ich bestimmt nicht gekauft, wenn Sam mir bei der Entscheidung nicht entscheidend behilflich gewesen wäre.«

»Susans Vater hat mich beauftragt, sie zu suchen. Es geht um eine Erbschaft«, sagte ich.

Und darauf wußte der weise Edward Fox folgende

Replik zu formulieren: »Sterben ist immer ein Ende – und Erben oftmals ein Beginn.«

»Da mag etwas dran sein.«

»Die Nummer ist 178. Susan Beresford, Apartado de Correos 178, Felanitx.«

XIV.

»Hans, bist du's?«

»Wer denn sonst?« drang seine Stimme krächzend aus dem Telefonhörer.

»Ich habe Cosima gefunden, so gut wie, und ich weiß eine Menge über das *Sky Magic Team* ...«

»Halt die Klappe!« unterbrach Hans schroff und abrupt meine euphorisch vorgetragenen Erfolgserlebnisse. »Du setzt dich in deine Kiste und kommst zum *Almarre* im *Club Nautico*, sofort!«

»Okay«, sagte ich, »du bist schließlich der Chef.« Ich schaute auf meine Uhr. »Zur Zeit bin ich so ziemlich am anderen Ende der Insel. Wenn Stau bei Inca oder auf der Via Cintura ist, kann's sieben Uhr werden.«

»Komm so schnell du kannst.« Das waren seine letzten Worte, bevor er die Verbindung kappte. Ich schaute kopfschüttelnd auf den tutenden Hörer in meiner Hand. Dieser Hans. Hätte er mir nicht gratulieren können? Oder sich nach Cosimas Befinden erkundigen müssen? Und wo war seine Angst um mich geblieben? Bellt mich einfach an, ich solle kommen und knipst mich aus.

Da gab es noch ein paar Sachen, die ich über ihn in Erfahrung bringen mußte. Sonst würde ich sein seltsames Verhalten wohl niemals verstehen.

Ich verließ die Telefonzelle am Plaça Major und startete den Punto. An der nächsten Tankstelle füllte ich den Tank und machte mich auf den Weg nach Santa Ponca.

Fallschirmspringen, Fliegen, Vietnam, Auszeichnungen für Mut und Tapferkeit, Drogen... Hans Osthoff war Mitglied des S.M.T. gewesen, das als erstes privates Team Weltmeister im Formationsspringen geworden war. Und wenn alles stimmte, was er mir erzählt hatte, war er geschäftlich viel in Südamerika unterwegs gewesen, hatte in Amsterdam gelebt, mit einer Kolumbianerin eine Tochter gezeugt. Und er hatte eine längere Zeit im Knast gesessen.

Die Steinchen setzten sich allmählich zu einem Mosaik zusammen.

Ich würde ihn im *Almarre* mächtig unter Druck setzen. Er mußte mir die ganze Story stecken, sonst würde ich ihm nicht verraten, wo seine Tochter ist. Scheiß auf die halbe Million Peseten, die noch ausstanden.

Zu dick durfte ich natürlich nicht auftragen. Schließlich war ich Cosima noch nicht von Angesicht zu Angesicht gegenübergetreten. Es war schließlich auch möglich, daß Edward Fox die Unwahrheit gesagt oder Felanitx mit einem anderen Ort auf der Insel verwechselt hatte. Oder Cosima hatte besagte Finca am Meer und ihr Postdepot wieder aufgegeben und war längst über alle Berge.

Ich bog auf die Hauptstraße Alcúdia – Palma ein und rauschte gen Inca.

Wie mochte es der schicksalsgebeutelten Lissa wohl zur Zeit ergehen? Wahrscheinlich würde dieser *Siegfried* gnadenlos an ihr herumbaggern und versuchen, sie besoffen zu machen, um ihre Widerstandskräfte aufzuweichen. Armes Dänemark. Den starken Pranken eines Seewolfs hatte ich sie entrissen, um sie einem Medienhengst zwischen die schwammigen Schenkel zu treiben. Wie der Typ aussah, hatte er mit Sicherheit Schweißfüße und Brechreiz verursachenden Mundgeruch. Und er schnarchte, sowieso. Wie ein kanadisches Sägewerk.

Nachher hieß es wieder in ganz Skandinavien: alle deutschen Männer stinken, saufen und machen Krach in der Nacht.

Ganz schön gemein von mir, was ich Lissa und meiner Nation da eingebrockt hatte. Und ganz schön bescheuert. Wenn einer ein Recht auf die attraktive Skandinavierin gehabt hätte, dann doch wohl ich. Und zwar *nur* ich.

Aber ich hatte ja Vero. Heute nacht würde ich sie am *Paladium* abholen, wir würden noch irgendwo ein paar Drinks zu uns nehmen und den Rest der Nacht auf angenehmste Art und Weise in ihrem Apartment verbringen.

Das war die Lösung! Warum hatte ich daran nicht von vornherein gedacht? Mein Gemeinschaftsklo im Hostal Apuntadores war schließlich für eine Woche bezahlt. Da könnte Lissa wohnen, bis sie übermorgen mit der Fähre nach Menorca übersetzen würde.

Ich trat das Gaspedal bis zum Anschlag durch und überholte alles, was es zu überholen gab.

Hoffentlich war es noch nicht geschehen um die gute Lissa.

Am zweiten Kreisel in Inca bog ich bei der Lederfabrik links ab und bretterte die frisch geteerte und verbreiterte Landstraße nach Sineu und Palma entlang. Über sanfte Hügel hinweg verlief sie schnurgerade zwischen grünen Wiesen und aufkeimenden Feldern hindurch.

Die Sonne stand schon recht tief und übergoß die

Landschaft mit kräftigen Farbtönen, marmoriert von langen Schatten. Links verteilte sich eine große Schafherde auf einer weitflächigen, von Olivenbäumen licht bestandenen Weide. Ein wunderbares Bild. Wenn schon Schaf, dann hier, und nirgendwo sonst auf der Welt.

Nach sieben Kilometern lenkte ich den Wagen in die kleine Straße nach Costitx, und bald darauf erblickte ich das rund um den Kirchturm auf einem bewaldeten Hügel errichtete Dorf, das den Mittelpunkt der Insel darstellt. Geographisch betrachtet.

Eine kurze Serpentine führte zur Anhöhe hinauf. Durch eine enge, beidseitig von zweigeschossigen Stadthäuschen flankierte Gasse ging es weiter, am Hauptplatz vorbei und kurz hinter dem Schwimmbad und dem Wegweiser zur Sternwarte wieder zum Dorf hinaus. Ein paar Kurven, ein sanfter Hügel, noch eine Kurve, noch ein Hügel und links tauchte die Mauer auf, die *Sa Vinya* umgab. Das eiserne Zufahrtstor stand offen und in der Einfahrt der silberfarbene Benz-Combi. Ich parkte auf dem Grundstück, stieg aus und ging um das Haus herum. Der kleine Patio vor der Treppe, die zum Turm hinaufführte, war verwaist, ebenso die Terrasse am Pool; und auch das Atrium mit dem Seerosenteich in seiner Mitte. Wahrscheinlich lagen sie schon in den Betten. Siegfried und meine Lissa. Und Rainer mittenmang. Was hatte ich der netten Studentin bloß angetan!

Bevor ich an meinen Skrupeln zugrunde ging, schoß ein kleiner, kurzhaariger Hund um die hintere Hausecke und sprang mich laut kläffend an. Ich schlug den Weg ein, den der vierbeinige Empfangschef gekommen war, und da sah ich sie. Alle drei: Rainer, Siegfried und Lissa. Vollständig bekleidet und brav saßen sie an dem großen, ovalen Steintisch aus aufgeschnittenen Torrentkieseln, tranken plaudernd Kaffee und knabberten Gebäck. Nix Alkoholexzeß, nix Sexorgie.

Trotzdem verfinsterte sich Siegfrieds Miene in gleichem Maße, wie sich die von Lissa erhellte, als ich grinsend auf das Trio zuspaziert kam.

»Manuel!« rief Lissa erfreut.

»Schon wieder da?« Rainer war gelassen wie immer.

»Nur ganz kurz«, antwortete ich und schaute Lissa an. Sie deutete die Sorge, die mein Blick in dem Moment wohl ausdrückte, in eine andere Richtung.

»Ist etwas passiert?« fragte sie mit ehrlicher Anteilnahme. Schließlich hatte sie mitbekommen, daß ich in irgendeine mysteriöse Geschichte verwickelt war. Oder war gar Capt'n Hakennase im Anmarsch?

»Ja«, sagte ich und nickte mit unheilschwangerer Miene. »Komm mit, ich erkläre es dir im Wagen.«

Der Medienhengst fingerte mit zuckenden Nüstern an seiner Joop-Brille herum, als er mitansehen mußte, wie Lissa sogleich aufstand und sich bei mir unterhakte.

»Danke für dein Angebot, Rainer«, sagte ich.

»Ja, vielen Dank«, ergänzte Lissa, die nicht so recht wußte, wie es nun weitergehen würde, mir aber scheinbar blind vertraute.

»Gepäck hatteste ja keins«, sagte Rainer grinsend und kniepte mir mit dem linken Auge schelmisch zu.

Lissa schüttelte den Kopf, und ich zog sie langsam vom Tisch weg.

»Auf Wiedersehen, Lissa«, meldete sich Siegfried

schließlich mannhaft zu Wort. »War schön, dich kennengelernt zu haben.«

»Danke«, erwiderte Lissa artig. »Auf Wiedersehen.«

Als wir uns ein paar Schritte von den beiden Männern entfernt hatten, hörte ich Siegfried ein leises »Scheiße!« raunen. Worauf Rainer, besorgt um die Laune des kaufwilligen Sammlers, ihn mit dem Satz: »Vielleicht klappt's ja beim nächsten Mal!« aufzumuntern versuchte.

Kaum befand sich der Punto auf der Straße nach Sencelles, da platzte Lissa, die ihren besorgten Blick nicht von mir abgelassen hatte, voller Ungeduld heraus: »Sag schon, Manuel! Was ist passiert?«

Ich wandte ihr mein Gesicht zu und lächelte so breit ich konnte.

»Nichts ist passiert.«

»Du meinst ...?«

»Ich wollte dich einfach nur wiedersehen.«

Erleichtert legte sie für einen Moment ihre linke Hand um meinen Nacken und drückte ein flüchtiges Küßchen an meine Schläfe. Sie roch verdammt gut. Obwohl ihre Haut bestimmt seit Tagen nicht mehr mit Parfüms oder Deodorants in Berührung gekommen war. Oder vielleicht gerade deshalb.

»Du bist ein Schelm.«

»Nettes Wort: ein *Schelm*.«

»Sagt man so was nicht mehr in Deutschland?«

»Doch, im Stadttheater.«

Sie lachte, und ich fragte sie: »War das okay jetzt?«

»Was meinst du?«

»Daß ich dich da rausgeholt habe.«

»Ja«, antwortete sie nach kurzem Zögern. »Ein Robinson ist Siegfried nicht, aber ich habe jede Sekunde gespürt, worauf er hinauswollte.«

»Ich auch«, bestätigte ich, »und deshalb fährst du jetzt mit nach Palma. Du schläfst in meinem Hostalzimmer und ich bei einer Bekannten in Santa Ponca.«

»Gerne. Wenn es dir nichts ausmacht?«

»Es ist mir ein Vergnügen«, antwortete ich.

Obwohl ich mich auf die kurvenreiche Straße vor uns konzentrierte, spürte ich diesen Blick von rechts. Diesen Blick, der darüber spekulierte, was sich wohl mit uns beiden in der horizontalen Lebenslage abspielen könnte.

Wir passierten den Friedhof von Santa Maria mit seiner wunderschönen Kapelle und bogen direkt dahinter auf die Autobahn nach Palma ab. Der Umweg über Costitx hatte nicht allzuviel Zeit gekostet. Es war jetzt zwanzig vor sechs. Ich würde genug Zeit haben, Lissa im Hostal Apuntadores abzusetzen, um mich anschließend gegen sieben mit Hans Osthoff im *Club Nautico* von Santa Ponca zu treffen.

Kurz nach dem Pont d'Inca mündete die Autobahn in die Via Cintura, die wir nach ein paar hundert Metern wieder verließen und uns auf der Aragó dem Stadtkern von Palma näherten. Am Plaça de la Reina, direkt neben der Haltestelle der Pferdekutschen, fand ich einen Parkplatz, und wir stiegen aus.

»Warst du schon mal in Palma?« fragte ich Lissa, die fasziniert zur Kathedrale hinüberschaute.

»Nein.«

»Dann hast du jetzt zwei Tage Zeit, dir die Stadt in Ruhe anzuschauen«, sagte ich. »Es lohnt sich.«

»Das glaube ich.«

Eine Minute später durchquerten wir die Bar des Hostal Apuntadores, und in dem sich anschließenden kleinen Treppenhaus orderte ich per Knopfdruck den Lift. Die klapprige Kabine brachte uns zum sechsten Stock hoch, und ich öffnete die Tür zu Zimmer 63. Ein wenig peinlich berührt ließ ich Lissa eintreten. Aber sie schien sich weder an der ärmlichen Kargheit noch an dem stilbrechenden Design dieser Behausung zu stören. Im Gegenteil.

»Nett«, sagte sie, »und so zentral gelegen.«

»Das ist es wirklich«, bestätigte ich erleichtert und machte mich daran, das rechte der beiden Betten von meinen verstreuten Klamotten zu befreien. Als dies geschehen war, schaute ich auf die Uhr. Es war zehn nach sechs. Ich hatte den ganzen Tag im Auto gesessen und einige schweißtreibende Neuigkeiten in Erfahrung gebracht. Eigentlich war es eine Unverschämtheit, einer gepflegten jungen Dame wie Vero in diesem Zustand gegenüberzutreten, geschweige sich gegebenenfalls auf sie zu legen.

»Entschuldige«, sagte ich, »ich dusche noch schnell.«

»Wieso entschuldigst du dich dafür?« fragte Lissa, die sich auf das Bett gelegt und die Arme unter ihrem Hinterkopf verschränkt hatte.

Ich kramte eine frische Unterhose aus meiner Tasche, hängte sie neben ein Handtuch über die Plastikwand der Duschkabine und entkleidete mich, mit dem Rücken zu Lissa. Und als ich nur noch in meinen Shorts dastand, stieg ich, um das Schamgefühl meiner Untermieterin nicht machomäßig zu verletzen, in die Duschtasse, zog den Vorhang sorgsam hinter mir zu und entledigte mich erst dort des letzten Kleidungsstücks.

Die Dusche hatte sich natürlich nicht verbessert in den letzten Stunden, aber ich wußte, was auf mich zukam, und so genoß ich halbwegs die verwirbelten, spitzen Wasserstrahlen auf meiner Haut. Als ich mich von Kopf bis Fuß eingeschäumt hatte, wurde plötzlich der Vorhang zur Seite geschoben und Lissa trat lächelnd zu mir in die Kabine. Mir verschlug es die Sprache. Nicht nur wegen dieser Aktion als solcher, sondern vor allem wegen ihrer zierlichen und dennoch an den rechten Stellen harmonisch proportionierten Figur.

»Ich helfe dir«, sagte sie, nahm beide Hände voll Schaum und begann diesen mit geschmeidigen Bewegungen auf meinem Rücken zu verteilen.

»Sag mal«, stammelte ich, nachdem ich wieder bruchstückhaften Kontakt mit meinem Sprachzentrum aufgenommen hatte, »ist so was normal bei euch in Dänemark?«

»Was?«

»Auf der *Santa Maria* hat sich auch eine Landsfrau von dir ausgezogen, als mir Luis gerade die Kombüse zeigte.«

»So etwas entscheiden wir von Fall zu Fall, ganz individuell«, erwiderte Lissa lächelnd, drehte mich an den Schultern zu sich herum und schob ihren bezaubernden Körper ganz dicht an den meinen heran.

»Lissa, Lissa ...«, mehr brachten meine Lippen nicht mehr hervor.

Die geschickten Hände der süßen Dänin machten

sich nun daran, den Schaum auf meiner Brust zu verteilen und ihre Augen strahlten mich dabei offen an.

Welcher normale Mann auf der großen weiten Welt hätte dieser Versuchung widerstehen können? Welcher außer Manuel Blum? Der ich doch gerade dabei war, mich in Vero zu verlieben und in einer Dreiviertelstunde einen wichtigen Termin in Santa Ponca hatte!

Lissas Hände schäumten über meine Taille, machten einen kurzen Abstecher über meine Pobacken, um sich dann bei meinem Bauchnabel zu treffen.

»Gefällt es dir?«

Die Dame konnte Fragen stellen ...

Mein Gott. Zwei Nächte hatte ich mit Vero verbracht, aber schließlich war ich ja nicht mit ihr verheiratet. War ich ihr denn untreu, indem ich dies hier zuließ? Vielleicht hatte Vero ja selbst irgendwo einen anderen Lover, nein, das war eher...

»Lissa ...«, flüsterte ich.

Und dann hielt sie ihn fest in der Hand und lächelte.

»Ich fühle das gern, wenn er so schön steif ist«, sagte sie, »manchmal hätte ich auch gern so ein Ding.«

Ein altes mallorquinisches Sprichwort schob sich mir ins narkotisierte Hirn: *Wenn der Pimmel erwacht, legt der Verstand sich schlafen*. Oder war es eine russische Volksweisheit? Oder etwa ein Aphorismus des guten alten Konfuzius? Oder nicht doch der rituelle Zauberspruch eines arktischen Schamanen bei der Sonnenwendfeier?

»Ist es schön so?« Lissas Stimme kam von weit her. Ich schloß die Augen. Alles drehte sich um mich. Farbblitze schossen auf mich nieder.

XV.

Um zehn nach sieben rauschte mein Punto durch Santa Ponca, erklomm den Felsen auf der linken Seite der Bucht und rollte das Sträßchen zum *Club Nautico* hinunter. Eine Viertelstunde Verspätung mußte in Spanien immer einkalkuliert und akzeptiert werden, auch von einem Ex-Weltmeister im freien Fall.

Ich parkte vor dem *Almarre* und eilte in das Lokal. Fast alle Tische waren besetzt. Aber an keinem saß mein Geldgeber. Der Kellner jedoch, der uns vor zwei Tagen so freundlich und vertraut bedient hatte, winkte mich zur Theke, öffnete eine Schublade und entnahm ihr einen Din-A5-Briefumschlag. Er schaute kurz darauf und fragte: »Manuel?«

»Si«, antwortete ich, »un amigo de Juan Osthoff.«

»Vale!« Der Kellner überreichte mir das braune Kuvert und widmete sich fortan seinen wartenden Gästen.

Meine Hände zitterten plötzlich, und Schweiß schoß aus meinen Poren. Was war das denn jetzt? Was hätte mir Hans schon groß in diesem Umschlag übergeben lassen können, daß sich mein Nervenkostüm derart echauffierte? Lächerlich.

Trotzdem zitterten meine Hände, als hielten sie Schwingschleifer umkrallt, und der erste Schweißtropfen löste sich von meiner Kinnspitze und zerplatzte auf Hans' Brief.

Ganz klar: Ich hätte Lissa nicht an mich ranlassen

sollen. Erstens wegen Vero, zweitens, weil ich anschließend auf der Autobahn logischerweise Bleifuß hatte geben müssen und drittens, weil das momentan von mir geführte Leben meinem Körper ohnehin schon verdammt viel Kraft abverlangte – auch ohne die im Plansoll nicht vorgesehene Überproduktion von endogenem Eiweiß.

Aber das sagt sich so leicht. Hinterher.

Trotzdem zwingen derartige Kapriolen zuweilen den besten Kreislauf zur Aufgabe. Und so ganz ohne Schnaps erst recht.

»Señor!« rief ich dem Barkeeper zu, der mich bisher unbehelligt gelassen hatte. »Un Fundador grande, por favor!«

Er kam sofort, stellte einen leeren Cognacschwenker vor mich und ließ Brandy hineinströmen. Bis ich *Stop!* sagte. Und das geschah erst den Bruchteil einer Sekunde, bevor das Glas übergelaufen wäre. Trotzdem lächelte der Barkeeper und wünschte: »Salud!«

Ich trichterte die Hälfte des belebenden Elixiers in meine Speiseröhre und wagte erst dann einen präzisen Blick auf den Briefumschlag in meinen Händen. Mit blauem Kuli waren zwei Worte darauf gekrakelt worden: *Manuel Plum.* Nach kurzem Bedenken entschied ich mich dafür, wohlwollend davon auszugehen, daß Hans meinen Namen schlichtweg falsch verstanden hatte. Obwohl ich ihm mittlerweile auch die kleine Spitze zugetraut hätte, mich in englischer Sprache als *Pflaume* zu bezeichnen. Einfach so. Nur um mich zu ärgern.

Ich nahm mir einen Zahnstocher aus dem Gläschen, das auf dem Tresen stand, steckte das spitze Stäbchen in die zugeklebte Falz, durchtrennte das Papier und breitete den Inhalt des Kuverts vor mir aus: ein zusammengefaltetes, einem Spiralblock entrissenes Blatt Papier, ein Scheck und ein weißes Kuvert in normalem Briefformat, auf dem in sauberer, gleichmäßiger Handschrift geschrieben stand: *Cosima Osthoff/Susan Beresford-Newmark*. Das Kuvert war auf der Rückseite zugeklebt und versiegelt mit gelbem Kerzenwachs, in das Hans sein Ringsiegel gedrückt hatte.

Der Scheck war über die Summe von 500.000 Peseten ausgestellt, auszuhändigen *al portador*, an den Überbringer, am 1. April. Das war Mittwoch in einer Woche.

Ich faltete das Spiralblockblatt auf und las, was Hans mir darauf mitgeteilt hatte:

Hallo Manuel,
übergib das beiliegende Kuvert bitte
meiner Tochter.
Danke für Deine Bemühungen. Du hast einen
schweren Stein von meiner Seele gemeißelt.
Den Scheck kannst du nächste Woche einlösen.
Wir werden uns nicht mehr wiedersehen.
Gruß Hans.
P.S.: Bist ein feiner Kerl, ehrlich.

Ich packte Briefe und Scheck hastig in die Tasche, legte ein 500-Peseten-Stück auf die Theke und rannte aus dem Lokal, die Treppe zum Hafengelände hinunter, an den Stegen entlang und stoppte keuchend am Liegeplatz der *Lucky Punch*. Er war leer. Nur ein blauer Fender baumelte an der Kaimauer.

Wir werden uns nicht mehr wiedersehen... Das kannst du mit mir nicht machen, Hans! Du bist zwar ein gerissenes Arschloch, aber trotzdem! Irgendwie sind wir doch so was wie Freunde. Schließlich habe ich dir das Leben gerettet! Nee, Hans, so nicht!

Macht sich einfach mit der *Lucky Punch* aus dem Hafen, der feige Hund!

Ich lief zur Telefonzelle und wählte seine Nummer. Freizeichen. Keine Mailbox. Nach zwei Minuten hängte ich ein.

Was nun?

Okay, wenn er es so wollte, bitte schön. Schließlich hatte er mich für meine Dienste fürstlich entlohnt. Morgen würde ich also nach Felanitx fahren und den Postbeamten irgendwie Cosimas Adresse oder Telefonnummer abluchsen. Oder, wenn sie auf stur machten, den Brief von Hans in ihrem Postfach deponieren und mich so lange vor dem Gebäude auf die Lauer legen, bis sie irgendwann ihre Post abholen kam.

Aber jetzt brauchte ich erst mal dringend etwas in den Magen. Sonst lief ich Gefahr, heute nacht auf Veros Matratze schlappzumachen.

Ich kramte den Zettel hervor, auf dem ich ihre Nummer notiert hatte und wählte. Freizeichen, dann der Anrufbeantworter. Nach dem Pieps sagte ich: »High Vero. Manuel hier. Nach der Show hole ich dich ab. Ich freue mich. Ciao.«

Ich hängte ein und schaute in die Bucht hinaus. Eine stolze Segelyacht schob sich ins Bild. Unter Motor tuckerte sie mit gerefftem Tuch in die untergehende Sonne hinein. Sail away. Vielleicht würde ich mir in den nächsten Tagen ein Segelboot chartern, mit Vero eine Nacht lang vor der Küste umherdümpeln, kutterfrische Gambas pulen und Spitzenpilsner von Welt verklappen. Oder ich heuerte bei einer Schmugglercrew an und brachte zentnerweise marokkanisches Haschisch auf die Insel. Die Methode war simpel. Ein Hafenmeister wurde bestochen, und zwei Boote, bei denen man hundertprozentig wußte, daß die Eigner in der nächsten Zeit nicht antanzten, wurden klargemacht, und ab ging's Richtung Nordafrika. Wenn sich während der Rückfahrt wider Erwarten auf dem Radar die Küstenwache ansagte, ließ man das Schiff mit der heißen Ladung führerlos im Wasser zurück und schipperte mit dem zweiten Kahn unbehelligt gen Heimathafen.

Aber für solch abenteuerliche Späße war ich schon zu alt. Und zu vernünftig. Eigentlich.

Ich verließ Santa Ponca in Richtung Palma. Bei Gènova, dem Örtchen, in dem Joan Miró sein letztes Atelier gehabt hatte, verließ ich die Autobahn, durchquerte das Dorf, parkte und betrat das *Meson Ca'n Pedro* direkt unten an der Hauptstraße.

Wie jeden Abend war das rustikale Lokal brechend voll. Einer der emsig umherwieselnden Kellner bemerkte meinen suchenden Blick und zuckte bedauernd mit den Achseln. Aber ich sah, daß gleich rechts an einem der vier kleinen Tische ein Gast mit einem Geldschein winkte. Bis er bezahlt haben würde, stellte ich mich an die lange Theke und nahm mir einen Fundador zur Brust.

Die Atmosphäre erinnerte ein wenig an die typischen Kölner Brauhäuser. Wände und Decken des Lokals waren behangen mit geräucherten Schinken und allerlei folkloristischem Firlefanz. Der Geräuschpegel war hoch, die Gäste, in etwa genauso viele Mallorquiner wie Ausländer, saßen auf bastbespannten Holzstühlen an langen Tischen und benahmen sich völlig ungezwungen. Es wurde viel getrunken und viel gelacht. Die Kellner trugen alle die gleiche Kleidung: schwarze Hosen, olivgrün und weiß gestreifte kurzärmlige Hemden mit dem Logo des Hauses, einem orangefarbenen Häschen, das an einer Möhre knabbert, auf der linken Brustseite. Sie servierten aufmerksam und routiniert die bestellten Getränke und Speisen. Vor allem Weine und große Fleischportionen, die der Grillmeister – in weißer Schürze und mit einer Kochmütze auf dem Kopf – aus der großen Glasvitrine nahm und auf den runden Rost legte, unter dem ein Holzfeuer loderte. Dazu gab es Fritten und Salate und vorweg als Appetitanreger grüne Oliven und Brot. Außer gegrilltem Fleisch jeglicher Spezies waren Schnecken, *Caracoles*, eine der Spezialitäten des Hauses. Und die bestellte ich mir, als der kleine Tisch frei geworden war und ich daran Platz genommen hatte.

Hier im *Meson Ca'n Pedro* bekam man nicht wie in französischen Restaurants sechs oder zwölf der kleinen Wohnmobilisten aufgetischt, sondern gleich einen ganzen Berg, ähnlich einer Portion Muscheln in gutbürgerlichen deutschen Lokalen.

Als ich diesen Berg abgetragen hatte, kam der Kellner schon mit den gegrillten Lammkoteletts. Fünf Stück an der Zahl. Zart, saftig, auf den Punkt genau vom Rost gehoben. Dazu trank ich einen halben Liter Weißwein de la Casa und eine Flasche stilles Tafelwasser. Und später noch einen Cortado und einen Brandy. Als ich diesen, begleitet von einer tief inhalierten Zigarette, genüßlich weggenippt hatte, schaute ich auf die Uhr. Es war zwanzig vor zehn. Die Show im *Paladium* würde etwa bis Mitternacht, die Fahrt dorthin eine knappe halbe Stunde dauern. Mir blieben also noch knapp zwei Stunden zum Vertrödeln. Aber ich hatte keine gesteigerte Lust, nun an irgendeinem Bartresen in Magaluf oder Palma Nova abzuhängen. Ich war ziemlich fertig. Der Tag hatte es in sich gehabt. Am liebsten hätte ich mich aufs Ohr gelegt. Aber das ging ja nun nicht. Erstens hatte ich Vero versprochen, sie abzuholen, und zweitens war mein Pensionszimmer belegt. Und mich zu Lissa ins Zimmer zu legen, erschien ein bißchen riskant. Dann hatte ich mit Sicherheit morgen früh ein Problem. Denn die blonde Dänin war schon eine verflucht süße Braut. Und Vero natürlich auch.

Nee, kommt nicht in Frage. Zumal morgen erst mal der Job zu Ende gebracht werden mußte. Und dafür sollte ich halbwegs ausgeschlafen sein.

Ich ließ die Rechnung kommen, zahlte und verließ das Lokal. Ich hatte mich dafür entschieden, mir die Show im *Paladium* ein zweites Mal anzuschauen. Wenn ich in dem abgedunkelten Auditorium ein Ründchen abknackte, interessierte das sowieso niemanden. Wenn es überhaupt jemand bemerkte – bei dem Feuerwerk, das auf der Bühne abgefackelt wurde.

Zurück auf die Autobahn, durchgebrettert bis zu ihrem Ende, dem Kreisel von Magaluf. Ein paar Kilometer geradeaus und dann weiter durch die Pampa. Mir fielen die Augen fast zu, so kaputt war ich.

Als endlich die Parkplatzeinfahrt des Casinos vor mir auftauchte, war ich heilfroh, nicht in ein Gebüsch am finsteren Straßenrand gerauscht zu sein. Ich fuhr durch den steinernen Torbogen und stoppte am vorderen Rand des Platzes. Kein einziger Bus so weit die müden Augen reichten. Nur etwa zehn PKWs. Und die Neonbeleuchtung über dem Eingang der Showbühne war erloschen. Scheiße! Heute war überhaupt keine Aufführung. Das Ensemble spielte in der Vorsaison nur dreimal pro Woche, und heute war einer der spielfreien Tage. So ein Mist. Daran hatte Vero heute morgen natürlich auch nicht gedacht, als wir uns zwischen unseren Autos verabschiedeten.

Hätte ich ein Handy gehabt, wäre mit Sicherheit eine Nachricht von ihr auf der Mailbox gewesen. Aber ich hatte kein Handy. Aber noch ein paar Münzen in der Tasche.

Ich stieg aus, ließ mir von dem livrierten jungen Mann das Eingangsportal des Casinos öffnen, stellte mich im Foyer an den Telefonautomaten und wählte Veros Nummer. Freizeichen. Dann sprang der Anrufbeantworter an. Ich hängte auf. Die Münze klimperte hinab in die Auffanglade. Ich nahm sie heraus und knetete sie in meiner Faust. Schöne Scheiße. Die Nummer von meinem Hostal hatte ich natürlich auch nicht dabei. Vielleicht war ja dort eine Nachricht von Vero eingegangen.

Das hatte ich irgendwie nicht verdient. Nach so einem Tag. Und der selbstlosen Geste, einem mittellosen dänischen Mädchen meine Bettstatt zu überlassen. Jetzt stand ich verdammt blöd da: hundemüde, kein Bett und keine Genossin, die es mit mir geteilt hätte.

Allein im Paradies.

Wie pathetisch. Wie bescheuert.

Ich steckte die Münze wieder in den Schlitz und wählte Sylvias Nummer. Aber bei meiner Dance-Performerin meldete sich auch nur der digitale Operator der *Telefonica*. Der Hörer glitt mir plötzlich aus der linken Hand. Was war denn das? Meine Hand war mit einem Schlag taub und gefühllos geworden. Als hätte ich stundenlang darauf gelegen. Die Finger konnte ich kaum noch bewegen.

Jetzt ging's aber los! Wenn die Seuche einmal ausgebrochen war, dann kam's knüppeldick.

Vielleicht sollte ich einen starken Kaffee trinken? Oder einen Schnaps? Nee, vermutlich war in diesem Fall ein Spaziergang durch die Nacht eher angesagt.

Konzentriert plazierte ich Schritt vor Schritt und bemühte mich, ruhig und regelmäßig zu atmen. Was mir schwer genug fiel.

Artig verabschiedete ich mich von dem Portier und trat auf den Parkplatz hinaus. Der Himmel war sternenklar, und die Luft roch nach frischen Piniensamen. Ich legte die Hände über meinem Steiß ineinander, schlenderte langsam an dem Gebäude vorbei, verließ den Parkplatz und tauchte ein in das angrenzende Wäldchen.

Langsam kam wieder Leben in meine linke Hand. Vielleicht sollte ich so was öfter machen. Nächtliche Spaziergänge. Honig für die Nerven. Und fürs Gemüt.

Was war alles passiert in den letzten Tagen! Wann hatte ich Hans Osthoff eigentlich kennengelernt? Vor einer Woche? Vor zwei Tagen erst?

Angefangen hatte alles auf dem Schiff, die Nacht darauf hatte ich in Palma gepennt, die nächste bei Vero in Santa Ponca, und die letzte hatten wir zusammen in meinem Hostal verbracht. Seit knapp hundert Stunden kannte ich Hans also. Und ich hatte von ihm eine halbe Million Peseten in bar bekommen und weitere 500.000 schlummerten in Form eines Schecks in der Brusttasche meines Hemds. Das hieß, jede Stunde, seit ich den Ex-Weltmeister von der Reling gezerrt hatte, waren 10.000 Peseten in mein Säckel geflossen. Oder anders: pro Tag hatte ich gut drei Mille Deutschmark gemacht. Nicht schlecht. Dafür sollte man getrost das eine oder andere Zipperlein in Kauf nehmen.

Die Zusammenhänge waren mir jetzt soweit klar. Hans hatte mich beauftragt, seine Tochter zu suchen, weil es irgendeinen Streit oder ein gravierendes Mißverständnis zwischen den beiden gegeben hatte. Seitdem war Cosima untergetaucht und wollte nichts mehr von ihrem Vater wissen. Hans jedoch fühlte sich ungerecht beurteilt, er formulierte seine Sicht der Dinge in einem Brief, den ich seiner Tochter aushändigen sollte. Wahrscheinlich hing die Sache in irgendeiner Form damit zusammen, daß sein alter Kumpel Sam Newmark alias Beresford ihn erst zum Großvater und sich dann durch die Lüfte von dannen gemacht hatte.

Ich atmete tief durch und spürte, wie eine wohltuende Wärme in mir aufstieg. Und ich spürte, daß ich dringend ein paar Tage ausspannen mußte. Wenn ich Cosima morgen den Brief ausgehändigt hatte, würde ich mich erst mal in einem ausgiebig besternten Hotel auf die faule Haut legen; zumal die Preise um diese Jahreszeit um die Hälfte unter denen lagen, die man während der

Saison berappen mußte. Ich würde Vero für ein paar Nächte in die *Villa Italia* einladen. Von Port d'Andratx war sie in einer halben Stunde im *Paladium*. Ich würde sie sogar hinbringen und abholen, wenn sie es so wollte.

Wo steckte sie eigentlich, um diese Uhrzeit? Sie war nicht zu Hause, obwohl sie heute keine Abendregie zu machen brauchte. Aber was ging mich das groß an? Schließlich kannte ich sie erst seit zwei Nächten. Zugegebenermaßen zwei sehr intensiven Nächten.

Wo trieb sie sich bloß herum? Mitten in der Nacht?

Sei's drum. Schließlich hatte ich selbst erst vor ein paar Stunden unter einem piksenden Duschkopf schamlose Intimitäten an mir vollstrecken lassen, von einer gewissen Lissa aus Kopenhagen. Gleiches Recht für alle.

Ich zündete mein Feuerzeug an, um in dem stockfinsteren Wäldchen die Uhr lesen zu können. Es war kurz vor 23 Uhr. Und meine Lebensgeister schienen sich soweit regeneriert zu haben, daß ich es mir nun zutrauen konnte, die Rückfahrt nach Palma anzutreten, ohne im Gebüsch oder an einer Leitplanke zu enden.

XVI.

Ehrlich gesagt: Es war ein wenig unverantwortlich, sich in jener Nacht noch ans Steuer zu setzen. Denn kurz bevor sich die Autobahn gabelte und es rechts auf die Stadtumgehung, die Via Cintura, abging, während ich weiter geradeaus fahren mußte in Richtung Hafen und Passeig Maritim, hatte ich plötzlich einen Blackout, aus dem ich glücklicherweise von lautem Hupen und dem Geräusch quietschender Reifen unversehrt aufgeschreckt wurde.

Fortan reduzierte ich die Geschwindigkeit und erhöhte gleichermaßen meine Konzentration.

Ich war unheimlich erleichtert, als ich den Punto schließlich in einer Parklücke gegenüber dem *Hotel Mirador* abgestellt hatte. Ich stieg aus und streckte meine Glieder. Die zehn Minuten Fußweg zum Carrer Apuntadores würde ich auch noch schaffen. Im *Hostal Ritzi*, gleich neben dem Apuntadores, war bestimmt ein Zimmer frei. Dort würde ich mich einquartieren und morgen mit Lissa im Apuntadores frühstücken.

Tatsächlich erreichte ich mit letzter Kraft das angestrebte Ziel. Ich schleppte mich durch den kleinen, mit Blumentöpfen dekorierten Patio und klopfte an die verschlossene Tür des *Hostal Ritzi*. Ein junger Nachtportier öffnete und teilte mir bedauernd mit, daß alle Zimmer belegt seien.

Jetzt wurde die Sache unangenehm. Ich schaute auf

die Uhr. Es war kurz nach Mitternacht. Im Apuntadores nachzufragen war zwecklos. Als ich mit Vero heute morgen in der Bar gefrühstückt hatte, mußte Annika mehrere potentielle Gäste wegschicken, weil alle Zimmer belegt waren. Und die großen Hotels in Richtung Hafen würden mich um diese Uhrzeit vermutlich nicht mehr einchecken lassen. Zumal ich nicht gewillt war, dreihundert Mark zu zahlen für die halbe Nacht in einem der drei *Meliá Hoteles* unten am Passeig zum Beispiel.

Ich konnte mich natürlich in meinen Punto setzen und die Sitze hinunterkurbeln. Aber nach dieser Art von Schlafkomfort stand mir in jener Nacht nun wirklich nicht der Sinn. Außerdem parkte der Wagen einen Kilometer von hier entfernt.

Es blieb mir eigentlich nichts anderes übrig, als die Nacht durchzumachen. Oder es wenigstens zu versuchen. Ich kratzte alle verbliebene Kraft zusammen und machte mich auf den Weg zur *Bodeguita del Medio*.

Es waren nur ein paar Gäste in der Bar. Hier würde ich nicht alt werden, das war klar. Trotzdem bestellte ich erst mal einen Mojito, und als ich mir den Drink zur Hälfte einverleibt hatte, wurde mir schwindelig. Der Blick vor meinen Augen verschwamm, der Raum drehte sich um mich, Farbblitze durchzuckten mein Gehirn.

Ich weiß nur noch, daß ein bedrohlicher Brechreiz in mir aufstieg und ich versuchte, auf die Toilette zu gelangen.

Aber dort kam ich nicht an.

Als ich wieder zu mir kam, blickte ich auf zu den besorgten Gesichtern der Kellner und einiger Barbesucher. In meiner rechten Armbeuge spürte ich die Nadel einer Spritze. Offensichtlich war einer der mallorquinischen Gäste ein Arzt, der für alle Fälle immer ein wiederbelebendes Mittelchen in der Tasche mit sich führte. Der weise Mann war etwa in meinem Alter, aber entschieden gepflegter und edler gekleidet als ich. Trotzdem kniete er in seiner hellen Armani-Hose neben mir auf dem versifften Kneipenboden, zog die entleerte Spritze aus meiner Vene und lächelte warmherzig und beruhigt, als ich die Augen öffnete.

»Gracias«, flüsterte ich und versuchte sein Lächeln zu erwidern. Mein Mund war staubtrocken und von einem ekelhaften Geschmack besetzt. In meinem Magen gärte es, als ob ich mich jeden Moment übergeben müßte.

»Donde vives aquí en Palma?« fragte der Arzt.

»En el Hostal Apuntadores, muy cerca de aquí.«

»Vale.« Der Arzt nickte einem Kellner zu und gemeinsam halfen sie mir behutsam auf die Beine. Sie schleppten mich auf die Gasse hinaus, in der ein Taxi wartete. Als sie mich auf die Rückbank verfrachtet hatten, sprach der Arzt ein paar Worte mit dem Fahrer und drückte ihm einen 1000-Pesetenschein in die Hand.

»Gracias, no!« versuchte ich mit träger Zunge zu intervenieren. »Tengo dinero!«

»It is okay, my friend«, sagte der Arzt, klopfte mir lächelnd auf die Schulter, schlug die Wagentür zu und verschwand wieder in der Bar.

Zwei Minuten später hielt das Taxi vor dem Hostal, und der Fahrer half mir beim Aussteigen. Mit der linken

Hand hielt ich mich an einer der geschmiedeten Blüten des Eingangsportals fest, mit der rechten betätigte ich die Nachtglocke.

In meinem jetzigen Zustand war Lissa für mich keine große Gefahr, und ich für sie erst recht nicht. Außerdem standen *zwei* Betten in dem Zimmer, in einem Meter Abstand voneinander.

Der Nachtportier kam aus der Küche und öffnete. Als er mich erkannte, lächelte er frech. Sah ich so komisch aus?

Mit schweren Schritten trat ich ein, und der Portier lächelte immer noch und wünschte: »Que se divierta!«, als ich an ihm vorbeiwankte.

Wie hatte der Mann das gemeint? *Wobei* wünschte er mir *Viel Vergnügen*? Beim Zielkotzen durch die Brille des Gemeinschaftsklos?

»Buenas noches«, murmelte ich und schob mich zum Aufzug.

Vor der Tür zu Zimmer 63 verharrte ich kurz, holte tief Luft und drückte vorsichtig die Klinke herunter. Glücklicherweise hatte Lissa sich nicht eingeschlossen.

Ich betrat den stockfinsteren Raum und begann sogleich, mich mit trägen Bewegungen zu entkleiden. Als mir dies weitestgehend gelungen war, tastete ich mich in Shorts und T-Shirt vorsichtig an das linke der beiden Betten heran. Endlich fühlte ich die hintere Ecke der Matratze unter meiner Handfläche. Ich machte einen zaghaften Schritt nach vorn und ließ mich seitlich auf das Bett fallen, beziehungsweise auf das, was in dem Bett lag. Sogleich zerriß ein Schrei die stockfinstere Stille, und ein zweiter, aus einem anderen Mund, folgte umgehend. Was war denn nun los? Hatte ich Lissa denn nicht das rechte Bett freigeräumt?

Als dann das Deckenlicht anging, wußte ich schlagartig, warum der Nachtportier so frech gegrinst hatte. *Que se divierta*!

Wir glotzten uns verdattert an: Lissa, eine Hand noch am Lichtschalter über dem Nachttischchen, im rechten Bett, Vero, auf die ich mich eben hatte drauffallen lassen. Und ich.

»Manuel!« drang es fast zeitgleich aus beiden weiblichen Kehlen.

»Mein Gott, hab' ich mich erschrocken!« fügte Vero nach einer kurzen Verschnaufpause erleichtert hinzu.

»Frag mich mal!« erwiderte ich. Aber das Grinsen, das ich probierte, schien mir so weit entgleist zu sein, daß mich die Frauen fortan sorgevoll beäugten.

»Was ist passiert?« fragte Lissa.

»Ich bin ohnmächtig geworden«, antwortete ich, »drüben in der *Bodeguita del Medio*.«

»Wie schrecklich«, sagte Vero mitfühlend und legte ihre Handflächen an meine Brust.

»Ich hab's überlebt«, kommentierte ich meinen tiefen Fall auf den Boden der kubanischen Bar. »Trotzdem: ich bin toootaaal kaputt.«

»Das sieht man«, bestätigte Lissa. »Schlaf dich aus, und morgen bleibst du den ganzen Tag im Bett. Wir werden dich schon wieder hinkriegen.«

»Morgen muß ich nach Felanitx fahren«, protestierte ich zaghaft.

»Kommt nicht in Frage!« stellte Vero resolut klar.

Sie zog mich behutsam auf die Matratze nieder, und

ich streckte erleichtert ausatmend alle viere von mir. Was für eine Wohltat. Wie hatte ich diesen Moment herbeigesehnt!

»Wo hast du dich herumgetrieben?« fragte sie, während ihre Fingerspitzen sanft meine Schläfen massierte. »Seit acht Uhr habe ich unten in der Bar auf dich gewartet.«

»Ich wollte dich am *Paladium* abholen«, sagte ich mit träger Zunge, »und eigentlich bei dir pennen, weil ich mein Zimmer an Lissa abgetreten hatte.«

»Du armer Kerl«, sagte Lissa. »Wenn ich das gewußt hätte ...« Damit ihr schlechtes Gewissen sie nicht zu sehr grämte, winkte ich hastig ab und sagte: »Ist völlig okay, Lissa. Mach dir bloß keinen Kopf deswegen.«

Ich gähnte ausgiebig. Aber bevor ich ins Reich der Träume hinüberschwebte, wollte ich eines noch wissen: »Woher kennt ihr beiden euch eigentlich?«

Die Frauen lächelten sich an. »Wir haben uns unten in der Bar kennengelernt ...«, sagte Vero. Und Lissa fuhr fort: »... als ich die Geschäftsführerin gefragt habe, was ich mit dem Schlüssel zu Zimmer Nummer 63 machen sollte, wenn ich abends ausging.«

»Da bin ich hellhörig geworden«, sagte Vero lächelnd.

Ich konnte mich nicht daran erinnern, jemals tiefer geschlafen zu haben.

Als ich aufwachte, brummte mein Schädel wie ein defekter Röhrenverstärker, und ich hatte Mühe, mir die Erlebnisse der letzten Tage wieder im Gedächtnis zurechtzurücken.

Meine Uhr stand auf 10 Uhr 40. Ich war allein im

Zimmer. Die Vögel waren ausgeflogen. Mühsam setzte ich mich auf, und sogleich meldete sich wieder dieses ekelhafte Grummeln in meinem Magen. Ich stellte meine Füße neben das Bett und wollte aufstehen. Aber die Knie trugen mich nicht. Wie ein Sack Muscheln kippte ich auf den Bettvorleger. Mein Mageninhalt begann zu brodeln. Auf meiner Zunge meldeten sich bittere Säfte – als Vorboten des unmittelbar anstehenden Vulkanausbruchs. Auf allen vieren robbte ich auf den Flur hinaus. Wenn das Gemeinschaftsbad jetzt besetzt war, hatten Annika & Co. Pech gehabt. Ich erreichte die Tür und drückte die Klinke hinab. Glück gehabt. Denn schon schoß der Inhalt meines Magens die Speiseröhre hinauf. Ich hielt den Mund fest geschlossen, machte einen Hechtsprung und krallte mich an den Rand der Kloschüssel.

Es ging kein Spritzer daneben.

Einerseits fühlte ich mich nach dieser gründlichen Entleerung enorm erleichtert, andererseits aber auch erheblich geschwächt. Die Kraft, sogleich wieder aus dem Bad hinauszukriechen, brachte ich beim besten Willen nicht mehr auf. Und es brummte immer noch fürchterlich in meinem Schädel, gegen dessen Innenwände zudem ein Gummihammer zu bummern begann.

»Manuel?« Ich hörte die Stimme aus weiter Ferne und wollte etwas antworten, aber ich bekam keinen Ton heraus.

»Manuel? Wo bist du?«

Und dann standen die beiden in der Badezimmertür und peilten sogleich die Situation.

»Ach du Scheiße!« sagte Vero.

»Kotze«, korrigierte Lissa.

Sie packten mich an den Oberarmen und schleiften meine schlaffen Überreste in unser WG-Zimmer zurück.

Als ich endlich wieder auf dem Bett lag, wischte Vero mir mit der Hand den Schweiß von der Stirn und sagte kopfschüttelnd: »Du machst Sachen, Süßer!«

»Nicht mit Absicht«, flüsterte ich.

»Aber provoziert.« Sie lächelte und hielt eine paar Päckchen mit Medikamenten hoch. »Ich war eben in der Apotheke und hab' ein kleines Sortiment für dich zusammengestellt.«

»Und ich war unten in der Küche«, meldete sich Lissa zu Wort und hielt eine große Tasse in die Höhe.

»Kaffee?« fragte ich hoffend.

Sie schüttelte den Kopf und trat an mein Bett heran. »Ein Rezept von meiner Oma. Das wird dich wieder hochbringen.«

Vero schob ihre Hand in meinen Nacken und hob meinen Kopf ein wenig an, damit Lissa den Tassenrand an meine Unterlippe setzen konnte. Der Geruch, der mir in die Nase stieg, war mindestens so ekelhaft wie der des soeben von mir Erbrochenen. Aber das mußte wohl so sein.

»Es soll nicht gut schmecken«, erklärte Lissa, die mein Mienenspiel richtig deutete, »sondern gut wirken.«

»Nase zu, bitte«, flehte ich.

Und Vero erhörte mich und hielt meine Nase zu, während Lissa mir das Geheimrezept ihrer Großmutter einflößte. Schlückchen für Schlückchen. Es dauerte ewig, bis die Tasse leer war. Als Lissa sie endlich von meinen Lippen weggezogen hatte, stopfte mir Vero mindestens sechs verschiedene Tabletten in den Mund und ließ mich mit einem Schluck Wasser nachspülen.

Meine Glieder wurden bleischwer, ich konnte meine Augen kaum noch offenhalten.

»Du mußt jetzt schlafen«, sagte Lissa. »Das ist wichtig.«

»Was wolltest du eigentlich in Felanitx erledigen?« fragte Vero, Sekunden bevor mich der Schlaf übermannt hatte.

»Ich wollte ...«, sagte ich schleppend, »ich wollte die Adresse des Inhabers ... eines Postfachs herausfinden.«

»Welche Nummer?« Das kam jetzt wieder von Lissa.

»Einhundertacht ...« Die Augen fielen mir zu. Ich zählte bereits Schäfchen.

»Einhundertacht?«

»... undsiebzig ...«

Ich wachte auf von dem leisen Plätschern der Dusche. Ich drehte den Kopf und sah auf dem Bett neben mir einen Haufen Klamotten liegen. Einige davon hatte ich schon an Lissa gesehen, andere an Vero. Und dann vernahm ich leises Getuschel und Gekicher hinter dem zugezogenen Duschvorhang.

Das hat man davon, wenn man schlappmacht.

Ich hob das linke Handgelenk und schaute auf meine Uhr. Kurz nach fünf. Morgens? Nachts? Abends? Durch die Lamellen des Schlagladens schimmerten Streifen matten Sonnenlichts. Es war also Nachmittag. Insgesamt hatte ich demnach fast fünfzehn Stunden geschlafen. Aber es war offensichtlich nicht die verkehrteste Therapie gewesen, die meine beiden geliebten Schwestern mir verpaßt hatten. Ich fühlte mich wieder überraschend fit. Brummen und Bummern hatten sich auch aus meinem Schädel verabschiedet.

Ich rollte mich aus dem Bett und stand vorsichtig auf. Alles okay. Die vertikale Statik funktionierte wieder. Ich tapste drei Schritte vorwärts und durchsuchte die Taschen meiner Jacke, die jemand auf einem Bügel an die Seitenwand des Schranks gehängt hatte, nach einem Päckchen Zigaretten. Aber ich fand nur mein Feuerzeug. Komisch. Wahrscheinlich hatte ich sie in der Bodeguita auf der Theke liegenlassen. Und das Feuerzeug eingesteckt? Das paßte eigentlich nicht zu mir.

»Von den Toten erwacht?«

Vero trat aus der Dusche, verhüllte sich unvollständig mit einem angenehm kleinen Handtuch und gab mir einen Kuß. Ihr folgte Lissa, die sich erst gar nicht die Mühe gab, ihre hübschen Blößen zu kaschieren. Sie kniff mir in die rechte Pobacke und drückte einen lauten Kuß auf mein linkes Ohr.

»Richte deiner Oma meinen Dank aus«, sagte ich, »ihr Wundertrank hat prächtig funktioniert.«

Ich legte meinen Arm um Veros Schultern, zog sie zu mir heran und küßte sie. »Und deine Tabletten ebenfalls.«

»Das freut mich.«

Jetzt erst schnappte sich Lissa ein Handtuch und begann sich damit abzurubbeln.

Und mir fiel wieder ein, was ich heute noch alles zu erledigen hatte.

»Sag mal, Vero«, fragte ich, »weißt du, wann hier die Postämter schließen?«

»Um halb eins mittags.«

»Und sie machen nicht mehr auf am Nachmittag?«

»Nein.«

»Scheiße.«

»Warum?«

»Ich will meinen Job von der Backe haben«, murrte ich. »Und jetzt verliere ich einen ganzen Tag.«

»Warum?«

»Weil ich erst morgen früh wieder...«

Aber da registrierte ich in ihren Augen ein freches geheimnisvolles Funkeln, das mich verstummen ließ und ein großes Fragezeichen in meinen Blick stanzte.

Vero hob ihre Jeans von Lissas Bett, griff in eine der hinteren Taschen, zog einen Zettel daraus hervor und reichte ihn mir mit den Worten: »Während der Herr sich auszuruhen gedachte, sind die Damen nach Felanitx gefahren.«

Perplex schaute ich von Vero zu Lissa und wieder zurück.

»Den alten Knacker hinter dem Postschalter hatten wir in einer Minute weichgekocht«, sagte Lissa und stieg in ein schneeweißes Spitzenhöschen, das sie einer Einkaufstüte des Corte Inglès entnommen hatte.

»Das wundert mich nicht«, gab ich im Anblick dieses anmutigen Vorgangs zum besten und richtete erst dann mein Augenmerk auf den Zettel, den Vero mir in die Hand gedrückt hatte.

Ap.178, Susan Beresford, Ca'n Vermell, 919-45 34 88 stand darauf.

Dankbar lächelnd schaute ich zu meinen beiden Assistentinnen. »Womit habe ich das bloß verdient?«

»Kein Kommentar«, erwiderte Vero und ließ sich von Lissa den weinroten Büstenhalter auf dem Rücken schließen.

»Wer ist diese Susan?« wollte Lissa wissen.

»Cosima Osthoff.«

Vero drehte sich auf dem Absatz zu mir um und starrte mich an: »Coco?«

Ich nickte. »Ich habe einen Brief von ihrem Vater. Wenn ich ihr das Kuvert ausgehändigt habe, ist mein Job getan, und wir können gemeinsam knapp eine Million Peseten verblasen.«

»Das dürfte kein großes Problem sein«, sagte Vero, und ich pflichtete ihr bei: »Nein, in einer Woche schaffen wir das bequem.«

»Das meine ich nicht«, entgegnete Vero fast entrüstet, »ich meine: es dürfte kein großes Problem sein, Coco diesen Brief zu übergeben.«

»Würdest du mir den Gefallen tun, sie anzurufen?«

»Ja sicher. Ich freue mich darauf, sie wiederzusehen.«

»Hast du heute abend Vorstellung?«

»Nein, erst morgen abend wieder.«

»Bingo«, sagte ich erleichtert, »dann kann ich die Sache ja vielleicht doch noch heute abend abschließen.«

»Darf ich mitkommen?« fragte Lissa.

»Logisch«, antwortete ich und zog mein T-Shirt aus.

»Sagt mal, hat eine von euch vielleicht eine Zigarette für mich? Ich hab' meine in der Bodeguita vergessen.«

»Ich rauche nicht«, sagte Lissa.

»Ich auch nicht«, zog Vero nach. »Und du hast deine

Zigaretten nicht in der Bar vergessen. Ich hab' sie aus deiner Tasche genommen.«

»Und wo hast du sie hingetan?«

»In den Müllschlucker.«

Das fing ja gut an.

Ich zog meine Shorts aus und stieg in die Duschtasse.

XVII.

Vero bog aus dem Kreisverkehr bei Son Ferriol in die Straße nach Manacor ab. Auf dem Beifahrersitz des Puntos saß Lissa, und ich lag mit drei Hostalkissen im Nacken auf der Rückbank.

Alles war glatt gelaufen. Schon bei Veros erstem telefonischen Versuch hatte sie Cosima an die Strippe bekommen. Die alte Freundin war hocherfreut über ihren Anruf gewesen und hatte Vero geradezu gedrängt, sie möglichst bald zu besuchen. Und sie hatte Vero den Weg beschrieben, der zu ihrer Finca führte, die Ca'n Vermell hieß und sich in der Nähe der Cala Mondragó befand.

Wie mit mir vorher verabredet, hatte Vero ihr weder etwas über mich noch über meine Mission erzählt.

»Manuel?« Lissa drehte sich zu mir um. »Wie lange bist du schon auf der Insel?«

Einen Moment mußte ich überlegen.

»Etwa sieben Wochen.«

»Du hast hier als Journalist gearbeitet?«

»Im weiteren Sinn, ja.«

»Und warum arbeitest du nicht mehr als Journalist?«

»Weil ich keinen Bock mehr auf den Job hatte, und mein Chefredakteur keinen Bock mehr auf mich.«

»Warum?«

Verdammt beharrlich diese junge Dänin. Aber das mußte man schließlich sein, wenn man später einmal bei der Presse Erfolg haben wollte.

»Das ist eine längere Geschichte«, antwortete ich.

»Erzähl sie uns!« Das hatte Vero jetzt verlangt.

»Ich will euch nicht mit dem Scheiß langweilen.«

»Langweiliger als auf die Straße zu glotzen, wird deine Story auch nicht sein«, blieb Vero beharrlich am Ball. Und Lissa setzte nach: »Mach es nicht so spannend.«

»Okay«, sagte ich, »ihr habt es so gewollt.«

Ich lud lange verdrängte Dateien wieder in meinen Arbeitsspeicher, puzzelte ein wenig damit herum und begann zu erzählen:

»Ich war so was wie der Mallorca-Spezialist bei *Flair*, auch schon unter Dr. Stadler, dem alten Chef. Dr. Markus F. Stadler. Irgendwann ist er durchgedreht. Der Verleger mußte ihn feuern. Sein Nachfolger hieß Karl-Heinz Fiebig und kam von der *Bild am Sonntag*. Der war fünfzehn Jahre jünger als Hot-Doc, aber genauso heiß. Als jemand ihm steckte, Claudia Schiffer würde sich in den nächsten Tagen auf ihrer Baustelle mit David Copperfield treffen, schickte er mich los.«

»Auf was für einer Baustelle?« unterbrach mich Lissa.

»Frau Schiffer baut sich drüben in Camp de Mar einen Palast auf den Felsen, schräg über dem von Willi Weber.«

»Und wer ist Willi Weber?«

»Schumis Manager.«

»Aha.«

»Michael Schumacher, brumm, brumm, Ferrari.«

»Aha.«

Sie kannte tatsächlich Schumi nicht? Sei's drum.

»Ich fliege also auf die Insel«, fuhr ich fort, »und nehme mir ein Zimmer im achten Stock des Hotels, von dessen Balkonen aus man einen guten Blick auf die beiden Baustellen hatte. Ich schraubte mein Tele aufs Stativ und wartete. Tagelang. Nur zum Essen verließ ich für kurze Zeit das Zimmer.

Hunderte von Touris hätte ich aufnehmen können, die über den Felsen kraxelten, um ein Foto vom Rohbau der Beauty-Queen mit nach Hause zu nehmen. Aber von Claudia oder David keine Spur. Und auf den Big-Mäc-Magier hatte Fiebig es ganz besonders abgesehen. Ihn fuchste es furchtbar, daß *unsere* Claudia mit *dieser Zaubertunte* aus Amerika *angeblich* eine ernsthafte Liebesbeziehung aufrechterhielt. Seit der ersten Pressemeldung über ihren damals noch harmlosen Flirt war er der festen Überzeugung, das *ganze alberne Geplänkel* sei eine PR-Aktion gewesen, die David den europäischen und Claudia den amerikanischen Markt öffnen sollte. Außerdem sei David zu alt für Deutschlands Schönste, zu eitel, zu abgebrüht und *obendrein schwul; mindestens bi.*«

»Sind alle Chefredakteure so?« wollte Lissa wissen, deren Berufsbild gerade die ersten Risse verpaßt bekam.

»Nein, aber die Yellow-Press funktioniert nur mit solchen Typen«, sagte ich. »Wie dem auch sei: Tagelang sitze ich also auf dem zugigen Balkon, und plötzlich piept mein Handy, und Fiebig ist dran und tobt gleich los, ob mir der *Daily Mirror* von heute schon untergekommen sei.

Nein, antworte ich, schließlich hätte ich keine Zeit dazu, mich in den Kiosk zu stellen und internationale Käseblätter zu durchforsten.

Und dann kam der Hammer. Fiebig brüllte mir ins Ohr, gestern sei Claudia *mit* David auf der Baustelle gewesen, und ein Fotograf vom Mirror hätte den Schuß gemacht.

Kann nicht sein, wehrte ich mich, das müsse eine Ente sein. Dann sollte ich mir die *Ente* gefälligst mal im *Kiosk* anschauen! Jetzt sei David natürlich wieder weg, aber C.S. würde mit zwei befreundeten Top-Models noch ein paar Tage tauchen gehen.

Tauchen? Im Februar?

Verdammt, ich solle meine dumme Fresse halten und die Mädels auf dem Boot mit ihrem Diving Scout fotografieren.

Das Ganze war natürlich ein Himmelfahrtskommando. Claudia war nicht auf der Insel, und schon gar nicht auf der Baustelle, seit ich auf dem Balkon saß.

Aber wenn der Chef es so wollte, bitte schön.

Mit Hardo, den ich noch aus Kölner Tagen kannte und der mit seiner Frau, genannt Mümmel, zu der Zeit noch die kleine Residentenkneipe *Casa de la Calma*, in – wo schon? – Costa de la Calma betrieb und ab und zu die *Almaisko*, das ehemalige Motorschiff eines rheinischen Pressezaren, in der Bucht vor El Toro bewegte, damit es nicht an der Kaimauer festrostete, wurde ich schnell handelseinig, und wir legten uns an der Hafenausfahrt von Andratx auf die Pirsch.

Natürlich fuhren mir keine drei Top-Models durchs Bild. Weil sie überhaupt nicht auf der Insel waren. Logisch.

Mein Chef war entsprechend sauer. Die Aktion hatte schon einige Märker gekostet, und noch kein einziges brauchbares Foto war bisher auf seinem Schreibtisch gelandet.«

Wir passierten gerade das Restaurant *Hostal d'Algaida*, in dem jedesmal klassische Musik erschallte, sobald man sich auf der originell gestylten Toilette den Hosenstall aufknöpfte. Aber dieser sanitäre Geheimtip würde meine beiden Begleiterinnen mit Sicherheit nicht sonderlich beeindrucken. Deshalb fragte ich: »Soll ich weitererzählen?«

Heftiges Kopfnicken von beiden.

Also erzählte ich weiter: »Einer seiner Tenniskumpels hatte meinen Chef angerufen und gesagt, an Bord des Fliegers, der ihn gestern nach Palma gebracht hätte, wäre auch Costa Cordalis gewesen, in Begleitung einer *extrem heißen Nudel*. Der *Anita*-Star sei zwar nicht mehr erste Wahl, aber vielleicht gebe die Braut ja was her, meinte mein Chef.

Es dauerte zwei weitere Tage, bis ich wußte, daß Costa im Landesinneren eine Finca gekauft hatte, vermittelt von einem Deutschen, der sich Miguel nannte und in Sineu eine Bar betrieb. Drei Abende verbrachte ich bis zum Zapfenstreich in besagter Bar und wartete darauf, daß Costa seine *heiße Nudel* endlich hereinschleppen würde. Pustekuchen. Statt dessen betraten mehrfach blasse Jungs den Laden, verschwanden mit Miguel in dem Gang, der zu den Toiletten führte, und verließen das Lokal kurz darauf wieder.

Miguel war schätzungsweise fünfundvierzig Jahre alt, groß, hager und nur noch mit schütterem dunklem Haupthaar ausgestattet. In Wirklichkeit hieß er Michael, aber in seinem Laden spielte er sich auf wie der Herrgott persönlich. Und er war permanent auf Droge.

Dieser Miguel interessierte mich tausendmal mehr als

Claudia, David und Costa zusammen. Auf eigene Faust hörte ich mich um, und nach einer Woche, in der ich mit einer Reihe von Insidern in Deutschland telefoniert hatte, war die Story rund und wasserdicht: Vor etwa sechs Jahren war dieser Miguel im Ruhrgebiet wegen Drogendealerei und Betrügereien aufgeflogen. Um die ausstehende Haftstrafe nicht antreten zu müssen, erzählte er dem BKA irre Stories, wonach er alles über die mächtigen Mafiakartelle in Erfahrung bringen könne, die von den Balearen aus ganz Mitteleuropa mit aller Art von Drogen überschwemmten.«

»Nicht zu glauben«, sagte Lissa kopfschüttelnd.

»Aber wahr«, erwiderte ich. »Sogar Interpol ließ sich von seinem Gelaber einlullen.«

Vero stierte nachdenklich auf den Mittelstreifen der Straße, die uns gleich durch Villafranca führen würde.

»Man hat bei Miguel den Kronzeugen-Paragraphen aktiviert und ihn als V-Mann auf die Insel gebracht«, nahm ich meinen Faden wieder auf, »und man ließ ihn hier nach Lust und Laune gewähren. Mit Nötigungen, Erpressungen und Brachialgewalt verschaffte er sich den Einstieg ins Immobiliengeschäft, in Sineu eröffnete er eine Bar, in der er in großem Stil Drogen verkaufte, und er verscheißerte die internationale Bullenschaft nach Belieben mit seinen hanebüchenen Informationen. Die einzige Aktion, die seine Tätigkeit als Spitzel jemals nach sich zog, endete mit einem Fiasko. Der von ihm seit Monaten observierte Kartellboß entpuppte sich nach dem Zugriff als unbescholtener mallorquinischer Holzhändler und das Labor, in dem angeblich Kokablätter zu Tonnen reinsten Kokains verarbeitet und zentnerweise Crack gebrannt würden, erwies sich als das Atelier eines Bildhauers, der sich ab und an Holzkohle für die Wintermonate zurechtkokelte. Aber selbst die gnadenlose Peinlichkeit dieser *konzertierten Aktion* hinderte die Spezialisten vom BKA nicht daran, über weitere Jahre hinweg Miguels berserkerhaftes Treiben zu decken und sich als Gegenleistung von ihm mit seinen regelmäßigen Geheimberichten nach Strich und Faden verarschen zu lassen.«

»Das glaube ich nicht«, sagte Lissa.

»Dann laß es bleiben«, erwiderte ich verhältnismäßig kühl, denn ich mochte es nicht, wenn man meine Glaubwürdigkeit in Frage stellte.

»Die Story habe ich Fiebig dann gesteckt, und er hat gesagt, die wär ihm viel zu heiß von wegen BKA und Interpol und so weiter, ich solle lieber mal nach Deià hochbrettern, weil über den Ticker gekommen sei, Michael Douglas, *der geilste Zwerg von Hollywood*, plane in den nächsten Tagen einzufallen, um auf irgendeinem Golfplatz die Eisen zu schwingen. Außerdem habe René Kollo zur Zeit Probleme mit seinen Stimmbändern und Peter Maffay einen neuen Bullterrier.«

»Scheiße«, sagte Lissa voller Inbrunst.

»Da sagst du was. Auf jeden Fall ging ich an jenem Abend mit äußerst gemischten Gefühlen zu meinem Leihwagen. Glasscheiben lagen auf dem Fahrersitz. Man hatte das Seitenfenster eingeschlagen, von innen die Rückbank umgeklappt und meine Fotoausrüstung aus dem Kofferraum geklaut. Ein Wink des Himmels.

Das war's dann gewesen.«

Schweigen im Punto.

»Gleich geht's rechts ab nach Felanitx«, sagte ich nach einer Weile, um das bedrückende Schweigen zu unterbrechen.

»Ich weiß«, erwiderte Vero, »ich bin die Strecke heute schon zweimal gefahren.«

»Pardon, ich vergaß.«

»Macht nichts.«

»Halt mal eben am nächsten Tabaco-Shop.«

»Nein.«

Drei Nächte zusammen in einem Bett gelegen, und schon hast du nichts mehr zu kamellen. Der Anfang vom Ende.

Oder der Anfang einer neuen Lebensphase. Mit Vero.

Ohne Zigaretten, ohne Alkohol. Furchtbar.

Nur Liebe, Luft und Fruchtsäfte. Und Sport. Und nächtliche Spaziergänge durch Pinienhaine. Oder den Es Trenc entlang, barfuß. Oder nackt auf einem Segelboot von Bucht zu Bucht dümpeln.

Vielleicht könnte man sich an so etwas gewöhnen.

»Zur Cala Mondragó wäre es kürzer über Santanyi gewesen«, sagte ich, um ein paar Schlaumeier-Punkte einzuheimsen.

»Das weiß ich«, erwiderte Vero, »aber ich wollte Lissa das Tal zwischen Ca's Concos und Alquería Blanca zeigen.«

»Eine blendende Idee«, lobte ich sie.

»Du kennst dieses Tal?« fragte Lissa.

»Ich liebe es.«

Vero umfuhr den Ortskern von Felanitx und folgte scharf rechts dem Wegweiser in Richtung Santanyi.

Links auf dem kegelförmigen Berg konnte man das Kloster *San Salvador* erkennen, und an die Südseite des benachbarten Felsens schmiegte sich die einst fast uneinnehmbare Festung *Castillo de Santueri*, nach Artà, Alaró und Capdepera die vierte der Königsburgen außerhalb Palmas. Seit dem achtzehnten Jahrhundert befand sich das Castillo in Privatbesitz. Und nun kursierte das Gerücht, ein ausländischer Rockmusiker habe der Eigentümergemeinschaft 800 Millionen Peseten für das altehrwürdige Gemäuer mit dem traumhaften Blick geboten. 10 Millionen Mark.

Wir fuhren durch das sagenumwobene Schmuggler- und Piratendörfchen Ca's Concos, an dessen Hauptstraße im letzten Jahr das *Viena* eröffnet worden war, ein Ableger des gleichnamigen Lokals in Hamburg. Der Besitzer hatte die originelle Idee gehabt, sein mallorquinisches *Viena* als eine Art Aktiengesellschaft zu betreiben. Zum Preis von 20.000 Mark verkaufte er Anteile, für die man sein Leben lang gratis bei ihm speisen durfte.

Es wurde gemunkelt, er sei schon über sechzig dieser Anteile losgeworden.

Kurz hinter dem Ortsausgang bog Vero in Richtung Alquería Blanca ab. Links hatten wir nun freie Sicht auf den sogenannten *Hamburger Hügel*, den die alteingesessenen Residenten despektierlich *Pavianfelsen* getauft hatten, weil die ersten dort errichteten Prunkvillen mit rötlichem Putz verkleidet waren.

Zur Zeit wurde hier mächtig gebaut. Und die guten alten Hanseaten hatten die Grundstückspreise auf der Insel endgültig explodieren lassen. Es ging die Mär, ein Hamburger Geschäftsmann sei mit einer Million Mark in bar einem Hubschrauber entstiegen und habe mit der Summe einem Bäuerchen ad hoc zweitausend Quadratmeter karges Felsgestein auf jenem Hügel abgekauft. Die Angst vor dem Ende der Deutschen Mark macht's möglich. Wohin auch sonst mit den über Jahre hinweg an der Steuer vorbeigeschleusten Scheinchen? Zumal es in Spanien Usus ist, bei der Beurkundung einen weit geringeren als den tatsächlich ausgehandelten Kaufpreis einzutragen, um die Grunderwerbssteuer, die mit fünf Prozent recht hoch ist, möglichst niedrig zu halten. Diese Tatsache war ein so alter Hut, daß selbst die *Frankfurter Allgemeine Zeitung* vor kurzem darüber berichtete. Und das Ganze funktionierte nur deshalb, weil Notare in Spanien keine vereidigten Diener des Staates sind, wie in Deutschland zum Beispiel, sondern lediglich Dienstleister der sie beauftragenden Vertragsparteien.

Als der Hamburger Hügel aus unseren Blicken entschwunden war, öffnete sich vor unseren Blicken das breite, ganzjährig saftig grüne Tal, in dem sich links und rechts auf den sanft ansteigenden Hängen, zum Teil uneinsehbar oder hinter mächtigen Palmenhainen versteckt, die schönsten Villen und Landgüter Mallorcas versteckten.

Auf halber Strecke passierten wir das Gestüt, in dem allseits geschätzte Vollblutpferde gezüchtet wurden und wenig später das im Stil einer verwinkelten Finca angelegte Luxushotel *Son Vent.*

Die Straße führte in einer kleinen Serpentine nach Alquería Blanca hoch und mündete an der kleinen Plaça in die Hauptstraße von Santanyi nach Porto Colom, dem Städtchen mit einem schönem Naturhafen, in dem über Jahrhunderte hinweg die in Felanitx gekelterten Weine verschifft wurden.

Vero bog links ab und nach ein paar Metern gleich wieder rechts in den Camino, der zur Cala Mondragó führte. Unsere Fahrerin schien sich Cosimas Wegbeschreibung perfekt eingeprägt zu haben. Ohne jedes Anzeichen von Irritation oder Unsicherheit ließ sie den Punto über den holperigen Weg hopsen, den man zwischen Wiesen, Weiden und kleinen Landgütern angelegt hatte.

Plötzlich verspürte ich ein mulmiges Gefühl in der Magengegend. Und das hatte nichts mit meiner gestrigen Kreislaufschlappe zu tun. Es hatte ausschließlich mit Cosima Osthoff zu tun.

Gleich würde ich vor ihr stehen. So recht glauben, konnte ich es nicht. Was erwartete mich? Würde ich dann endlich verstehen, warum Hans' Blick mehrfach diese Sorge und Angst gezeigt hatte? Oder hatte *ich* Angst, nach Erledigung des Jobs in ein tiefes schwarzes Loch zu fallen? Aber so tief und schwarz konnte es eigentlich gar nicht sein. Schließlich hatte ich Vero an meiner Seite und fast eine Million Peseten in der Tasche. Vielleicht hatte ich Hans' Blick ja auch vollkommen falsch gedeutet. Vielleicht war es keine Angst um mich gewesen, sondern um sich selbst. Oder um Cosima.

Bald würde ich es wissen. Trotzdem ließ diese Erwartung meinen Adrenalinspiegel rapide steigen. Meine Lebensgeister waren wieder vollzählig erwacht.

Und ich hätte jetzt verdammt gern eine Zigarette geraucht, einen Cortado geschlürft und an einem Brandy genippt. Aber da stand Vero zwischen.

XVIII.

Der Weg gabelte sich. Rechts ging es nach Santanyi und links zur Cala Mondragó, der bezaubernden, von Felsen umrahmten Sandbucht. Vero lenkte den Punto nach rechts, und als nach etwa zweihundert Metern ein Arrangement von überquellenden Müllcontainern, halb verrosteten Küchengeräten und aufgetürmten Autoreifen am Wegesrand auftauchte, bremste sie ab, orientierte sich ein paar Sekunden und steuerte dann in den schmalen Weg, der gleich hinter der kleinen Deponie abging.

»In zwei Minuten sind wir da«, sagte sie und brachte damit mein Blut vollends in Wallung.

»Was ist los?« wollte Lissa wissen, die sich zu mir umgedreht hatte und frech grinste. »Bist du nervös?«

»Ehrlich gesagt: ja«, gab ich zu.

»Wir sind doch bei dir«, baute Vero mich auf, mit unüberhörbar ironischem Unterton in der Stimme.

»Dafür danke ich dem Himmel.«

Sogleich beugte Lissa sich nach vorn und hob ihren Blick dicht vor der Windschutzscheibe in die Höhe. »Ein schöner Himmel«, sagte sie anerkennend. Und sie hatte recht. Es war halb sieben, die Sonne stand tief am blaßtürkisen Firmament und ließ die wilden Blumenwiesen, die Hügel und die Pinienhaine um uns herum in einem goldorangenen Licht erstrahlen.

Wir passierten rechter Hand eine Prachtfinca und

von nun an stieg der Pfad ein wenig zu einem kleinen Hügel an. Auf diesem Hügel endete der Camino an einem halbverwitterten hölzernen Einfahrtsgatter.

»Wir sind da«, sagte Vero und fuhr im Schrittempo durch das geöffnete Tor auf eine von einer dichten Kakteenhecke umrandeten, wilde Wiese, auf deren sattem Grün hohe Disteln, Mohnblumen und Margareten wucherten. Ein paar Obst- und Olivenbäume sowie eine mächtige Steineiche warfen in die Länge gezogene Schatten. Auf dem wunderschön gelegenen Grundstück standen im hinteren linken Eck zwei alte, aber gut erhaltene Bruchsteingebäude: ein flaches, mit unsymmetrischem, langgezogenem Giebel, braungestrichenen Schlagläden, runder Eingangstür und einer mit Schilf bedeckten Pergola davor. Das andere Gebäude war ein zweigeschossiger, rechteckiger Turm mit knapp zwanzig Quadratmetern Grundfläche und einer steinernen Außentreppe an der Frontseite, die zu einer Holztür auf der ersten Etage hinaufführte. Neben dem Turm parkte ein weißer Renault Clio.

Auf der Terrasse unter der Pergola stand ein Tisch und davor eine Frau in einem rostroten, geradefallenden T-Shirtkleid.

Als wir ausstiegen, kam die Frau uns ein paar Schritte entgegen. Da quäkte es in ihrem Rücken, und ein kleiner Mensch tapste mit wackligen Knien hinter ihr her und fiel auf die Nase. Aber er schrie nicht, sondern versuchte tapfer, sich wieder aufzurappeln. Aber diese Bemühungen konnte er sich sparen, denn die Frau hob ihn hoch, setzte ihn seitlich auf ihre Hüfte und sicherte den kleinen Körper mit ihrem Arm.

Vero ging vor, Lissa und ich folgten in fünf Metern Abstand.

»Vero!« sagte die Frau. »Wie schön dich zu sehen!«

Sie umarmten sich, soweit dies das Kind auf der Hüfte zuließ.

»Was siehst du gut aus, Coco!« sagte Vero und strahlte ihre Freundin an. Und Vero hatte recht. Cosima sah wundervoll aus. Zwar hatte ihr Äußeres nichts mehr mit dem auf der Set-Card gemein, die Hans mir in Barcelona ausgehändigt hatte; aber das war eher von Vorteil. Sie war zierlich und schlank, hatte leicht gebräunte Haut und schwarze, kurzgeschnittene Haare. Ihre Lippen war prall, die Nase schmal und klein und die dunklen, großen Augen ließen ihren südamerikanischen Ursprung in vollendeter Schönheit erahnen. Mein Herz raste. Nicht wegen Hans' Ängsten. Sondern wegen dieser Frau. Wie sie sich bewegte, wie sie sprach, was für eine ungeheure natürliche Sinnlichkeit sie ausstrahlte!

»Und das ist der Junior?« fragte Vero und streichelte dem kleinen Jungen mit den bezaubernden Augen seiner Mutter über die prallen Bäckchen.

»Ja«, sagte Coco, »das ist Nico.«

»Wie süß!« Ähnlich wie mir mit Coco erging es Vero mit dem goldigen Nico. Sie konnte ihren Blick nicht mehr von ihm abwenden.

»Willst du mir nicht deine Freunde vorstellen?«

Jetzt mußte sich Vero von Nico losreißen. »Pardon«, sagte sie lachend und stellte uns vor.

»Das ist Lissa.«

»Hallo, Lissa.«

»Hallo Coco. Ich darf doch Coco sagen?«

»Ja sicher.«

»Und das ist Manuel.«

Ich hatte keinen Tropfen Speichel mehr im Mund. Schüchtern wie ein Backfisch beim ersten Rendezvous trat ich einen Schritt vor und reichte ihr die Hand. Elektrisierende Energieströme flossen zusammen, als unsere Hände ineinanderlagen.

»Hallo Manuel«, sagte sie leise.

Jetzt erst schaute ich ihr in die Augen. Es war Wahnsinn.

Ich sah durch ihre Pupillen hindurch bis tief in ihre Seele hinein.

»Darf ich mal?« riß Vero uns aus diesem Zustand der spontanen Verbundenheit und streckte die Arme nach Nico aus.

»Wenn er zu dir will, gern«, sagte Coco, »ich hab' den Kleinen rund um die Uhr an mir kleben.«

Nico wollte. Vero hob ihn hoch in die Luft, und sogleich lachte er laut.

»Setzen wir uns doch«, schlug Coco vor und führte uns auf die Terrasse.

»Wollt ihr etwas zu trinken?«

»Später vielleicht«, winkte Vero ab. Auch Lissa und ich schüttelten bescheiden verneinend mit den Köpfen.

»Wie bist du an meine Telefonnummer gekommen, Vero?« fragte Coco. »Denn eigentlich heiße ich seit einiger Zeit Susan Beresford.«

Vero schwieg einen Moment und schaute mich dann an. Cocos Blick folgte ihrem. Und darin sah ich eine Ahnung, eine Furcht. Aber auch Vertrauen.

»Ich habe nach dir gesucht«, sagte ich.

»Warum?«

Ich schwieg einen Moment, weil ich die zauberhafte Atmosphäre nicht zerstören wollte. Aber was blieb mir anderes übrig? Lieber gleich raus mit der Wahrheit, anstatt sie noch Stunden zwischen uns schwelen zu lassen.

»Ich habe deinen Vater kennengelernt«, sagte ich.

Sogleich senkte Coco ihren Blick, und sie verkrampfte die Hände in ihrem Schoß.

»Er hat mich dafür bezahlt, dich ausfindig zu machen«, fuhr ich fort und zog den Brief aus der Tasche. »Ich glaube, er hat ein sehr schlechtes Gewissen dir gegenüber. Er hat mir diesen Brief für dich gegeben.«

Ich streckte ihr das weiße Kuvert entgegen. Coco schaute schweigend darauf, ohne irgendwelche Anstalten zu machen, es zu ergreifen.

»Lies den Brief«, bat ich. »Der Inhalt könnte sehr wichtig für dich sein.«

»Woher kennst du meinen Vater?«

»Ich habe ihn auf der Fähre nach Barcelona kennengelernt.«

»Wann?«

»Vor fünf Nächten.«

»Hat er hier Urlaub gemacht?«

»Nein«, erwiderte ich, »mir hat er erzählt, er habe die letzten Jahre auf Mallorca verbracht.«

»Er war die ganze Zeit über hier?« Dies schien Coco sehr zu erstaunen.

Ich zuckte mit den Schultern.

»Wie hast du ihn kennengelernt?«

Ich zögerte einen Moment, schaute ihr dann fest in

die Augen und sagte: »Er wollte sich das Leben nehmen. Ich habe ihn von der Reling gezogen.«

Jetzt starrten mich alle drei Frauen fassungslos an.

»Er wollte ...?« Coco beendet ihren Satz nicht.

Ich nickte. »Er *ist* gesprungen.«

»Das paßt nicht zu ihm«, sagte Coco völlig verwirrt.

»Ich war Zeuge.« Fast entschuldigend zuckte ich mit den Schultern. »Am nächsten Morgen hat er mir in Barcelona eine Million Peseten geboten, wenn ich dich fände. Und gestern ließ er mir diesen Brief aushändigen.«

»Wo ist er jetzt?«

»Ich weiß es nicht«, sagte ich. »Das Boot, auf dem er gelebt hat, war nicht mehr am Liegeplatz.«

»Er hat ein Boot?«

»Es war wohl das Boot eines ehemaligen Freundes.«

»Welches Freundes?«

»Kurt hieß er, wenn es stimmt, was Hans mir erzählt hat.«

»Die *Lucky Punch*?«

Ich nickte, und Lissa schaute kurz auf, widmete sich dann jedoch dem kleinen Nico, der einen Apfel immer wieder zwischen Vero und ihr hin und her trug, ihn aber keiner von beiden aushändigte. Daran hatte das lebhafte Kerlchen seine helle Freude.

»Du kennst das Schiff?«

Coco nickte. Erinnerungen schienen in ihrem Kopf zu rotieren, Erinnerungen, die an ihrer verletzten Seele nagten.

»Bitte lies den Brief«, sagte ich. »Schlimmer kann es dadurch nicht werden.«

Noch einmal zögerte sie, dann nahm sie das Kuvert

aus meiner Hand, erhob sich und sagte in die Runde: »Ihr entschuldigt mich bitte einen Moment.«

»Kein Problem«, erwiderte Vero, die in ihrer Rolle als Kleinkindanimateurin vollends aufging.

»Nette Frau«, sagte Lissa, als Coco im Innern der Finca verschwunden war.

»Sehr nett«, bestätigte ich.

»Und sehr hübsch.« Jetzt lächelte Lissa mich frech an. Wahrscheinlich war ihr die magische Implosion nicht verborgen geblieben, die mich erschüttert hatte, als Cocos Hand in der meinen lag.

Ich lächelte kurz, wurde aber sogleich wieder ernst, denn ich spürte, daß der Inhalt des Briefs für Coco nur schwer zu verdauen sein würde. Keine Ahnung, warum. Ich spürte es einfach. Sehr intensiv.

Nico packte Veros Hosenbein und zerrte mit der anderen Hand an Lissas Polo-Shirt. Vero beugte sich zu ihm hinab und fragte: »Willst du uns das Grundstück zeigen, kleiner Mann?«

Nico lachte.

»Dann laß mal sehen!« sagte Lissa.

Die beiden Frauen standen auf, reichten dem Jungen je eine Hand und trabten mit ihm der untergehenden Sonne entgegen. Welcome to Marlboro Country.

Wie gern hätte ich jetzt eine Zigarette geraucht.

Aber Coco schien auch Nichtraucherin zu sein. Sonst hätte ein Aschenbecher auf dem Tisch gestanden.

Hatte Hans seiner Tochter ein Hundertseitenepos verfaßt? Erst zehn Minuten, nachdem Coco die Terrasse verlassen hatte, schob sie ihren Kopf durch die Tür. Als sie registrierte, daß ich mich allein am Tisch befand, trat sie zu mir und setzte sich. Sie war blaß unter ihrem dunklen Teint, und ihre Augen waren leicht gerötet. Vermutlich hatte sie geweint.

»Was stand in dem Brief?« fragte ich einfühlend.

»Du würdest es nicht verstehen«, sagte Coco mit gefaßter Stimme.

»Vielleicht doch«, gab ich ihr zu bedenken. »Ich weiß Bescheid über das *Sky Magic Team*, und auch über Nicos Vater.«

»Was weißt du über Sam?«

»Ich weiß, daß er kurz vor Nicos Geburt mit der Cesna von Edward Fox abgehauen ist. An einem Tag, an dem er vorher mit deinem Vater und Kurt Schmalenbach zum Fallschirmspringen hochgegangen war.«

Coco nickte langsam. »Und ich weiß seit fünf Minuten, daß Sam tot ist.«

Unglaublich, wie gefaßt sie war.

»Geahnt habe ich es die ganze Zeit«, sagte sie.

Und sie fügte nach einer Stille hinzu: »Ich dachte, mein Vater hätte ihn getötet.«

»Und was denkst du jetzt?«

»Vater schreibt, Sam hätte an jenem Tag versucht, von der Oberseite der Tragfläche abzuspringen, und er sei hängengeblieben. Kurt war schon raus aus dem Flieger, Vater saß am Steuer. Er habe den Autopilot aktiviert und sei rausgeklettert, um Sam loszuschneiden. Der Flieger hätte Schlagseite bekommen und wäre ins Trudeln gekommen. Vater konnte sich nicht mehr halten, er rutschte ab. Die Maschine stürzte eine Minute später ins Meer.«

Coco schwieg nachdenklich. Nico zwang seine beiden neuen Fans zur Rückkehr von der gegenüberliegenden Seite des Grundstücks.

»Warum hattest du gedacht, dein Vater habe Sam umgebracht?«

Coco hob den Blick und sagte: »Das wäre eine zu lange Geschichte.«

»Erzähl sie mir.«

»Nein«, sie schüttelte den Kopf, »heute nicht.«

»Verstehe.«

Wir schauten uns an, und wieder war diese Vertrautheit zwischen uns, als ob wir uns seit Jahrhunderten kennen würden.

»Manuel?« fragte sie leise.

»Ja?«

Sie zögerte und lächelte dann kopfschüttelnd, als lache sie über sich selbst. »Ach nichts ...«

»Ich glaube, ich habe dich trotzdem verstanden«, sagte ich. Coco lächelte geheimnisvoll und zuckte mit den Schultern. »Wer weiß?«

»Mein Gott, hast du einen süßen Sohn!« unterbrach uns Vero. Die drei Ausflügler waren wieder auf der Terrasse eingetrudelt.

»Man könnte richtig neidisch werden«, pflichtete Lissa ihr bei. Und Nico schaute triumphierend in die Runde und lachte herzlich. Dann sah er den Apfel auf dem Boden der Terrasse liegen, und ihm fiel das Spiel wieder ein, das sie eben damit gespielt hatten. Er ergriff die Frucht, und los ging's von neuem. Lissa den Apfel entgegengestreckt, dann laut aufgelacht, zu Vero hinübergewackelt, ihr den Mund wäßrig gemacht und wieder zurück zu Lissa. Und so weiter.

»Glaubst du«, wollte ich das begonnene Zwiegespräch rasch beenden, »daß Hans in seinem Brief die Wahrheit geschrieben hat?«

»Ja. Und ich würde ihn gern wiedersehen und es ihm sagen«, sagte Coco. »Wo ist der Liegeplatz der *Lucky Punch*?«

»Im *Club Nautico* von Santa Ponca.«

»Würdest du in den nächsten Tagen mit mir dorthin fahren?«

»Im Prinzip gerne«, sagte ich, »aber ich glaube, das wird nicht viel Zweck haben.«

»Warum nicht?«

»Hans hat mir die Nachricht übermittelt, daß wir uns nie mehr wiedersehen würden.«

»Du meinst, Vater hatte vor, jetzt das auszuführen, was du auf der Fähre verhindert hast?«

»Ich weiß es nicht«, antwortete ich zweifelnd. »Vielleicht ist er ja auch nach Frankreich, Italien, Nordafrika oder wer weiß wohin losgesegelt.«

»Aber nicht an Bord der *Lucky Punch*«, sagte Lissa so ganz nebenbei. Coco und ich starrten sie dermaßen überrascht an, daß es Lissa fast peinlich war und sie sogleich einschränkte: »Vielleicht gibt es ja mehrere Holzyachten, die *Lucky Punch* heißen.«

»Das kann ich mir nicht vorstellen«, schoß es ungeduldig aus mir heraus. »Woher verdammt noch mal kennst du das Boot?«

»Ich liebe nun mal Segelschiffe«, sagte Lissa, von der Impulsivität meiner Reaktion in höchsten Erklärungsnotstand versetzt. »Nachdem du mich gestern im Hostal abgesetzt hattest, bin ich zwei Stunden lang durch den Hafen spaziert und habe mir die Yachten angeschaut.«

»Dabei hast du die *Lucky Punch* entdeckt?« Die Vorstellung, daß Hans sich entgegen meinen Befürchtungen *nicht* umgebracht hatte, sondern in Palma vor Anker lag, euphorisierte mich enorm.

»Eine Zwölf-Meter-Yacht aus Holz, ungefähr zwanzig Jahre alt«, sagte Lissa. »*Lucky Punch*! Der Name war mir gleich aufgefallen. Wer nennt sein Schiff schon *Lucky Punch*, dachte ich?«

»Das ist sie!« Ich sprang auf und gab der überrumpelten Lissa einen dicken Schmatzer auf die leicht gerötete Wange.

Als ich mich wieder gesetzt hatte, lächelte mich Coco an und sagte: »Du magst meinen Vater, nicht wahr?«

Instinktiv wollte ich dementieren. Aber ich hielt mich zurück und reflektierte einen Moment. Coco hatte recht. Hans mochte zwar ein unberechenbarer Egozentriker sein, auf den wenig Verlaß war, aber ich hatte gleich in der ersten Nacht ein Plätzchen frei gemacht für ihn, tief in meinem Herzen. Ich lächelte. Und alle drei Frauen taten es mir nach. Und Nico ebenfalls. Dem süßen Sprößling kam dabei die geniale Idee, mich in sein Garten-Eden-Spiel einzubeziehen. Verlockend streckte er mir den Apfel entgegen. Langsam griff ich danach. Und überraschenderweise überließ er ihn mir. Was er weder bei Lissa noch bei Vero getan hatte.

»Wo könnte sich Hans in Palma herumtreiben?« fragte ich Coco, die angestrengt nachdachte, bevor sie sich geschlagen gab und erwiderte: »Keine Ahnung, ehrlich.«

Ich nickte nachdenklich. Wenn das Schiff schon mal im Hafen lag, dann dürfte es nicht besonders schwierig sein, Hans aufzustöbern. Aber irgendwie brannte ich darauf, ihn noch *heute nacht* zu treffen und mit Cosima zusammenzuführen.

»Hans hat mir erzählt«, hakte ich nach, »ihr wärt früher ein paarmal gemeinsam in Urlaub auf Mallorca gewesen, ihr zwei und seine damalige Frau.«

Coco nickte. »Mit Sabine, ja.« Aber eine entscheidende Tür hatte sich damit offensichtlich nicht in ihrem Gedächtnis geöffnet.

»Ist Hans damals nicht ab und zu nach Palma gefahren?« spekulierte ich ins Blaue hinein. Und hatte damit mal wieder überraschenden Erfolg. Denn es begann in Cocos Gedächtnis zu arbeiten, und nach einen kleinen Weile nickte sie und sagte: »Irgendeine alte Freundin von ihm lebte in Palma. Sie hatte eine Bar, glaube ich.«

»Wie hieß diese Freundin?« mischte sich Vero plötzlich ein.

»Sarah«, antwortete Coco nach kurzer Überlegung.

»Eine Engländerin?« Vero übernahm professionell die Initiative.

Coco nickte. »Ich glaube ja.«

»Sarah?« Vero schüttelte langsam den Kopf.

»Nein!« Coco war eine Erleuchtung gekommen. »Sie hieß Sally und hatte ein kleines Hotel in Palma. Mit einer Bar im Erdgeschoß. Sabine und ich haben ihn sogar einmal dort abholen müssen, weil er zu betrunken war, um noch mit dem Wagen zu unsrem Hotel an der Cala Pi zurückzukehren.«

»Wo befindet sich dieses Hotel?« brachte ich mich wieder ins Spiel.

Nachdem Coco ihr Erinnerungsvermögen aufs äußerste strapaziert hatte, sagte sie schließlich: »Ich glaube, es lag an einer belebten Straße. Es könnte die Joan Miró gewesen sein, in der Nähe des Plaça Gomila.«

»Würdest du das Haus wiedererkennen, wenn du davorstehst?« fragte ich.

»Könnte sein«, antwortete Coco, »wenn sich die Fassade nicht zu sehr verändert hat.«

»Ist es das *Hostal San Francisco*?« fragte Vero.

»Könnte sein«, sagte Coco schulterzuckend. »An den Namen kann ich mich beim besten Willen nicht mehr erinnern.«

»Das San Francisco gehört nämlich einer Engländerin, die Sally heißt, und ihrem Mann, einem Ami«, erklärte Vero. »Da haben Freunde von mir mal ein paar Wochen lang logiert.«

Vero und Lissa waren zwei verdammt brauchbare Assistentinnen.

XIX.

Um halb neun saßen wir alle zusammen im Punto, dessen Steuerrad ich wieder übernommen hatte. Neben mir Lissa, auf der Rückbank Vero und Coco und zwischen ihnen in einem Kindersitz der kleine Prinz, der es sichtlich genoß, gleich von drei Frauen betüddelt zu werden.

Es war wenig Verkehr. Die Fahrt ging zügig nach Santanyi und von dort geradeaus auf Palma zu, durch Campos und Llucmajor. Die Sonne war untergegangen. Auf halber Strecke mußte ich das Licht einschalten.

Coco und Vero berichteten sich gegenseitig, was sie getrieben hatten seit dem Zeitpunkt, als sich ihre Wege trennten.

Lissa schaute mit melancholischem Blick auf die Straße vor uns.

»Wann geht dein Flieger?« fragte ich.

»Woher weißt du, daß ich gerade genau daran denke?« fragte sie.

»Das war nicht so schwer zu erraten, bei der Schwermut in deinen Augen«, antwortete ich lächelnd.

»Übermorgen früh«, seufzte Lissa.

»Das heißt, du mußt morgen um 17 Uhr in Alcúdia die Rolon Platta besteigen.«

Lissa nickte mit resigniertem Gesichtsausdruck.

»Was erwartet dich zu Hause?« fragte ich.

»Nicht viel.«

»Ein Freund?«

»Kein fester.«

»Die Uni macht dir keinen Spaß?«

Lissa zuckte mit den Schultern. »Spanisch kann man hier besser lernen als in Kopenhagen.«

»Das ist wohl wahr«, pflichtete ich ihr bei.

Wir passierten den Parque del Mar, die Kathedrale, den Torrent, bogen beim Café Cappucchino rechts ab und am Plaça Pont links in die Marqués de la Senia, die nach ein paar Hundert Metern in die Avinguda de Joan Miró überging. Beim Plaça Gomila verlangsamte ich die Fahrt und Vero dirigierte mich: »Noch ein kleines Stück, auf der rechten Straßenseite.«

Ich fuhr weiter bis Vero »Stop!« sagte.

Das *Hotel San Francisco* stand etwas zurückgesetzt inmitten eines verwilderten Gärtchens. Es war ein dunkelgrünes, zweigeschossiges Haus mit einem Erker über der Eingangstür. Das ganze Anwesen hatte etwas Verwunschenes, als würde es nachts regelmäßig von putzigen Geistern heimgesucht.

Nur hinter einem Fenster im Erdgeschoß brannte Licht.

»Ich glaube, das ist es«, sagte Coco.

Ich parkte am Straßenrand und drehte mich zur Rückbank um, als Nico gerade herzerweichend gähnte.

»Würde es dir etwas ausmachen, wenn ich erst einmal allein hineingehe?« fragte ich Coco. »Ich würde ihn ganz gern auf euer Wiedersehen vorbereiten.«

»Wunderbar«, sagte Coco. »Dann gehe ich eine Viertelstunde mit Nico um den Block, bis er eingeschlafen ist.«

»Und wir begleiten dich«, sagte Lissa, und Vero nickte zustimmend.

Ich öffnete den Kofferraum, klappte Nicos Buggy auf und stellte ihn neben die Beifahrertür.

»Danke«, sagte Coco. »Vielen Dank. Für alles.«

»Ist schon okay«, erwiderte ich und gab ihr ein flüchtiges Küßchen auf die Wange. Diese Haut! Dieser Geruch! Gott steh mir bei! Wie soll ich das bloß wieder alles regeln?

Ich öffnete das gußeiserne Tor und schritt durch den Garten auf die Eingangstür des Hotels zu. Eine Schelle gab es nicht, aber einen dicken Knauf, mit dem man vernehmlich pochen konnte. Es dauerte eine Weile, dann öffnete eine etwa fünfzigjährige hagere Frau mit schlohweißem kurzen Haar. Mit gleichgültiger Stimme sagte sie: »Ich habe den Hotelbetrieb eingestellt.«

»Den Barbetrieb auch?«

»Den Barbetrieb auch.«

»Schade«, sagte ich. »Ich hatte gehofft, Hans Osthoff hier zu treffen.«

Die Frau schaute mich nun etwas interessierter an und fragte: »Wer sind Sie?«

»Manuel Blum.«

»Einen Moment.« Die Frau schloß die Tür vor meiner Nase.

Es dauerte keine Minute, da wurde sie wieder aufgerissen, und Hans stand vor mir. Rasiert, frisiert, in weißer Hose und einem dunkelblauen Blazer mit dem Zeichen eines Yachtclubs auf der Brusttasche. Und nüchtern schien er auch zu sein. Genau wie ich.

»Wie hast du mich hier gefunden?« fragte er.

Ich grinste ihn an und sagte: »Ich finde alles, was ich finden will.«

»Das heißt, du hast Cosima den Brief gegeben?«

»Jawohl, mein Admiral.«

»Und?«

»Sie kommt in einer Viertelstunde hierhin«, sagte ich, »wenn du nichts dagegen hast.«

Hans wurde blaß. »Sie hat es mir geglaubt...«, flüsterte er, als könne er nicht fassen, was er gerade vernommen hatte.

»Ja«, sagte ich, »und ich will schwer hoffen, es war die Wahrheit.«

»Es war die Wahrheit«, erwiderte er mit ernster Stimme, »nichts als die nackte Wahrheit.«

»Laß uns einen trinken«, schlug ich vor.

Hans trat zur Seite, um mich reinzulassen. »Ich trinke nicht mehr. Seit zwei Tagen.«

»Ich seit heute morgen nicht mehr.«

Hans ging vor in den ehemaligen Aufenthaltsraum des Hotels, der nun als eine Art Wohnzimmer fungierte.

»Sally Grey«, stellte er mir die Dame vor, die mir die Tür geöffnet hatte.

»Angenehm, Blum.«

»Ich weiß«, antwortete Sally und verließ den Raum.

Ich setzte mich in einen kitschigen, aber ungemein komfortablen Ohrensessel, Hans nahm mir gegenüber auf dem dazu passenden Dreiersofa Platz.

»Bevor Cosima hier gleich einläuft«, begann ich das Gespräch, »hätte ich gern noch ein paar Fragen von dir beantwortet bekommen.«

»Schieß los«, sagte Hans, erleichtert und beseelt von

der Vorfreude auf das anstehende Wiedersehen mit seiner Tochter, das ich arrangiert hatte. »Du hast heute drei Wünsche frei bei mir.«

»Warum hat Cosima bis heute nachmittag gedacht, du hättest ihren Mann getötet?«

Hans schaute mich mit großen Augen an und rieb sich dann die Stirn.

»Du fährst ja gleich starke Geschütze auf.«

»Mach's kurz, dann hast du's hinter dir.«

»Okay«, seufzte Hans, »ich mach's so kurz, wie's geht. Samuel Newmark ist als achtzehnjähriger Bengel nach Vietnam eingezogen worden, zusammen mit zwei Klassenkameraden aus einer Kleinstadt in Montana. Eines morgens fand er seine beiden Freunde mit aufgeschlitzten Kehlen vor dem Zelt liegen. Das hat er nicht verkraftet. Er drehte durch, kiffte und kokste wie blöd und fickte sich durch die Puffs von Saigon, je jünger die Mädchen waren, desto besser. Er sprang aus Hubschraubern mit dem Fallschirm mitten über dem Dschungel ab und machte gnadenlose Jagd auf den Feind. Hatte er einen erwischt, schnitt er ihm ein Ohr ab und hängte es sich an einer Kette um den Hals. Bald war kein Platz mehr auf der Kette.

Sam bekam Auszeichnungen ohne Ende, und er durfte eine Spezialausbildung zum Jet-Piloten absolvieren. Mit dreiundzwanzig Jahren war er der beste Flieger der ganzen Army. Als dann der Krieg vorbei war, wurde er Profifallschirmspringer, und reiste unter Diplomatenstatus von Kontinent zu Kontinent. In seinem Springergepäck, das vom Zoll unangetastet blieb, schmuggelte er Thaisticks, um ein paar Mark nebenher zu verdienen.

Auf einem Springer-Meeting in Ramstein lernten wir ihn kennen, Kurt und ich. Und er stellte uns zwei Kumpel von sich vor, Francis und Ron. Wir schauten zum Himmel hoch und verfolgten das Finish der Weltmeisterschaft im Formationsspringen, eine Crew der französischen Armee gegen eine der US-Marines. Scheiße, dachten wir. Das würden wir auch gern machen. Aber um so einen Standard zu erreichen, mußte man trainieren ohne Ende. Und das kostete ein Schweinegeld. Da kam uns die Idee mit dem Koks. Wir nannten uns von nun an das *Sky Magic Team*, nahmen ständig an Springer-Meetings in Südamerika teil und packten uns die Säcke voll. Niemand schöpfte Verdacht, daß fünf junge Sportler wie wir im Prinzip eine international agierende Bande von Koksdealern waren. Das ging jahrelang gut. Wir verdienten so viel Kohle, daß wir davon bequem unser tägliches Training finanzieren konnten und trotzdem noch für jeden von uns ein ganzer Haufen übrigblieb.«

Hans brach ab, um kurz Luft zu schnappen.

»1974 seid ihr dann Weltmeister geworden«, sinnierte ich.

Hans nickte. »'75 und '77 auch.«

»Dann haben sie dich geschnappt und in den Knast gesteckt.«

Wieder nickte Hans. »Ich war das Bauernopfer zweier rivalisierender kolumbianischer Koksfamilien. Als ich in Amsterdam landete, nahm mich Interpol gleich in Empfang. Außer dem Kilo im Fallschirm konnten sie mir nichts nachweisen. Vor dem Richter habe ich dichtgehalten und dann meine drei Jahre brav abgesessen. Dafür versprachen mir die Jungs, sich um meine damalige Frau und um meine Tochter zu kümmern. Das taten sie auch. Sam ganz besonders. Er verführte die damals sechzehnjährige Cosima und brachte ihr kiffen und koksen bei. Sam war kein schlechter Kerl, aber die Jahre in Vietnam und anschließend der Höhenflug mit dem S.M.T. hatten ihn völlig abdrehen lassen. Da hatte meine Tochter was Besseres verdient als diesen wahnsinnigen Oberfreak, der zudem zwanzig Jahre älter war als sie. Als ich aus dem Knast kam, habe ich ihn mir unter vier Augen zur Brust genommen. Am nächsten Tag ist er abgedüst, zurück in seine Heimat Montana. Cosima hat schwer gelitten unter der abrupten Trennung, und sie gab mir die Schuld für ihr verlorenes Glück. Heute weiß ich, sie hat Sam damals schon wirklich geliebt. Und er sie. Aber Sam hat seine Liebe für unsere Freundschaft geopfert.«

Hans schwieg einen Moment, bevor er weitererzählte: »Als Cosima dann ein paar Jahre später hier in Palma in größten Schwierigkeiten war...«

»Diese Zuhältergeschichte, ich habe davon gehört«, warf ich ein.

Hans nickte und fuhr fort: »Irgendwie hatte es Cosima geschafft, als einer ihrer Bewacher schlief, ihm das Handy abzunehmen und Sam in Montana anzurufen. Und Sam hat mich in Düsseldorf informiert. Ich zahlte sein Flugticket und vierundzwanzig Stunden später trafen wir uns hier.«

»In dieser Pension?«

Hans nickte. »Sie gehörte Francis Grey und seiner Frau Sally.«

»Er war auch einer vom *Sky Magic Team*«, sagte ich.

»Vor anderthalb Jahren ist er gestorben, an Nierenversagen«, sagte Hans. »Wir wollten die Mädchen durch unser Vorgehen nicht noch mehr schocken, als sie es eh schon waren. Also warteten wir nachts vor dem Haus. Erst kam einer raus, der Essen besorgen wollte, dann kam der zweite, weil der erste nicht wiederkam, dann kam der dritte, weil er seine beiden Kumpels vermißte.«

»Ihr habt sie umgebracht, mit Drahtschlingen erwürgt«, sagte ich.

»Sam hat es getan«, sagte Hans, »er hat darauf bestanden. Und er hat jedem ein Ohr abgeschnitten. Dann ist er reingegangen und hat die Mädchen befreit. Cosima hat nie erfahren, daß ich an dieser Aktion beteiligt war.«

»Und die Liebe zwischen Sam und Cosima entflammte aufs neue«, sagte ich. »Um nicht in irgendeiner Form mit den drei Morden in Verbindung gebracht zu werden, besorgten sich die beiden neue Papiere auf die Namen Samuel und Susan Beresford und zogen in die Villa Florida.«

Hans nickte.

Und ich folgerte weiter: »Als Sam dann bei eurem waghalsigen Manöver tödlich verunglückte, gab Cosima dir die Schuld, ihr Glück ein zweites Mal zerstört zu haben.«

»So ist es«, sagte Hans. »Sie brach den Kontakt zu mir ab und verkroch sich irgendwo. Ich litt furchtbar darunter. Schließlich hatte ich nicht nur einen Freund verloren, sondern auch meine Tochter. Und mein erstes und einziges Enkelkind habe ich noch nie zu Gesicht bekommen. Dann starb auch noch Francis, und Kurt verschwand spurlos, nachdem ich mit ihm gnadenlos pleite gegangen war. Mein Leben machte keinen rechten Sinn mehr. Als versoffener Exkokainist meinem Abgang entgegenzudämmern, war nicht das, was ich mir unter einem würdigen Lebensabend vorgestellt hatte.«

Ich lächelte ihn an. Er lächelte zurück, stand auf, umarmte mich und sagte: »Gut gemacht, Alter.«

»Dann sind Ron und du«, setzte ich schleunigst ein, um nicht im Rührung zu ertrinken, »die letzten Überlebenden des *Sky Magic Teams*.«

»Ja«, antwortete Hans mit Wehmut im Blick, nachdem er wieder auf dem Sofa Platz genommen hatte.

»Und warum hat Präsident Bush sich mit Ronald Stevenson für die Presse ablichten lassen?«

»Ron war über Jahre hinweg der Vorsitzende der *A.A.P.*, der *American Association of Parachutists*.«

»Eine beachtliche Karriere für einen Koksschmuggler«, sagte ich.

»Das kann man wohl sagen«, bestätigte Hans lächelnd. »Sonst noch Fragen?«

»Nein.« Doch dann fiel mir noch eine ein: »Warum hattest du Angst davor, mir den Job zu geben?«

Hans dachte einen Moment lang nach, dann schaute er auf, sah mir fest in die Augen und sagte: »Erstens kannte ich dich zu wenig, um abzuschätzen, welche Folgen die Ermittlung all dieser doch recht rüden Fakten für dich persönlich haben könnte, zweitens sind die Morde an den drei Zuhältern noch nicht aufgeklärt, und drittens war ich mir nicht sicher, wie Cosima mit der Wahrheit umgehen würde.«

»Wie du siehst«, erleichterte ich ihn vollends, »haben sich alle deine Bedenken in Luft aufgelöst.«

»Dank dir.«

»Vergiß es. Du hast anständig dafür bezahlen müssen. So und so.«

Ein dumpfes Bummern drang aus der Diele in unser Zimmer.

»Das sind sie«, sagte ich.

Hans stand sofort auf und eilte in die Diele, wo er mit Sally zusammentraf. Er nahm ihr die Türklinke aus der Hand und drückte sie hinab. Ich blieb in der Wohnzimmertür stehen.

»Papa«, hörte ich Cocos Stimme an der Türschwelle flüstern. Und dann lag sie in seinen ausgebreiteten Armen.

Als Lissa und Vero einen Moment später gemeinsam den Buggy in die Diele hoben und Hans sein Enkelkind zum erstenmal erblickte, begann sein Körper zu zukken, und Tränen schossen wie kleine Sturzbäche aus seinen Augen.

»Ist ja gut«, sagte Coco, während sie sich an ihn schmiegte und seinen Rücken streichelte, »ist ja gut.«

»Sorry«, flüsterte Hans mit tränenerstickter Stimme.

»Ich muß mich entschuldigen«, sagte Coco.

Schweigend winkte ich Vero und Lissa zu mir nach hinten, und als sie das Wohnzimmer betreten hatten, sagte ich mit gedämpfter Stimme: »Lassen wir die drei mal einen Moment allein.«

»Zu Befehl, mein Schatz«, erwiderte Vero, schob ihren Arm um meine Taille und schaute mit vorgeschobenen Lippen zu mir empor. Wir küßten uns, bis der Buggy gegen meine Achillesferse stieß.

Ich öffnete die Augen, und Coco sagte: »Perdón, Señor.«

Wir machten den Türrahmen frei, und als ich sah, daß

Sally sich wieder zurückziehen wollte, sagte ich: »Bleiben Sie doch bei uns, Sally.« Sie nickte dankbar und kam mit schüchternen Schrittchen zu uns.

Wir verteilten uns auf die vorhandenen Sitzgelegenheiten, grinsten uns an und wußten wohl alle nicht so recht, wie wir die rundum erhebende Situation in ein angemessenes Gespräch hinüberretten sollten.

»Das ist übrigens Lissa aus Kopenhagen«, unterbrach ich endlich das friedvoll beseelte Schweigen.

»Und ich bin Vero aus Dortmund«, schloß sich meine Geliebte sogleich an.

Hans zwinkerte mir zu und sagte hochachtungsvoll: »Eine verdammt charmante Crew hast du dir da zusammengestellt, du alter Räuber.«

Ich zuckte mit den Schultern und verweigerte jeglichen Kommentar.

»Drei Engel für Manuel«, sagte Lissa grinsend.

»Drei Engel für Benjamin Blümchen«, setzte Vero noch einen drauf. Und alle lachten.

Aber anschließend schwiegen wieder alle.

»Wann machen Sie Ihr Hotel wieder auf, Sally?« startete ich einen neuen Versuch, die Konversation in Gang zu bringen.

»Nie mehr«, antwortete Sally. »Ich schaffe es nicht, allein ohne Francis.«

»Das heißt, Sie wollen verkaufen? Für wieviel?« Eigentlich hatte ich mir nichts Konkretes bei dieser Frage gedacht, die ich immer stellte, wenn irgendwo eine Immobilie zum Verkauf anstand.

Sally zuckte mit den Schultern. »Ein Deutscher hat zwanzig Millionen geboten.«

»250.000 Mark?«

Sally nickte. Und jetzt schauten mich alle Anwesenden stumm und fragend an. Und in den Blicken war zu erkennen, daß bei allen mit einem Schlag eine bestimmte Idee aufgekeimt war, die auch mir nicht so ganz abwegig erschien. Aber ich war der falsche Adressat für derlei Blicke. Deshalb schaute ich Hans an, der nach einer kurzen und spannungsgeladenen Weile bedauernd den Kopf schüttelte und sagte: »Nach der Wildparkpleite mit Kurt gibt mir keine Bank mehr eine Pesete. Und auf meinen Konten liegen nur noch ein paar Peanuts.«

»Schade«, sagte ich und verabschiedete mich schweren Herzens von einer wunderbaren Idee.

»Schade«, sagte Vero.

»Schade«, pflichtete ihr Coco bei.

Und auch Sally reihte sich ein und murmelte: »Schade.«

Lissa senkte mit schamhaft erröteten Wangen den Blick auf den grausam imitierten Perserteppich zu ihren Füßen und sagte bescheiden: »Vielleicht sollte ich meinen Vater anrufen.«

Schlagartig richteten sich alle Blicke auf sie.

»Deinen Vater?« platzte ich heraus. »Hat der Geld?«

»Ich glaube schon«, gestand Lissa kleinlaut.

»Was macht dein Vater denn beruflich?« fragte Hans einfühlsam.

Jetzt entflammte Lissas Gesicht zu einer feuerroten Birne, und sie sagte mit erstickter Stimme: »Er ist Vorstandsvorsitzender der Dänischen Staatsbank.«

Nachdem wir sie alle eine Zeitlang mit offenen Mündern angestarrt hatten, fand ich, zum wiederholten Male, als erster meine Stimme wieder und fragte: »Hat dich dein Vater gern?«

»Ich glaube schon«, antwortete Lissa, »und er hat mir vor meiner Reise gesagt, er würde gern auf Mallorca investieren.«

»Ja dann ...«

Nachdem wir minutenlang freudetrunken übereinander hergefallen waren, brachte Hans das Ganze wieder auf realistische Bahnen zurück, indem er sagte: »Jetzt hört mal Kinders, die Bude muß von Grund auf renoviert werden, und wir müssen ein neues Konzept erarbeiten.«

»Das kriegen wir schon hin, Papa«, erwiderte Coco, und Vero fügte hinzu: »Es ist mein Job, Konzepte zu erarbeiten.«

»Der Name gefällt mir nicht!« meldete sich Lissa unerwartet resolut zu Wort. »Hamburger soll's zum Frühstück nicht geben, und den weltweiten Kniefall vor Amerika findet mein Vater auch nicht so toll.«

»*Sky Magic Hotel*«, schlug ich vor.

Aber außer Hans und mir verstand niemand diesen beziehungsreichen Vorschlag. Und auch Hans schaute eher skeptisch drein und gab mir überzeugend zu bedenken: »Den Himmel kann man aus so gut wie keinem der zwanzig Fenster sehen.«

Sally ließ ihren Blick über unsere kreativ grübelnde Runde schweifen und sagte lächelnd: »Pension Endstation.«

Wir schauten Sally an, und einige von uns lächelten peinlich berührt.

»Seien Sie mir bitte nicht böse, Sally«, befreite uns

Vero aus der etwas unangenehmen Situation, »aber das hört sich nach einem Asyl für potentielle Selbstmörder an.«

»Oder nach Sterbeklinik.« Das kam jetzt von Coco.

Aber Lissa hatte sich offenbar noch nicht so ganz von Sallys Vorschlag verabschiedet. »Pension Endstation ...«, murmelte sie mehrfach hintereinander vor sich hin.

»Hostal Final ...« Eher lapidar purzelten die zwei Worte von Cocos Lippen.

»Hostal Final?« nahm Hans die Worte seiner Tochter auf. »Nicht schlecht ...«

Auch allen anderen im Raum wurde nach und nach klar, daß Coco damit ins Schwarze getroffen hatte. Als sich die vereinte Aufmerksamkeit bei ihr gebündelt hatte, zuckte Coco nonchalant mit den Schultern und sagte: »Pension Endstation heißt auf spanisch *Hostal Final.*«

»Supername!« bestätigte ich euphorisch. »Morgen früh fahre ich zum *Leroy Merlin* und kaufe ...«

»... einen Computer!« unterbrach mich Vero ultimativ. »Den stellst du oben in eins der Zimmer und schreibst die ganze Geschichte auf.«

»Keine schlechte Idee«, bestätigte Hans. »Wenn du ein gutes Buch hinkriegst, rennen uns die Leser hier die Bude ein.«

Das klang durchaus plausibel. Ich lächelte Sally an und sagte: »Das Buch nennen wir dann *Endstation Palma.*«

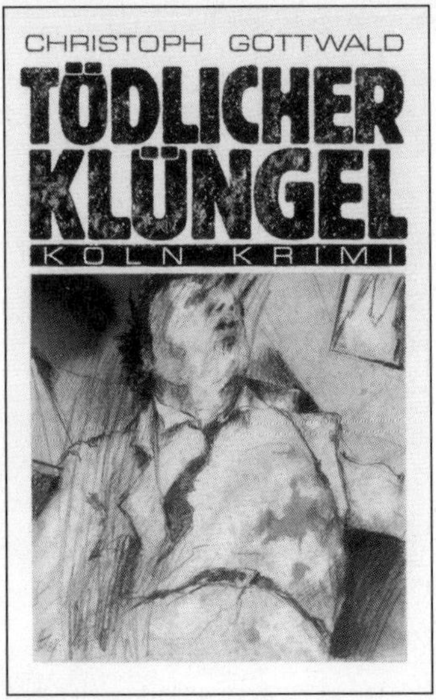

Christoph Gottwald
TÖDLICHER KLÜNGEL
Köln Krimi 1
ISBN 3-924491-01-1
Broschur
144 Seiten
9,00 EUR

Manni Thielen, Zocker und Gelegenheits-Detektiv aus Geldnot, recherchiert auf eigene Faust. Der Job scheint eine Nummer zu groß für ihn zu sein, doch er jagt seine Gangster kreuz und quer durch Köln und bringt sie schließlich zur Strecke. Sein erster Fall.

Christoph Gottwald
LEBENSLÄNGLICH PIZZA
Köln Krimi 3
ISBN 3-924491-07-0
Broschur
144 Seiten
9,00 EUR

Mannis zweiter Fall:
Nicht nur sprichwörtlich bekommt er lebenslänglich Pizza, wenn er die Unschuld von Paolos Vater beweisen kann.
Liebe, Mord und Kokain zwischen Eigelstein und Barbarossaplatz.

Christoph Gottwald
MARIE MARIE
Köln Krimi 10
ISBN 3-924491-46-1
Broschur
180 Seiten
9,00 EUR

Die Straßen Kölns haben Manni Thielen wieder.
Mittlerweile Familienvater, taucht der Amateurdetektiv nach fünf Jahren Enthaltsamkeit tiefer denn je in die Kölner Unter- und Halbwelt ein. Und er muß feststellen, daß die Zeiten anders geworden sind.
Härter.
Besonders, wenn man zufällig in den Besitz russischer Hightech-Waffen im Wert von einer schlappen Million Dollar gelangt, die Spielregeln des Kölner Maggel-Geschäftes aber nicht mehr kennt.
Wenn dann auch noch das Glück von Töchterchen Marie auf dem Spiel steht, ist ganz schnell Schluß mit lustig.

KiWi

Paperbacks bei Kiepenheuer & Witsch

Heinrich Breloer/Frank Schauhoff

Mallorca, ein Jahr

Ein Inselroman

KiWi 443
Originalausgabe

Nicht nur ein Roman für das Urlaubsgepäck, sondern eine Reise ins Innere einer Insel, die jeder zu kennen glaubt und die der Leser nach diesem Buch ganz neu sehen wird.

KiWi

Paperbacks bei
Kiepenheuer & Witsch

Jürgen und Marita Alberts
Cappuccino zu dritt
Ein Roman aus der Toskana

KiWi 621
Originalausgabe

Als Katharina und Billie, zwei Geschäftsfrauen aus Freiburg, am Ende ihrer Italienreise Opfer eines Trickdiebstahls werden, steht ihnen der Italiener Alessandro mit Rat und Tat zur Seite. Doch es bleibt nicht allein bei der gemeinsamen Detektivarbeit: Alessandro nimmt Katharina mit auf eine wunderbare Entdeckungsreise durch die Toskana, die nach Florenz, Lucca, nach Collodi in die Heimat Pinocchios, nach Siena und in die Maremma führt. Die sich behutsam anbahnende Beziehung wird allerdings getrübt durch rätselhafte Botschaften, die Katharina von einem unbekannten Verehrer erhält, der ihnen zu folgen scheint.

KiWi

Paperbacks bei Kiepenheuer & Witsch

Ivonne Lamazares
Sugar Island
Ein Kuba-Roman

KiWi 699
Deutsche Erstausgabe

»Dies ist ein Debüt-Roman. Er spielt in Kuba. Und er wird Lamazares in den siebten Bücherhimmel schießen.« *Miami New Times*

Mit einem Tempo, dass die Seiten nur so fliegen, weckt der Roman eine tiefe Sehnsucht nach Kuba – und befriedigt sie zugleich. Ein pralles Buch voller Erotik, Melancholie und Lebenslust.

Vicki Baum
Liebe und Tod auf Bali

Roman

KiWi 700

Aus ihrer reichen Kenntnis schildert Vicki Baum das intakte, von Ritualen bestimmte Leben eines baline-sischen Dorfes und seine Vernichtung durch holländische Kolonisatoren am Anfang des 20. Jahrhunderts – den Moment eines historischen »Weltunterganges«, in dem sich die Poesie vom Leben und Sterben einer östlichen Tradition verdichtet, die inzwischen wiederentdeckt worden ist und immer mehr an Faszinationskraft gewinnt.

Paperbacks bei Kiepenheuer & Witsch

KiWi

Hans-Ulrich Mielsch
Wiedersehen in Luxor

Ein Ägypten-Roman

KiWi 594
Originalausgabe

Ein Winter in Luxor wird von entscheidender Bedeutung für die Geschwister Marc und Daisy. Mit ihren Eltern verbringen sie acht Wochen im Old Winter Palace Hotel von Luxor, wo sie den jungen Ägypter Ahmed kennen lernen, dessen fremdartiger Zauber sie beide fasziniert. Als sich Daisy in Ahmed verliebt, nehmen die Dinge eine ungeahnte Wende.

Der Roman entführt den Leser in die Welt des linken Nilufers mit seinen antiken Gräbern und Tempeln und in eines der Dörfer in unmittelbarer Nähe des Tals der Könige, aus dem Ahmed, der junge Ägypter stammt.

www.kiwi-koeln.de